ENDLESS *Love*

SÉDUCTION

Titre de l'édition originale : *Slow Seduction (Struck by Lightning)*

Pour la couverture française :
Image : © Fotolia
Graphisme : Christophe Petit

Ouvrage dirigé par Franck Spengler
Collection dirigée par Hugues de Saint Vincent

38, rue La Condamine 75017 Paris
www.hugoetcie.fr

ISBN : 9782846283571
Dépôt légal : mars 2015
Imprimé en France par Corlet

NEW ROMANCE

Cecilia Tan

Endless Love

Séduction

Roman

Traduit de l'américain
par Caroline de Hugo

Hugo Roman

1

Déchirer le ciel

En descendant de l'avion à Londres, j'étais déjà épuisée par le manque de sommeil. Ça a été encore pire quand j'ai passé la douane. Martindale m'avait conseillé de leur dire que je venais en vacances, et de ne surtout pas parler de travail, mais le douanier avait l'air tellement amical en me demandant ce que je venais faire en Angleterre ! Je n'ai pas imaginé une seconde qu'il pouvait s'agir d'autre chose que d'une conversation à bâtons rompus. Je lui ai expliqué que je venais pour une exposition à la Tate. Mais ses questions sont devenues de plus en plus pressantes, à tel point que j'ai finalement lâché le morceau : je venais en fait passer un entretien d'embauche, mais juste un entretien ! Si jamais il s'avérait concluant, la Tate ferait le nécessaire pour les papiers. Je suppose qu'il y avait suffisamment d'historiens d'art à la recherche d'un boulot au Royaume-Uni pour qu'ils aient ordre de protéger leurs emplois avec un tel acharnement.

J'avais menti au douanier. Réginald Martindale, le conservateur à qui James m'avait présentée, voulait m'embaucher comme guide pour les groupes de spécialistes pendant l'exposition sur les préraphaélites qui allait débuter cette semaine. C'était juste un boulot temporaire, mais c'était quand même un boulot, et aussi une bonne excuse pour quitter New York.

Je n'avais toujours pas passé ma thèse. Après avoir dénoncé mon directeur pour harcèlement sexuel, tout était parti en vrille. J'avais pourtant dit la vérité. J'avais expliqué qu'il m'avait dit qu'il approuverait mon travail à condition que je lui fasse une faveur sexuelle. Lui avait menti en affirmant que c'était moi qui l'avais allumé, qui lui avais proposé mes faveurs contre ma thèse, plutôt que d'avoir à réécrire mon mémoire. L'enquête allait durer deux mois, ce qui me ferait rater mon examen, de toute façon. En ce moment, ma thèse était entre les mains du département pour évaluation, et Monsieur Renault avait été obligé de prendre un congé académique jusqu'à la fin de l'enquête. Je n'avais pas beaucoup d'espoir concernant mon mémoire. C'était une première version, que j'avais imaginé retravailler après qu'il l'aurait lue. Je savais que j'avais fait quelques raccourcis. En plus, il avait de nombreux amis et alliés au sein de mon département, et le bureau du doyen qui avait pris sa défense ne me croyait pas. Certains avaient demandé une enquête de moralité à mon sujet, d'autres m'avaient traitée de pute. Jusqu'à présent, j'avais fait tout ce que je pouvais et j'avais reçu tous les coups possibles. Le moment était venu pour moi de quitter la fac pour quelque temps.

Après avoir passé la douane, j'ai acheté un téléphone à carte dans un distributeur automatique. J'ai étudié le mode d'emploi un bon moment avant de comprendre comment ça fonctionnait. Peut-être pensez-vous qu'il n'était pas écrit en anglais ? Ce qui vous prouve juste à quel point j'étais fatiguée. Je suis entrée dans un petit kiosque à journaux, j'ai payé la caissière qui m'a donné un code. J'ai envoyé un SMS au numéro du code, et comme par magie, le téléphone s'est mis en marche. Je me suis assise sur un banc avec ma valise, et j'ai envoyé un texto à un numéro que j'avais gardé en mémoire : *Aujourd'hui j'ai menti, mais c'était en quelque sorte nécessaire. Vous savez bien que j'essaie toujours de ne rien dire, mais là il s'agissait d'un douanier à Heathrow qui me posait des tas de questions. J'avais peur qu'il me renvoie à New York. Je suis à Londres.*

L'envoi de mon message s'est accompagné d'un « wouf » agréable, comme s'il volait à travers l'espace directement jusqu'à l'oreille de James. James Byron LeStrange. Le reverrais-je un jour ? Je me raccrochais à quelques pauvres bribes d'espoir. La première, c'était que la ligne du téléphone qu'il m'avait offert n'avait pas été coupée. Quelqu'un continuait à payer l'abonnement. Peut-être ne s'en était-il même pas rendu compte, riche comme il était ? Mais peut-être que si. Je l'avais profondément blessé la dernière fois que nous nous étions vus. Je le savais maintenant. Mais bien qu'il se fût passé plusieurs mois depuis cette nuit fatale, je continuais à l'aimer.

Je lui avais envoyé un texto chaque fois que j'avais menti. J'étais restée fidèle à nos règles. J'avais été une bonne fille. Même si Stéphane, son chauffeur, était le seul à lire mes messages, j'espérais qu'il les lui transmettait. En tout cas, ils n'étaient jamais rejetés. Et Stéphane était au courant de tout, il savait comment James m'avait abandonnée, ça ne me dérangeait pas qu'il les lise, s'il avait encore le téléphone. J'espérais juste qu'ils ne lui faisaient pas trop de peine. Il s'était révélé un chouette type et un véritable ami quand j'en avais eu besoin.

Je me suis débrouillée pour acheter une carte de transports et j'ai pris le métro jusqu'à King's Cross, où j'avais réservé deux nuits dans un hôtel bon marché. C'était le niveau juste au-dessus d'une auberge de jeunesse, avec des salles de bains communes, mais au moins j'aurais une chambre pour moi toute seule. Nous étions presque fin août. Je n'avais pas vu James depuis début avril. Le réceptionniste de l'hôtel était un jeune Indien, très obséquieux. Il portait une chemise boutonnée jusqu'en haut, sans cravate. Il m'a expliqué à quelle heure ils servaient le petit déjeuner, s'est excusé du manque de pression dans les douches et m'a remis une carte avec un mot de passe pour le Wifi.

Quand je suis arrivée dans ma chambre, j'ai découvert qu'elle était si petite qu'il fallait enjamber le lit pour pouvoir y entrer. Par la fenêtre ouverte, je pouvais voir les tours de la gare de Saint-Pancras à l'autre bout du pâté de maisons. J'ai décidé d'essayer mon vieux téléphone, pour voir s'il fonctionnait à l'international. Quand je l'ai allumé, le signal Wifi de l'hôtel est apparu à l'écran. J'ai décidé, pour ne pas dépenser une fortune, de le connecter. J'ai textoté :

J'ai été traitée de pute et de salope pour avoir accusé mon directeur de thèse de harcèlement sexuel. Pourtant, quand j'étais entièrement nue à l'arrière d'une limousine et que je hurlais de plaisir pendant que nous roulions dans les rues de New York, je me sentais précieuse et révérée. Je sais maintenant dans quel monde je préférerais vivre.

Le lendemain matin, je me suis rendue au bureau de Monsieur Martindale. Je dois avouer ici un autre mensonge. Je lui avais dit que je venais pour le poste qu'il me proposait. En fait, j'avais sauté sur l'occasion de découvrir une exposition majeure de 150 œuvres d'art et je fuyais New York, mais j'avais encore un autre motif. Je voulais lui soutirer des informations sur James. Certaines rumeurs allaient bon train à travers la communauté des fans de Lord Lightning, qui assuraient qu'il était en Angleterre et qu'il n'avait peut-être pas complètement lâché sa carrière. S'il était ici, j'avais peut-être une chance. Et si Martindale savait quelque chose, peut-être cela m'aiderait-il.

Je devais le découvrir.

J'avais mis mes plus belles fringues, quoique assez chiffonnées après mon vol transatlantique. Martindale, toujours aussi bien élevé, ne m'a pas fait le moindre commentaire. Il était assis à son bureau jonché d'objets d'art, parmi lesquels j'ai reconnu un presse-papier réalisé par James. J'ai attendu que nous ayons terminé toutes les formalités pour lui faire un compte-rendu succinct de l'ambiance au sein du département d'histoire de l'art qui m'avait poussée à partir, sans diplôme en main.

– Vous pensez que vous finirez par l'obtenir ?

– C'est principalement une question administrative. Il se peut que je doive y retourner pour ma soutenance, s'ils m'y autorisent. C'est très politique.

– Je comprends parfaitement à quel point le monde de l'art et le système universitaire peuvent être politiques. Pour autant que je sois concerné, j'ai trouvé votre mémoire de thèse absolument remarquable. D'ailleurs, vous ne seriez pas ici si ce n'était pas le cas.

– Merci ! (Ses compliments m'ont fait rougir légèrement.) J'aurais une faveur à vous demander. Puis-je ?

– Bien sûr ma chère, de quoi s'agit-il ?

– De notre ami commun, l'homme qui nous a présentés l'un à l'autre, je l'ai… perdu de vue. J'aimerais au moins savoir comment il va. N'est-ce pas trop vous demander ?

Martindale a croisé les bras sur son ventre.

– Ah oui ! L'énigmatique JB Lester. Comme vous le savez, il peut être un peu misanthrope.

– Je sais.

– Je n'ai pas réussi à le joindre depuis un bon moment. Et pourtant, il me doit une pièce.

– Oh ! ai-je articulé.

Je ne savais pas quoi dire d'autre.

Il a fixé ses mains un long moment, avant de reprendre.

– C'est étrange que vous m'en parliez justement aujourd'hui. Je viens de recevoir un petit paquet par la poste. Il ne contenait ni lettre ni explications, juste quelques photos.

– Des photos ? Vous voulez dire des tirages papier ?

Il a éclaté de rire.

– Oui ma chère, des photos. Jetez-y un coup d'œil et dites-moi si ça ressemble à son travail.

Il m'a tendu l'enveloppe. Quand je l'ai ouverte, quatre ou cinq photos s'en sont échappées. En les regardant, j'ai eu le souffle coupé. Aucun doute, c'était bien de lui. Ces photos représentaient une chaussure. Une pantoufle. Une pantoufle en verre.

Monsieur Martindale m'a emmenée prendre le thé. Nous avons pris le métro et nous sommes sommes sortis à une station très animée. Nous avons ensuite marché jusqu'à un hôtel, un peu plus loin. Partout, des panneaux publicitaires indiquaient « Buckingham Palace ».

– Eh bien, maintenant vous pourrez raconter que vous avez pris le thé dans le seul et unique Buckingham Palace... hôtel, m'a-t-il dit avec un regard malicieux, alors que nous étions assis devant un repas gastronomique qui ressemblait un peu à un déjeuner, suivi d'une farandole de desserts. Et, une théière suivant l'autre, il m'a expliqué qu'il avait l'habitude d'amener ici non seulement ses nouveaux collaborateurs mais également tous ses visiteurs américains afin de les aider à mieux supporter le décalage horaire. Il est vrai qu'après avoir ingurgité plusieurs théières de thé corsé, je n'avais plus du tout sommeil. Avant de nous séparer, il m'a donné un passe pour pouvoir entrer au musée le lendemain matin.

– Mercredi après-midi, j'attends un groupe de mécènes dont vous allez pouvoir vous occuper. Cela vous laisse quelques jours pour vous familiariser avec l'expo. Je voulais vous apporter le catalogue, mais vous devrez le prendre au musée demain, avec votre badge. Pardonnez cet oubli au vieil homme que je suis !

– Oh, demain ce sera parfait ! ai-je répondu. J'attends ça avec impatience ! Je ne sais comment vous remercier !

Nous sommes partis chacun de notre côté dans le métro, j'avais l'impression d'avoir passé l'après-midi avec un vieil oncle perdu de vue depuis longtemps.

Une fois rentrée dans ma quasi-auberge de jeunesse, je me suis connectée pour appeler Becky. Ma coloc' new-yorkaise était en ligne, comme toujours. En ouvrant l'ordinateur portable qu'elle m'avait prêté, je suis tombée sur son avatar. Je l'ai appelée, sa fenêtre de chat par vidéo s'est allumée instantanément. Son grand sourire est apparu à l'écran, devant le mur de sa chambre à coucher où trônait une affiche de Lord Lightning.

– Tu as réussi ! s'est-elle écriée.

Sa main pixellisée est apparue à l'écran pour me faire un coucou. Ses longs cheveux noirs étaient détachés, et même avec la vidéo en basse résolution, j'ai vu que son eyeliner avait coulé, vestige de la nuit précédente.

– Tu es là-bas !

– Eh oui ! Je suis dans ce petit hôtel minable. C'est réellement minuscule. Tu peux voir la chambre derrière moi ? On dirait un placard. Mais même ce placard, je ne peux pas me permettre d'y rester très longtemps. Je vais devoir déménager dans un foyer d'étudiants ou bien trouver quelqu'un qui veuille bien me prêter une chambre d'amis ou un truc comme ça.

– Je t'ai dit que Paulina et Michel avaient proposé de t'héberger, non ?

– Oui, tu me l'as déjà dit.

Il s'agissait d'un couple d'amis que Becky n'avait jamais réellement rencontrés. Elle les avait connus par le site des fans de Lord Lightning. Je n'avais pas vraiment envie de cohabiter pendant trois mois avec de parfaits inconnus. J'ai dû prendre un air vraiment sceptique, parce que Becky m'a dit :

– Allez Karina, tu peux quand même faire leur connaissance autour d'un café… ou d'un thé ! Ils boivent du thé là-bas, non ? S'ils ne te plaisent pas, tu ne seras pas engagée vis-à-vis d'eux pour autant. Et puis, au moins, ils pourront peut-être te conseiller un foyer d'étudiants correct. Certains de ces endroits que j'ai vus sur le Net avaient l'air vraiment glauques !

– On dirait ma mère !

– Mais je t'assure que c'est vrai ! Je peux appeler Paulina tout de suite, elle est connectée. Attends une seconde, comme ça, vous allez pouvoir vous parler.

Elle est restée silencieuse un moment, mais je pouvais voir qu'elle tapait sur son clavier. Elle a repris la parole :

– Elle me dit qu'elle ne peut pas chatter avec nous maintenant, mais qu'ils seraient ravis de t'offrir le thé demain. Je t'envoie leur adresse.

– Bon, ok. Dis-lui que j'y serai.

Elle avait sûrement raison, ça ne pourrait pas me faire de mal de les rencontrer.

Becky a tapé sur son clavier encore quelques secondes, puis elle a levé les yeux vers la caméra.

– Au fait, je ne t'ai pas dit que j'avais eu la visite de Monsieur le Professeur Chaud-Lapin ?

– Quoi ? Tu veux dire Renault ?

– Oui. Il était bourré, il est venu faire un esclandre à l'interphone. Il ne voulait pas croire que je n'étais pas toi.

– Mais Beck, c'est épouvantable ! C'est… c'est du harcèlement !

– Je sais ! J'ai appelé la police du campus pour qu'ils viennent le faire dégager, je crois que ça n'a pas vraiment amélioré sa réputation.

– En effet ! Bordel de merde, ça me fout la trouille pour toi ! J'étais bien contente de ne pas avoir été là.

– Pourquoi maintenant ? Pourquoi ne l'a-t-il pas fait au moment où je l'ai dénoncé ?

– Il disait des trucs qui n'avaient pas de sens, des paroles d'ivrogne.

– Pourquoi ? Qu'a-t-il dit ?

– En plus de te donner tous les noms d'oiseaux possibles ? Il passait son temps à se plaindre que tu l'avais fait bannir du club privé Gant Écarlate.

– Du quoi ?

En entendant ce nom, mon esprit embrumé par le décalage horaire s'est soudain réveillé. Renault était présent à la soirée où James m'avait emmenée. Il m'avait dit que si je portais plainte contre lui pour harcèlement sexuel, il n'aurait plus aucune chance d'intégrer leur groupe. James ne m'avait pas donné son nom, mais ça devait être ça. James me cachait toujours certains détails.

Je n'avais pas raconté cette partie de l'histoire à Becky. Du coup, James n'était pas le seul coupable de mensonge par omission. Je ne voulais pas me lancer dans une explication maintenant.

– C'est sans doute un club privé auquel il voulait adhérer, ai-je dit. Et maintenant, il ne le peut plus le faire puisqu'il est fiché.

C'était la vérité, même si ça n'était pas toute la vérité. J'ai décidé que je ne voulais plus parler de Renault, alors que nous pouvions parler de James. En colère et blessée comme je l'étais, le souvenir de cette nuit et celui de James me remuaient et réveillaient en moi le désir.

– Figure-toi que j'ai eu des nouvelles.

– Des nouvelles ? Quel genre de nouvelles ? Des nouvelles de lui ?

Quand Becky prononçait le mot « lui », c'était bien à lui qu'elle pensait. C'était quand même bizarre que je sois tombée éperdument amoureuse de l'homme qu'elle vénérait comme une idole pop. Mais du coup, j'avais au moins une confidente à qui en parler. Elle était la seule à connaître son secret.

– Oui, de lui. Tu sais, le conservateur de musée à qui il m'avait présentée ? Le type qui m'a convaincue de venir ici ? Il a reçu de mystérieuses photos par la poste.

Becky s'est penchée vers l'écran en ouvrant des yeux comme des soucoupes.

– J'adore les bons vieux mystères !

– C'étaient des photos de sculptures en verre que quelqu'un lui avait envoyées. Martindale soupçonnait qu'elles étaient de lui. Moi, j'en suis sûre et certaine.

– Comment peux-tu en être si sûre ?

– D'abord, ça ressemble vraiment à son travail et en plus, ce sont des sculptures d'une pantoufle de verre.

Becky a poussé un petit cri.

– Et vous deux, vous avez tout ce truc entre vous au sujet de Cendrillon. Il est aussi obsédé par toi que tu l'es par lui, Karina !

– Tu crois ? Et s'il était plutôt obsédé par l'idée de jouer à Dieu auprès des pauvres petites filles sans défense ? Et s'il voulait jouer les princes charmants, mais qu'il n'en a rien à foutre de savoir qui est Cendrillon ?

– 'Rina, sérieusement, est-ce qu'il t'a déjà donné cette impression ?

– Non, mais il ne m'a jamais non plus donné l'impression qu'il allait s'enfuir en courant et en m'abandonnant !

J'avais passé un temps fou à essayer de comprendre ce qui avait bien pu se produire dans la tête de James, la nuit où il m'avait quittée au beau milieu d'une soirée porno pour milliardaires.

Becky m'avait aidée, en vraie amie qu'elle était. Ce n'était pas la première fois qu'elle supportait mes pleurs et écoutait mes plaintes.

– Peut-être qu'il cherche une nouvelle Cendrillon ?

– Ça, tu ne peux pas le savoir, a-t-elle insisté. Je pense que tu dois poursuivre tes recherches. Il y avait un cachet de la poste sur l'enveloppe ?

– Martindale m'a juste dit qu'il n'y avait aucune adresse d'expéditeur.

– Oui, mais est-ce que les enveloppes sont tamponnées en Angleterre comme elles le sont chez nous ? Y a-t-il un indice concernant leur lieu d'expédition ?

– Je ne sais pas.

– Eh bien, renseigne-toi ! Chaque indice compte quand on veut résoudre une énigme, 'Rina. Je t'assure.

– Je ne suis pas douée pour ces trucs d'espionnage, Becky.

En plus, je me doutais que faire coincider toute une série d'indices serait bien plus compliqué que dans les romans d'Agatha Christie.

– Demain, je poserai la question à Martindale.

– N'aie pas l'air si déprimé, Karina. C'est bon signe, j'en suis sûre. Les dernières rumeurs disent qu'il est en Angleterre. Je vais voir si je peux trouver une info plus précise. Je t'ai envoyé ces liens pour les forums et les sites Web, n'est-ce pas ?

– Oui, tu l'as fait. Merci Becky. J'aimerais tant que tu sois là, avec moi !

J'ai jeté un coup d'œil circulaire à ma chambre.

– Sauf qu'il n'y aurait vraiment pas la place pour quelqu'un d'autre dans ce placard.

Ma vanne l'a fait glousser.

– Peut-être que je pourrai venir te voir après la fin des cours, en juin ? Oh, en parlant de ça, flûte, il faut que je m'habille. Je suis censée être en cours à deux heures.

– Bon, ok, vas-y.

J'aurais bien aimé qu'elle me parle de son cours. Elle enseignait dans un séminaire de littérature pendant la période estivale, ce qui la stressait terriblement. J'étais certaine que j'en entendrais parler plus tard.

– Ciao, Beck' !

– Ciao, 'Rina. N'oublie pas ! Tu prends le thé avec Paul' et Michel demain…

Elle m'a fait un signe de la main et l'écran s'est assombri quand elle a fermé son ordinateur portable. La petite pièce m'a paru très vide, tout à coup. J'ai envoyé un mail à ma sœur, Jill, pour lui raconter mon thé à l'hôtel Buckingham Palace.

J'ai regardé un moment, à travers ma fenêtre ouverte, le soleil qui réchauffait cette douce soirée d'été. Le ciel était illuminé de rayons roses et mauves. Les clochers de la gare ressemblaient aux tours d'un château fort. Deux enfants descendaient la rue pavée. Ils se dirigeaient vers le parc en riant. Leur père les suivait sans se presser. J'aurai voulu pouvoir m'imaginer que c'était un château, que j'étais arrivée dans un pays de contes de fées, mais hélas, la réalité était tout autre.

Je me suis assise sur mon lit. J'avais envie de me promener, mais je ne connaissais pas les environs. Est-ce que c'était sans danger ? Sans doute que oui à cette heure-ci, mais une fois la nuit tombée ? Je me suis souvenue de toutes les mises en garde de ma mère, d'abord quand j'étais entrée à la fac, puis quand j'étais partie à New York pour passer mon doctorat. « Ne parle pas aux étrangers. Ne sors pas la nuit. Ne te promène pas toute seule. » Tout m'est revenu à l'esprit. Je n'étais pas dans mon élément, j'étais dans un pays étranger. Le mail que Becky m'avait envoyé contenant les liens des sites de fans de Lord Lightning s'est rappelé à ma mémoire. Ça serait une bonne façon de m'occuper pendant un certain temps. Jusqu'à présent, j'avais évité de regarder ces sites. C'était déjà assez bizarre de penser que l'homme dont j'étais tombée amoureuse, l'homme avec qui j'avais eu des relations sexuelles extrêmement poussées, était en secret une rock star internationale, mais ça l'était encore plus de savoir que des millions de femmes, ma coloc' y compris, passaient leur temps à se morfondre d'amour pour lui.

C'est avec une certaine hésitation que j'ai cliqué sur le premier lien. Un site de fans est apparu à l'écran, accompagné d'une de ses chansons. Des mots-clés m'ont guidée vers différentes sections : Actus, Galerie Photo, Vos Histoires, Rencontres. La page Actus semblait mélanger des articles de blogs et des liens vers d'autres articles relatant un peu tout ce qui était lié de près ou de loin à Lord Lightning. Un type qui avait joué de la guitare sur un de ses albums avait enregistré un disque en solo, du coup, la plupart des articles récents parlaient de lui. La Galerie Photo présentait des photos de promo, des photos de concert et des selfies pris par des fans en sa compagnie. C'étaient presque toutes des femmes qui souriaient aux anges, à la fois excitées et incrédules de se trouver face à leur idole. Les plus récentes dataient déjà de quelques mois, lors de sa dernière apparition en public.

La nuit de notre rencontre.

Il fallait que j'arrête de regarder ces photos. Il y apparaissait toujours portant une sorte de masque très épais qui le rendait méconnaissable, mais les commentaires des gens me faisaient flipper.

« Il est si beau ! C'est l'homme le plus sexy du monde ! » disait l'une.

« Miam-miam ! J'aimerais mordiller ses abdos comme des épis de maïs ! » disait une autre.

D'autres étaient plus concrètes. Même si j'étais d'accord avec la plupart d'entre elles, un sentiment brûlant de jalousie m'envahit. La jalousie, mais aussi le désir, que déclenchaient les pensées érotiques si explicites de ses fans à propos du petit bout de peau qu'il montrait lors d'une séance photo, ou de la pose suggestive qu'il avait prise sur la couverture d'un de ses albums. Certains types montent sur scène, chantent et deviennent célèbres, je le sais. Mais Lord Lightning n'était pas un simple musicien. C'était un sex-symbol avec un grand S. Tout chez lui respirait le sexe.

La section Vos Histoires était encore pire. Une sous-section était censée rassembler les histoires vécues du genre « Comment j'ai rencontré Lord Lightning le jour où j'ai gagné un radio-crochet ». Mais elle en comportait très peu. La section Fiction, en revanche, était énorme, elle contenait des milliers d'histoires. J'ai bien dû admettre que la plupart portaient la mention X. L'une d'entre elles, intitulée « Un tour en limousine », a attiré mon attention. Ce fut plus fort que moi, ma curiosité a pris le dessus, j'ai cliqué.

Depuis que je suis devenue la maquilleuse-costumière personnelle de mon Lord, ma vie a changé. Je n'oublierai jamais le jour où nous étions en route pour un concert. Il avait jeté son dévolu sur de l'élasthanne, pour mettre en valeur sa plastique parfaite. J'étais au mieux de ma forme car il m'avait proposé de suivre avec lui les séances d'entraînement que lui donnait son coach privé. Bien entendu, je connaissais par cœur chaque centimètre carré de son corps, puisque mon job consistait à lui faire des costumes sur mesure et que, comme vous le savez, ils sont très ajustés. Quand je parle de centimètres, je parle également de ceux de sa prodigieuse tige d'amour. Même au repos, elle était une des parties de son anatomie les plus proéminentes et les plus désirables. Je dessinais toujours ses costumes de façon à mettre en valeur ce membre sublime. Évidemment, quand celui-ci se réveillait, cela pouvait lui poser un problème. Un problème très embarrassant. Sans compter que ça détruisait la ligne de son costume. Alors, prendre soin de ça aussi, c'est devenu une partie de mon travail. Donc nous étions tous les deux dans cette limousine, dont il allait s'extraire pour se retrouver face à des centaines de caméras et de projecteurs.

« Caramel, a-t-il dit en me montrant son chibre tellement gonflé que le bout violacé de son gland dépassait de sa ceinture, j'ai un problème. Arrange-moi ça.

– Tout de suite, mon Seigneur, j'ai répondu en libérant son braquemart d'une main pendant que je l'enjambais.

Je ne portais jamais plus de culotte sous mes jupes puisque ce genre de "problème" pouvait survenir plusieurs fois par jour.

– Le problème, il a grommelé à mon oreille tout en me pénétrant violemment, c'est que tu es terriblement sexy. Je ne peux pas m'empêcher de bander dès que tu t'approches de moi.

– Alors virez-moi, lui ai-je répondu en contractant mes muscles d'amour.

– Jamais de la vie ! (Il a poussé plus fort et plus profond). Je ne peux pas vivre sans toi. »

Je n'ai pas pu en lire plus. D'abord, c'était ridicule et risible, mais ensuite, je me rendais bien compte que cette lecture m'excitait. Oh, mon Dieu, voilà le genre de fantasmes qu'ont quotidiennement ces femmes.

Je ne pouvais pourtant pas me sentir offensée. Car, après tout, elles n'avaient aucune idée de qui il était vraiment. Chacun veut pouvoir croire que la perfection existe dans ce monde, pourtant, parfois il ne s'agit pas de fantasmes. J'avais rencontré mon prince charmant et j'avais tout foutu en l'air. Je l'avais chassé. Cette nuit-là, j'ai très mal dormi. À cause du décalage horaire et de mes regrets.

2

Vous ne saurez jamais par quoi je suis passée

Le lendemain, quand je suis descendue dans le métro avec la foule des banlieusards, il pleuvait. Londres est différent de New York, bien sûr, mais les deux villes présentent quelques similitudes : la masse de gens qui se ruent dans le métro pour se rendre à leur boulot ; la foule de petits magasins où on peut acheter une bouteille d'eau minérale, des bonbons et des journaux ; et les vendeurs de parapluie bas de gamme qui apparaissent au coin de chaque rue dès la première goutte de pluie. J'en ai acheté un noir, histoire de ne pas arriver complètement trempée au musée. J'ai réussi à être sur place avant l'ouverture. Il y avait une queue d'environ cent personnes qui attendaient à l'extérieur. Certains se protégeaient avec leur journal. J'ai écouté leurs conversations. Ils parlaient de la pluie et du beau temps ou de la rénovation du musée. Quelques minutes plus tard, les portes vitrées se sont ouvertes comme par enchantement et nous sommes entrés.

Toute la partie qui n'était pas en cours de rénovation se trouvait en haut d'une volée d'escaliers partant de la caisse. J'ai présenté le passe que Monsieur Martindale m'avait donné et j'ai suivi la foule qui montait. Il y avait une suite de galeries classées par ordre chronologique, et un grand espace central abritant de nombreuses pièces modernes et contemporaines. Ça m'a étonnée, je pensais que tout ce qui concernait l'art contemporain se trouvait à la Tate Modern, un musée complètement différent. Apparemment, la Tate Britain en possédait également. En traversant l'atrium, j'ai été stoppée par un regard sans gêne et dédaigneux. Celui de *L'Astarté* de Rossetti. C'était un peu comme si la fille la plus populaire de la fac se moquait de moi ouvertement. J'ai toujours détesté ce tableau, je trouve qu'il ne mérite pas l'admiration que le public lui porte. Mais, en même temps, j'ai eu l'impression de tomber sur une vieille connaissance au milieu d'une foule d'inconnus. Mon mal du pays s'est un peu atténué. Astarté était encore plus grande que son tableau. Imprimée sur un kakemono de 4,5 mètres de haut, elle indiquait l'exposition des préraphaélites. J'ai marché dans sa direction et j'ai aperçu l'entrée. Devant, on avait défini un espace pour faire la queue avec des cordes en zigzag, mais il n'y avait encore personne. J'ai failli me précipiter tout droit quand, soudain, j'ai été arrêtée dans mon élan par une grande toile accrochée de façon à ce que le public puisse la voir pendant qu'il attendait. Étrange de n'avoir accroché qu'une seule peinture à l'extérieur… Plus étrange encore, avoir choisi une œuvre inachevée. Les arbres étaient très détaillés, en revanche les personnages ressemblaient plus à des statues ou des fantômes, à peine esquissés, avec des parties manquantes. Je me suis rapprochée pour pouvoir lire le cartel qui accompagnait le tableau.

Burne-Jones ! Ce tableau avait été peint par le même artiste que *Le roi Cophétua et la servante mendiante*, ma peinture préférée entre toutes. Il représentait une scène de Tristan et Iseult, les amants de la légende du roi Arthur. Je ne connaissais pas très bien cette histoire. Il semblait y avoir un couple au centre du tableau, entouré par un petit nombre de personnages angoissés, dans différentes poses.

Un jeune homme, dans un costume aux manches légèrement trop courtes, avec une tignasse qui n'avait pas vu de peigne depuis longtemps, s'est avancé vers moi.

– Fascinant, n'est-il pas ?

Il parlait comme dans une pub de la BBC.

– Oui. Pourquoi est-il inachevé ? ai-je demandé, les yeux rivés sur la peinture.

– Je ne connais pas toute l'histoire. Je ne suis pas un spécialiste, mais je sais que cette toile a été découverte tout récemment. La pub qui a été faite autour de l'expo a poussé le collectionneur qui en est propriétaire à s'interroger. Et voilà, il s'est avéré que c'était une œuvre inconnue jusqu'à maintenant. On raconte que Burne-Jones a essayé d'y résoudre son conflit intérieur, tiraillé qu'il était entre ses sentiments pour sa femme et pour sa maîtresse. Comme il n'y est jamais parvenu, il n'a pas achevé la toile.

– Ouah ! Eh bien, ça explique pourquoi ces gens ont l'air si malheureux.

– C'est incroyable, non ? Il n'a même pas peint leurs visages, mais on ressent leurs émotions rien qu'à leur attitude. Au fait, je m'appelle Tristan.

Il m'a tendu la main. J'ai pris le temps de mieux le regarder. Il avait la peau pâle, ses cheveux châtains étaient de la même couleur que son costume. J'ai dû paraître hésiter un tout petit peu trop longtemps, en me demandant s'il draguait souvent comme ça les filles dans les musées, parce qu'il a continué :

– Tu es Karina, n'est-ce pas ? Si ce n'est pas toi, toutes mes excuses. Je cherche une fille américaine qui correspond à ta description.

– Oui, oui, c'est moi Karina ! Excuse-moi, je ne m'attendais pas à rencontrer qui que ce soit.

Nous nous sommes serré la main, il a secoué la mienne à plusieurs reprises avant de la lâcher.

– Je suis le stagiaire d'été de Monsieur Martindale. J'étais parti faire une course pour lui quand je t'ai vue. Je me suis demandé si tu n'étais pas la personne qu'on attendait. Autant le savoir ! Et voilà, c'est bien toi. Ravi de faire ta connaissance. As-tu déjà vu l'expo ?

– Non, je viens à peine d'arriver.

– Tu vas aimer ! C'est fantastique. C'est un grand honneur de travailler dessus. Et Monsieur Martindale est un génie. Il faudra que tu me dises ce que tu penses de toutes ces peintures !

Il a fait une pause, le temps de reprendre son souffle.

– Bon, je dois y aller. Mais au retour, j'essaierai de te rejoindre dans l'exposition.

– Merci… Tristan.

– Oui, c'est mon prénom. Comme celui du tableau. Tu vois, maintenant, tu ne l'oublieras jamais !

Avec un sourire radieux, il m'a secoué la main à nouveau et s'est éclipsé rapidement. J'ai eu l'impression que je venais de rencontrer la version « Beaux Arts » d'un grand et jeune chiot très fougueux.

J'ai admiré la peinture inachevée encore quelques minutes, puis j'ai délaissé cette vision de l'angoisse, de la confusion des sentiments et de l'amour inassouvi pour pénétrer dans l'exposition.

Pas moins de sept salles m'attendaient, remplies de peintures mais aussi de sculptures et d'autres pièces d'art. J'ai parcouru l'expo lentement, en savourant mon plaisir. Le musée était encore à peu près vide, même si les gens commençaient à arriver. La plupart du temps, j'étais devant eux.

Pour ma thèse, j'avais étudié un grand nombre de ces tableaux. Mais pouvoir les contempler pour de vrai était tellement différent que de regarder leurs reproductions dans des livres, ou même en ligne, scannés en haute définition. Il y a une telle déperdition de qualité sur le papier ou sur l'écran. Et les détails ! Je me suis sentie légèrement irresponsable de les avoir décortiqués sans vraiment les avoir vus, pour la plupart. Et c'était de loin ce bon vieux roi qui recelait le plus de détails cachés. Plus j'avançais dans l'exposition, plus je me demandais pourquoi il y avait si peu de peintures d'Edward Burne-Jones. Dans la salle suivante, je suis tombée sur quelques petites pièces, dont un portrait de sa maîtresse et un de sa femme. Mais l'immense majorité de ses tableaux avaient été rassemblés dans la toute dernière salle, puisque traditionnellement, ce genre d'expo présente toujours les plus belles pièces à la fin. Dès que j'ai aperçu *Le roi Cophétua*, j'ai eu la chair de poule. Mon corps tout entier s'est mis à me picoter. J'avais l'impression de flotter en traversant la pièce pour arriver devant lui. À l'inverse d'Astarté, avec son air triste et ses doigts noués, la servante mendiante avait le regard clair et ouvert, invitant chacun à la regarder avec autant d'adoration que le roi Cophétua à ses pieds. Bien que j'aie étudié cette peinture, je ne me rendais pas du tout compte de sa taille. En fait, la toile faisait plus de trois mètres, les personnages étaient grandeur nature. L'autre chose que je n'avais pas vue dans les livres, c'était le cadre. Un truc chargé, orné et doré, qui ressemblait à un trône. Il faisait plus de trente centimètres de large. Du coup, l'ensemble touchait pratiquement le plafond de la galerie.

En le regardant, je me suis dit que le peintre avait été frappé par la beauté des femmes de sa vie au point d'en être complètement bouleversé. Il avait peint le personnage du roi, dans la même émotion, ayant posé sa lance à ses côtés et ôté son casque pour pouvoir admirer tout son saoul la beauté qui se présentait à lui. Voilà ce que j'ai ressenti à la vue de ce tableau. Et je n'étais pas la seule. Certains visiteurs s'étaient assis pour ne pas être distraits dans leur contemplation. Finalement, moi aussi je me suis assise sur un banc, au milieu de la pièce, ce qui m'éloignait un peu de la peinture. Mais même ainsi, son attraction était aussi forte. C'était incroyable.

– Une sacrée impression… a dit une voix sur ma gauche.

– Oh Tristan ! Tu m'as fait peur. Tu es là depuis longtemps ?

– Quelques minutes, a-t-il dit avec un grand sourire. Mais la vue vaut vraiment le détour !

– Ah ?!

J'ai eu le sentiment qu'en disant cela, il me dévisageait moi, pas le tableau. Mais ça ne me dérangeait pas. Il était réellement très chouette.

– Tu es là depuis des heures, a-t-il poursuivi. Tu manges un morceau ? C'est moi qui régale.

Dès qu'il a parlé de nourriture, le petit déjeuner que j'avais pris à l'hôtel m'a paru bien lointain.

– Volontiers.

– Alors, allons-y. Mais passons d'abord à la boutique.

Nous sommes sortis de l'exposition pour nous retrouver dans une boutique cadeaux entièrement dévolue aux préraphaélites. Je n'avais nul besoin d'un aimant Rossetti pour mon frigo ni d'une écharpe imprimée de motifs d'un de ses tableaux, mais Tristan s'est dirigé résolument vers la caisse avec un exemplaire du catalogue. Il a expliqué aux caissières que Monsieur Martindale lui avait demandé d'en prendre un pour moi, et combien il tenait à ce que j'en aie un. Les deux caissières n'ont pas dit un mot. La plus âgée lui lançait des regards sceptiques, pendant que la plus jeune gloussait bêtement. Tristan m'a tendu le catalogue, alors que nous entrions dans le hall d'entrée du musée.

– Voilà. Ça te sera bien utile.

Il m'a dirigée vers une sortie différente de celle que j'avais empruntée en arrivant le matin. Le livre était assez lourd, bien qu'il m'ait donné l'édition brochée. Je le tenais serré contre ma poitrine en sortant.

– Zut ! J'ai laissé mon parapluie à l'autre entrée !

– Peu importe, il bruine à peine, et nous n'allons pas très loin.

– Je ne voudrais pas mouiller ça, ai-je expliqué en montrant le catalogue pelliculé.

– Ah oui. Tu as peut être raison … Bon. (Il a enlevé sa veste et me l'a tendue.) Est-ce que ça fera l'affaire ?

– Tristan, je t'en prie.

– Mais c'est tout naturel, viens.

Il est sorti et je l'ai suivi. J'ai rentré la tête dans les épaules et j'ai caché le livre contre ma poitrine du mieux que j'ai pu. Nous avons marché, en courant à moitié, jusqu'à un café que j'avais repéré en venant du métro. Il s'est mis à pleuvoir plus fort juste avant notre arrivée. Nous nous sommes rués à l'intérieur, un peu hors d'haleine.

Nous nous sommes installés à une table du fond, loin de la porte d'entrée, et j'ai jeté un coup d'œil au menu. Ça ne me semblait pas si différent de ce qu'on trouve à New York : des potages, des sandwichs et des entrées chaudes.

– Oooh ! Du hachis parmentier ! J'adore ça.

– Tu ne veux pas prendre un club sandwich ? m'a-t-il demandé, un peu déconcerté.

– Je suis à l'étranger, je ne vais pas manger comme à la maison ! C'est si bizarre que ça ?

– Non, simplement je croyais que les Américains adoraient les sandwichs. (Il s'est frotté le menton.) Et je pensais que ça te ferait plaisir de manger quelque chose qui te rappelle ton chez-toi.

– Ouah ! Tu es adorable, Tristan. Mais je crois vraiment que je vais prendre du hachis parmentier. Ou peut-être du pasty de Cornouailles ?

– On dit pass-tee, m'a-t-il corrigée. C'est la version anglaise de l'empanadana.

Ça m'a bien fait rire. Je l'ai corrigé à mon tour.

– On dit em-pa-na-da.

– Ah bon. De toute façon j'ai toujours été nul en espagnol.

Une fois j'ai dû jouer don Quichotte dans une pièce, à l'école. Ça a été une vraie catastrophe. (Il a refermé son menu.) Moi je prends un sandwich.

Il a levé la main pour attirer l'attention de la serveuse. Nous avons passé commande et nous nous sommes remis à papoter. Tristan était un maître en la matière. Le temps, les choses à voir à Londres, les films, il était intarissable. Le hachis parmentier était très bon. J'ai un peu feuilleté le catalogue pendant qu'il était aux toilettes. Maintenant que j'avais vu les peintures en vrai, je trouvais les photos fades et sans vie. Nous sommes rentrés ensemble au musée, mais il est vite reparti travailler, pendant que je visitais une seconde fois l'exposition. J'allais bientôt avoir à y guider des groupes.

J'ai rattrapé mon retard en examinant à nouveau les peintures de Burne-Jones. Une de ses séries était intitulée *Persée et Andromède*. Pourquoi est-ce que l'armure de Persée était identique à celle de Cophétua ? Elles étaient toutes les deux constituées de couches de cuir noir, ornées de pointes et de crevés, sans style historiquement défini. Ça m'a donné à réfléchir.

Heureusement pas assez longtemps pour rater l'heure du thé, qui était proche. C'est Monsieur Martindale qui m'a sauvée, en me tendant mon badge d'employée de la Tate.

– Voilà pour vous. C'est tout à fait officiel, a-t-il dit en me remettant un badge nominatif gravé que j'ai épinglé sur mon pull-over. Et je vois que Tristan vous a remis un exemplaire du catalogue. Très bien. Il se trouve que le premier groupe auquel j'aimerais que vous organisiez une visite viendra demain après la fermeture.

– Voilà qui m'enthousiasme ! (J'espérais trouver un moyen de repasser mes vêtements avant.) Hum, puis-je vous poser une question ?

– Bien entendu !

– Pas à propos de l'exposition, mais au sujet de notre ami commun.

Nous étions debout au beau milieu de la galerie, juste devant *Andromède et Persée*. J'ai pris un air à l'aise et très détaché, même si les battements de mon cœur s'accéléraient quand je parlais de James.

– Ah ?

– Oui. Je me demandais, ces photos, y avait-il quelque chose sur l'enveloppe qui indiquait d'où elles avaient été postées ?

– Il n'y avait aucune adresse d'expéditeur.

Il a froncé les sourcils, il savait qu'il me l'avait déjà expliqué la veille.

– Mais y avait-il un cachet de la poste ?

Il a réfléchi un instant.

– Peut-être bien. Passez à mon bureau demain, à l'heure de la fermeture. Nous y jetterons un coup d'œil. Si vous pensez que ça peut vous aider à le localiser, je suis tout à fait d'accord.

Je l'ai quitté pour aller rencontrer Paulina et Michel, les amis de Becky.

En arrivant devant chez eux, j'ai cherché un moment la sonnette. La porte d'entrée était juste à côté d'un petit café qui semblait fermé, les vitres avaient été recouvertes de papier, comme s'il était encore en chantier. L'appartement était à l'étage. J'ai finalement trouvé la sonnette et Paulina a descendu les escaliers pour m'accueillir. Je ne sais pas à quoi je m'attendais. Peut-être à des gens qui ressemblaient plus à Becky. Mais Paulina et Michel étaient un peu plus âgés et plus rangés que je ne l'avais imaginé. Ils devaient avoir dans les quarante, ou même les cinquante ans. Paulina était une grande femme russe, avec des mèches de cheveux rouges, blonds et gris. Elle avait de la farine sur le front.

– Karina ? Vous êtes Karina ? Entrez, entrez ! Je suis en train de préparer des pâtisseries pour le thé. Excusez le désordre !

Elle m'a fait signe de la suivre. En haut des escaliers se tenait un petit homme aux cheveux bruns. Il était pratiquement de la même taille que moi. Il portait sur le bout du nez des lunettes rondes cerclées d'argent. Il m'a pris la main et l'a baisée.

– Bienvenue. Moi, c'est Michel, mais mes amis m'appellent Misha.

– Ravie de vous rencontrer, ai-je dit.

Découvrant le salon derrière lui, j'ai eu un « Oh ! » de surprise. Chaque centimètre carré de mur était recouvert d'œuvres d'art. Des sculptures, certaines peintures encadrées, d'autres semblaient avoir été peintes directement sur les murs, ou bien punaisées. Il y avait une grande cheminée avec un dessus en marbre, les meubles avaient été disposés entre les sculptures, et des étagères étaient remplies de livres et de bibelots, dans une vraie explosion de formes et de couleurs.

Au milieu de ce capharnaüm sympathique, deux fauteuils de velours rouge à pattes de lion et une causeuse, face à la cheminée, entouraient une petite table.

J'ai supposé que c'était une table à thé. Des théières et les tasses dépareillées, aussi éclectiques que le décor, avaient été disposées sur un plateau.

– Asseyez-vous tous les deux, a dit Paulina. Les scones sont sur le point de sortir du four.

Elle est allée à la cuisine, pendant que je m'asseyais avec Misha. Une délicieuse odeur a envahi les lieux. Misha m'a versé une tasse de thé. Sur la table, il y avait aussi quelques amuse-gueules et des biscuits au chocolat. Assise en face de la cheminée, je pouvais examiner le grand tableau qui était accroché au-dessus. C'était un portrait de mes hôtes, mais ils avaient échangé leurs vêtements avant de poser. Intéressant. La ressemblance était frappante.

– Racontez-moi ce qui vous amène à Londres. Becky nous a parlé d'un job d'été ? m'a demandé Misha.

– Oui, je travaille pour l'exposition de la Tate Britain sur les préraphaélites. Je vais guider mon premier groupe de visiteurs demain.

– Et vous êtes une experte des préraphaélites ?

Il avait un accent français, mais parlait couramment anglais.

– J'ai écrit mon mémoire de thèse dessus.

J'ai mis un morceau de sucre dans ma tasse et j'ai remué.

– J'ai eu la chance de rencontrer un des conservateurs, et une chose en amenant une autre…

– Vous êtes une sacrée veinarde !

Dans sa bouche, ça sonnait comme « vénade ».

Pauline est arrivée avec un plateau de scones tout chauds.

Pendant les minutes qui ont suivi, nous nous sommes concentrés sur les scones. Nous les avons ouverts en deux pour les beurrer, avant de les savourer. Impossible d'avoir la moindre conversation, je n'avais jamais rien mangé d'aussi bon. Ils devaient être meilleurs que ceux du Buckingham Palace Hôtel. Paulina a eu un sourire indulgent quand, finalement, nous avons ralenti la cadence pour nous installer au fond des fauteuils.

– Notre maison a parfois été surnommée la maison des petits plaisirs, a-t-elle dit.

– Et à juste titre ! a approuvé Michel en léchant les miettes qu'il avait sur les doigts.

– Mais au fait, où en étions-nous ? Becky nous a dit que vous cherchiez un logement.

– Oui, juste pour cet été. Ensuite je suis censée retourner en fac pour terminer mon doctorat.

– Et vous n'avez pas un sou ? a deviné Paulina, à moins que ce soit Becky qui le lui ait dit.

– C'est à peu près ça. Mon boulot à la Tate n'est pas déclaré. Je suis payée au noir.

– Voilà qui est étonnant, a dit Paulina en se penchant vers moi. Mais je suppose que le monde de l'art a ses mystères, n'est-ce-pas ?

En effet, ai-je pensé, en me demandant s'ils connaissaient aussi bien JB Lester que Lord Lightning. Si c'était le cas, je ne pouvais pas leur parler du rapport qui existait entre les deux. Becky et moi étions les seules à savoir que le sculpteur sur verre et la rock star étaient une seule et même personne.

– Tous les deux, vous avez l'air très branchés art ?

– Nous nous débrouillons, a dit Paulina en haussant les épaules. Tous nos amis sont plus ou moins des artistes.

– Je ne peux pas m'empêcher d'admirer ce tableau. C'est un ami à vous qui l'a fait ?

– Il est fantastique, non ? C'est notre pièce maîtresse, a-t-elle précisé en désignant le dessus de la cheminée.

– Pour dire la vérité, nous essayons de transformer le local, en bas des escaliers, en galerie. Mais l'argent rentre tout doucement, et il reste tant de choses à faire…

Elle s'est tue et a fixé sa tasse de thé, avant d'échanger un regard avec Michel, qui a poursuivi.

– Comme nous l'avons dit à Becky, nous avons une pièce en haut qui nous sert de réserve. Nous voudrions la remettre en état. Nous serions ravis de vous l'offrir, en échange de votre aide. Il s'agirait de la nettoyer et de travailler à la galerie en bas pour nous aider.

Ça m'a pris un moment pour comprendre ce qu'il venait de dire.

– Vous voulez dire que je travaillerai au lieu de vous payer un loyer ?

– Oui.

Il a eu un sourire entendu.

– C'est une super idée ! Mais peut-être que je devrais voir cette pièce, pour savoir à quoi je m'engage ?

– C'est tout à fait normal, a dit Paula. Allons tout de suite y jeter un coup d'œil.

Elle est passée devant, je l'ai suivie. Michel fermait la marche. Il m'a montré la porte de son atelier, puis nous avons monté une autre volée de marches. L'atelier de Paulina était à l'avant. Elle m'a laissée regarder un moment, j'ai découvert un grand nombre de toiles dans divers états d'avancement.

Nous nous sommes ensuite dirigés vers le fond de l'immeuble. Au bout du couloir, elle a poussé une porte en bois qui s'est ouverte en grand sur une pièce. Seul le seuil de la porte était libre. Partout ailleurs s'entassaient d'imposantes piles de livres, y compris sur ce qui semblait être un petit lit et sur la table à côté, ainsi que sur la commode qui était appuyée contre un des murs. Une masse de livres. Mais je pouvais quand même imaginer aisément ce que donnerait la pièce une fois qu'ils auraient été soigneusement rangés sur des étagères. La fenêtre qui donnait sur l'arrière était très haute, elle partait des étagères pour aller jusqu'au plafond.

– Dans l'idéal, a dit Paulina, nous aimerions installer quelques étagères dans le salon en bas, en descendant une partie de celles-ci. Mais nous n'en sommes pas encore là.

– Je crois que je peux m'en occuper.

La lumière de l'après-midi a traversé la petite fenêtre qui donnait sur la ruelle. Une fois réglé le problème des livres, ça deviendrait une pièce charmante et confortable.

– Super ! Paul', ouvrons une bouteille de champagne pour fêter ça ! a dit Michel. Bienvenue à l'ArtiWorks !

Paulina s'est mise à rire.

– Vous allez vite vous rendre compte que Misha se sert de n'importe quel prétexte pour ouvrir du champagne. Heureusement qu'il existe des demi-bouteilles !

– ArtiWorks ? ai-je demandé pendant que nous redescendions. Je croyais que c'était la maison des petits plaisirs ?

– C'est le nom de notre future galerie, si nous arrivons un jour à l'ouvrir, a-t-il expliqué en faisant sauter le bouchon d'une petite bouteille. Ses bulles m'ont chatouillé les narines.

– Donc vous êtes aussi adepte de Lord Lightning ? m'a demandé Paulina pendant que nous buvions notre champagne à petites gorgées.

– Pas exactement, ai-je dit, sans savoir précisément jusqu'où aller.

– Becky nous a raconté que vous tentiez de le retrouver, a-t-elle continué. Mais c'est tout ce qu'elle a dit.

– Oui, je…

Je me suis arrêtée. Je ne savais pas quoi dire.

– Vous n'avez pas besoin de nous dire quoi que ce soit, a très vite ajouté Misha.

– Nous sommes de fins limiers, il nous est même arrivé de découvrir où il résidait.

Je n'ai pas pu me retenir de demander :

– Avez-vous entendu parler de quelque chose récemment ?

Tous les deux ont secoué la tête. Paulina m'a versé du thé.

– Nous avons entendu dire qu'il était en Angleterre, a-t-elle répondu, avec un peu de regret dans la voix. D'habitude, nous en savons plus, mais pas cette fois.

C'était une avancée ténue, mais une avancée quand même. J'ai senti une bouffée d'espoir. Ils avaient l'air tellement gentils. J'ai levé les yeux vers le tableau.

Tous les deux y souriaient, ils avaient l'air bien plus jeunes, mais je savais que parfois les portraitistes avantagent leurs modèles.

– Quand est-ce que ce tableau a été peint ?

– Oh ! il y a des années, a dit Paulina. Et le peintre s'était inspiré d'une photo encore plus ancienne, du temps où nous travaillions encore à l'université. Misha, où est-elle déjà ?

– Elle est là.

Il s'est levé et s'est dirigé vers une étagère qui croulait sous les cadres de photos Il en a pris un et me l'a apporté.

– Bien sûr, le peintre n'a pas intégré les autres étudiants.

Sur le coup, j'ai eu la respiration coupée et ma gorge s'est serrée très fort. La photo montrait un groupe de gens avec au centre Paulina et Michel, tout jeunes, qui avaient échangé leurs vêtements. Parmi ceux qui les entouraient, il y avait un grand jeune homme qui avait bougé la tête au moment du cliché. Du coup, elle était floue. On ne pouvait pas vraiment distinguer ses traits, mais sa posture, sa silhouette, la forme de ses épaules…

Il ressemblait à James. C'était sûrement lui.

Mes deux interlocuteurs aussi semblaient retenir leur respiration. Je n'ai pas su quoi dire.

Paulina m'a repris doucement le cadre des mains.

– Il nous manque à nous aussi.

Voilà ce qu'elle a dit avant de reposer la photo sur l'étagère, derrière les autres.

– Quand allez-vous venir vous installer ? m'a demandé Michel.

J'étais encore complètement chamboulée par la révélation qu'ils venaient de me faire. Tous deux étaient bien plus que des fans, ils savaient de quoi il avait l'air sans masque, bref, ils le connaissaient. Du moins, ils l'avaient connu des années auparavant. Apparemment, il se cachait d'eux également.

J'ai essayé de revenir à des choses concrètes.

– Je crois qu'il faudrait que je débarrasse le lit et la commode avant d'emménager !

– Autant commencer maintenant, a gazouillé Paulina, le regard plein d'espoir.

– Je vais vous aider, si vous voulez, a offert Michel.

– Non, non, je vais m'y mettre toute seule. Il n'y a pas la place pour deux, de toute façon. J'irai chercher mes affaires à l'hôtel un peu plus tard.

– Je dois sortir de toute façon. Je viendrai avec vous pour vous aider à porter vos affaires, a proposé Paulina.

– Je n'ai vraiment pas grand-chose. (Je n'ai pas pu m'empêcher de sourire.) Juste une valise et la sacoche de mon ordinateur. Mais ce n'est pas de refus.

– Alors c'est décidé. Je monterai voir où vous en êtes dans une heure ou deux, a-t-elle conclu. Misha, c'est à toi de faire la vaisselle.

– Eh oui, ma chère ! C'est une formidable cuisinière, vous savez, mais toute médaille a son revers. Elle cuisine, et moi je nettoie.

Il a disparu dans la cuisine et moi j'ai grimpé les escaliers, pendant que Paulina s'installait confortablement devant la cheminée avec un livre, en sirotant son reste de thé. Je n'en étais pas sûre jusque-là, mais maintenant j'étais convaincue que j'allais vivre un été fort intéressant.

3

Trop cool pour faire illusion

Heureusement, le lendemain, je n'avais pas de boulot avant le soir. Le décalage horaire m'avait tenue éveillée toute la nuit. Du coup, j'en avais profité pour étudier le catalogue et je m'étais finalement endormie au petit matin. À mon réveil, en début d'après-midi, je ne savais plus où j'étais. Le petit lit entouré par les livres me paraissait irréel. Puis je me suis souvenue de Paulina et Michel, et de notre expédition tardive pour récupérer mes affaires à l'hôtel. Le réceptionniste avait eu un air inquiet quand j'avais rendu ma chambre sur le coup de onze heures du soir. Il pensait peut-être que les deux personnages bizarres qui m'accompagnaient étaient en train de me kidnapper.

Et peut-être étaient-ils des artistes qui allaient vraiment m'emmener au royaume féérique de l'Art. À mon réveil, Paulina m'a préparé un petit déjeuner. Ensuite elle m'a aidée à repasser mon blazer pour que j'aie l'air présentable. J'avais acheté cette veste exprès pour mes entretiens d'embauche, et une fois les faux plis disparus, j'ai trouvé qu'elle me donnait l'air chic et intelligent.

Monsieur Martindale le pensait également.

– Vous êtes parfaite, me dit-il en me faisant entrer dans son bureau. Merci d'avoir accepté de travailler en dehors des horaires habituels.

– Pas de problème, tant que vous aurez besoin de moi.

– La plupart de nos mécènes ne craignent pas la foule, mais certains préfèrent ne pas apparaître en public. C'est le cas de notre invité de ce soir. Il va arriver avec ses amis d'ici peu. Mais avant, jetons un coup d'œil à ce paquet.

Il s'est installé à son bureau et a sorti les photos de James de leur enveloppe, puis il me l'a passée.

Il n'y avait pas de timbre, mais une étiquette de la poste qui indiquait le montant de l'affranchissement. Elle comportait en outre une série de nombres et de lettres.

– Est-ce que vous savez ce que ça veut dire ? Est-ce que ça peut servir à tracer le paquet ?

Il a regardé l'enveloppe que je lui tendais à travers le bureau.

– À vrai dire, je n'en sais rien.

– Peut-être pourrions-nous jeter un coup d'œil sur Internet ?

– Je ne sais pas. Vous pensez que c'est possible ?

Il s'est tourné vers le clavier et le moniteur qui occupaient une extrémité de son bureau.

– J'avoue que je ne sais pas faire grand-chose, à part répondre à mes mails.

– Puis-je faire un essai ?

– Je vous en prie. Changeons de chaises.

Il s'est levé et m'a cédé son fauteuil avec un petit signe de tête.

L'ordinateur était branché, l'écran s'est allumé quand j'ai bougé la souris.

Après avoir ouvert le navigateur, j'ai commencé ma recherche. Le site Internet de la Poste royale évoquait la disparition des timbres-poste au profit d'étiquettes sur mesure. Ce qui signifiait que l'expéditeur, quel qu'il soit, avait dû se rendre dans un bureau de poste pour envoyer ce paquet.

C'était un début. Mais je n'ai pas trouvé d'annuaire pour les codes des étiquettes, seulement un texte sans intérêt qui expliquait que chaque bureau de poste possédait le sien.

– Une chose est sûre, ai-je dit à Monsieur Martindale, la liste des codes nous indiquerait d'où le paquet à été posté. Mais je ne la trouve pas sur ce site.

– Peut-être sur celui de la police ? a-t-il suggéré. C'est le genre d'information qui doit vivement les intéresser.

– Je parie qu'en continuant à creuser, je vais finir par trouver.

– Bon, mais peut-être vaudrait-il mieux poursuivre plus tard. Il est presque l'heure de notre rendez-vous.

J'ai éteint l'ordinateur et je lui ai rendu les photos, mais il les a refusées.

– Pourquoi ne les gardez-vous pas pour l'instant ?

J'ai glissé l'enveloppe dans mon sac à main. Nous avons pris un raccourci pour nous rendre du bureau vers le musée.

Le temps était délicieux, à peine un peu plus frais au fur et à mesure que la soirée avançait. Une légère brise soufflait depuis la rivière. Comme nous approchions de l'entrée de derrière, un chauffeur est sorti d'une limousine en stationnement. J'ai immédiatement pensé à Stéphane. Le chauffeur est allé ouvrir la portière arrière. Un homme vêtu d'un costume brillant, genre en satin, les cheveux noirs artistiquement coiffés, en est sorti. C'était le genre sublime mannequin de défilés, avec ce regard vide et méprisant qu'on voit sur les couvertures de magazines. Deux jeunes femmes, une blonde et une brune, l'ont suivi. Elles avaient le même regard. J'ai eu le temps de les détailler pendant que Martindale me menait droit sur eux. J'avais pensé que les riches donateurs seraient des personnes relativement âgées. Tout au contraire, cet homme me rappelait James, et les deux jeunes femmes avaient la beauté froide et sculpturale de Lucinda. Je ne l'avais rencontrée qu'une fois, à cette soirée libertine, mais elle m'avait donné l'impression d'être à la fois sensuelle et sulfureuse, comme la plupart des gens ce soir-là. Confiante et sûre d'elle, elle dégageait des ondes d'érotisme. À moins que ce ne soit moi qui aie interprété son sang-froid comme de l'érotisme ? C'était James tout craché, tout en contrôle, sachant parfaitement qu'il faisait tourner toutes les têtes et que les gens bavaient sur son passage. Même si ce calme extérieur cachait une âme passionnée, tourmentée. Je me suis rappelé la parfaite maîtrise avec laquelle il m'avait attachée avec les cordes, et sa façon de trembler contre mon corps, pratiquement incapable de s'empêcher de me baiser avant que mon corps soit prêt à le recevoir…

La voix de Monsieur Martindale m'a ramenée à la réalité.

– Monsieur Damon George, voici Karina Casper. Elle va vous faire visiter l'exposition.

– Heureux de faire votre connaissance, Madame Casper.

L'homme m'a serré la main rapidement. Martindale semblait attendre qu'il nous présente ses compagnes, mais il n'en a rien fait. Elles sont restées silencieuses, derrière lui. Le conservateur s'est gratté la gorge.

– Bon, eh bien, entrons.

Un agent de sécurité nous a ouvert la porte. Monsieur Martindale nous a conduits vers l'entrée de derrière, à travers toute une série de couloirs dont j'ignorais l'existence. Les deux femmes étaient juchées sur des stilettos incroyablement hauts, du coup nous avancions lentement. Les sons de leurs hauts talons et ceux de nos chaussures résonnaient dans le musée désert.

– Excusez la poussière des travaux, a dit le conservateur comme nous traversions une zone où avait lieu la plus grosse partie des restaurations.

– Pourquoi devrais-je m'en offusquer ? a répondu Damon George. C'est moi qui en finance la majorité, n'est-ce pas ?

– Ha, ha, c'est vrai ! Nous y voici. Je vous laisse entre les mains de Madame Casper. Karina, quand vous aurez fini, décrochez ce téléphone pour prévenir la sécurité.

– Oui, Monsieur Martindale, ai-je dit en me demandant si je devais lui faire la révérence. Je n'en ai rien fait. Lui m'a fait un vague signe d'adieu avant de s'éclipser.

Quand nous avons pénétré dans la première galerie, l'éclairage avait été allumé. J'ai respiré un bon coup avant de débiter mon laïus sur la Fraternité préraphaélite. Il ne m'a même pas laissée commencer.

– Karina Casper, a-t-il dit. Puis-je vous appeler Karina ? Appelez-moi Damon plutôt que monsieur George.

– Bien sûr.

J'ai tenté de deviner son âge. Trente ans, peut-être ?

– Y a-t-il quelque chose que vous voudriez savoir en particulier, concernant les préraphaélites ?

– Peut-être. Ou peut-être est-ce que je veux simplement communier avec leur art.

Sa langue a claqué et il s'est mis à arpenter la première rangée de tableaux en entraînant derrière lui les deux femmes, comme deux animaux domestiques obéissants.

Elles me rappelaient les jeunes femmes que j'avais rencontrées à cette fête libertine. Je me demandais s'il leur avait interdit de parler. Peut-être que je ferais mieux de me taire, moi aussi, après sa sortie sur la communion avec l'art. Il était aussi imbuvable qu'à son arrivée, mais je me suis rappelé qu'il était aussi l'un des principaux mécènes du musée et que mon boulot consistait à lui faire des courbettes. Je l'ai donc suivi comme ses deux toutous. Il est resté muet jusqu'à ce que nous soyons arrivés devant le célèbre tableau où Ophélie se noie.

– Vous voyez, j'imagine, que cette peinture traite de la violence faite aux femmes. Comment peut-on montrer ça au public ?

J'ai failli mordre à l'hameçon. Mais il était évident qu'il cherchait, en sortant une idiotie, à me faire sortir de mes gonds. Je n'allais pas lui offrir cette satisfaction.

– Notre mission est de préserver et de montrer l'art, ai-je répondu en prenant ma voix de guide la plus parfaite. Pas de privilégier une interprétation particulière. Chaque chef-d'œuvre peut être interprété de mille et une façons. En fait, je pense que plus il est grand, plus il offre d'interprétations possibles.

Il a eu un petit rire sous cape.

– Très politiquement correct, ma chère.

S'il avait su ce que je pensais réellement, à savoir que je n'en avais rien à foutre de son opinion sur l'art, il aurait sans doute trouvé ça moins politiquement correct. Quel con arrogant ! Mais au lieu de ça, je lui ai adressé mon plus beau sourire de serveuse et nous avons poursuivi. Il ne s'est pas attardé devant beaucoup de tableaux, il a filé jusqu'à la dernière salle.

– Ah ! Passons maintenant aux œuvres vraiment sexy, a-t-il dit en ouvrant les bras, comme s'il voulait enlacer les nus d'Andromède.

J'aurais dû me douter que c'étaient ses tableaux favoris. Andromède était le seul personnage dévêtu de toute l'exposition. Burne-Jones l'avait peinte en triptyque, sur le point de se faire dévorer par un serpent de mer et sauvée par Persée. Le premier tableau représente leur coup de foudre, alors qu'elle est nue sur les rochers et qu'il enlève son casque pour l'admirer.

Sur le second, elle nous tourne le dos tandis que Persée lutte contre les sombres tentacules du serpent de mer. Sur le dernier, elle est habillée et ils sont tous deux penchés sur un puits. Persée lui montre la tête de la Méduse qui s'y reflète. Tout d'un coup, je me suis rendu compte que la robe d'Andromède était la copie conforme de celle que portait la servante mendiante. Je me suis approchée pour mieux l'examiner.

– Vous savez que vous regardez dans le mauvais sens, a murmuré Damon à mon oreille, comme si la galerie était remplie de monde. Or elle ne l'était pas. J'ai fait un écart mais il a poursuivi :

– Vous regardez de droite à gauche, alors que l'histoire est racontée dans l'autre sens.

Qu'est-ce qu'il voulait dire ? J'ai froncé les sourcils en me demandant quelle nouvelle idiotie il me racontait cette fois-ci. Essayait-il à nouveau de me faire sortir de mes gonds ?

– Ça suit l'ordre du conte mythologique.

– Mais justement. Vous êtes censée voir que le grand et puissant Persée a été conquis et apprivoisé par la belle jeune fille. La première chose qu'il fait ? Il se découvre la tête, ensuite il coupe la tête du serpent, et finalement il lui montre que la tête de la Méduse ne représente plus de danger. Autrement dit, il s'émascule pour elle – le serpent, la tête et l'épée sont tous des symboles phalliques.

– Et alors ? Ça fonctionne bien de gauche à droite.

– Je sais. C'était la seule version de l'histoire acceptable pour les Victoriens. Mais la vraie histoire se raconte dans l'autre sens. La voilà. Au début, il est tout tranquille, il lui fait croire qu'il la protège, et à la fin il est sur le point d'enfiler son casque et de la violer.

– C'est complètement ridicule !

– Les Grecs anciens le racontaient de droite à gauche, pas de gauche à droite, a-t-il affirmé sur un ton suffisant.

Je me suis creusé la tête en essayant de me souvenir de tout ce que j'avais appris au sujet de ces peintures. J'étais presque sûre que Burne-Jones avait peint trois ou quatre autres Persée. Si je me souvenais des dates, je pourrais lui prouver qu'il avait tort. Mais ça ne figurait pas dans ma thèse, du coup les dates ne me revenaient pas à l'esprit.

– Et pourquoi êtes vous si féru de culture grecque ancienne ?

Il s'est mis à rire et s'est retourné pour me faire face, devant le tableau.

– Vous ne voyez pas la ressemblance ?

Le truc dingue, c'est qu'il y en avait réellement une. C'était Persée en chair et en os, avec le petit sourire suffisant en plus. Pourtant, je ne voyais toujours pas le rapport.

– George, c'est le nom anglicisé de Georgiades, a-t-il expliqué. Donc disons simplement que… je sais parler grec.

D'accord.

– Voilà une théorie fort intéressante, Monsieur Georgiades.

– Damon, je vous prie. (Il avait repris son air ironique. J'étais sûre qu'il allait encore me mettre en colère.) Je n'apprécie une certaine formalité qu'avec les personnes que je baise.

Je l'aurais parié. S'il espérait me choquer, c'était raté.

– Est-ce la raison pour laquelle vos compagnes sont muettes ? Et qu'elles n'ont pas de nom ?

Son sourire s'est élargi.

– Vous êtes très perspicace, Karina. Je ne l'aurai pas cru en vous voyant, mais l'habit ne fait pas toujours le moine. J'imagine que vous avez écumé les soirées chaudes et les boîtes de nuit de New York ?

– Non, pas vraiment.

– Hmm…

Il a hoché la tête avant de se retourner vers la peinture qui était derrière lui.

Il a claqué des doigts. À son signal, les deux femmes se sont jetées l'une sur l'autre en s'embrassant. J'ai eu un mouvement de recul.

– Vous pouvez rester et regarder, Karina. Mais si c'est trop hard pour vous, je vous demande juste, oh, environ sept minutes d'intimité.

– Vous vous moquez de moi ? Je ne peux pas vous laisser seuls avec ces peintures !

Cette idée me choquait bien plus que le fait qu'il soit accompagné par deux esclaves sexuelles. J'ai alors compris qu'il les avait amenées avec lui jusqu'à la galerie uniquement pour s'envoyer en l'air avec elles. Pas étonnant qu'il ait payé une somme considérable pour bénéficier d'une visite privée après l'heure de fermeture de l'expo.

– Même si je vous promets que nous n'y toucherons pas ?

En disant « toucherons », il s'est caressé le sexe sur toute la longueur, à travers son pantalon. Je n'allais pas me laisser distraire pour si peu.

– Je suis désolée, Monsieur George, mais je ne vous connais pas assez pour pouvoir vous faire confiance. Le fait que vous soyez riche ne suffit pas à faire de vous un honnête homme.

Il a hoché la tête.

– C'est bien vrai. Alors je suppose que vous allez devoir rester.

Avant que j'aie eu le temps de répondre, il a claqué des doigts à nouveau en disant « Cadeau. »

Les deux femmes se sont mises en branle simultanément, et ont pris la pose avec une précision toute militaire, jambes écartées, bras derrière le dos, poitrine rejetée vers l'avant. Damon a tourné autour en les examinant, puis en posant ses mains sur les seins de la première pour tâter la rigidité de ses mamelons qui pointaient sous sa blouse. Il a ensuite glissé sa main jusqu'au mont de Vénus de la seconde, et a soulevé sa jupe. De là où j'étais, je ne pouvais pas tout voir, mais j'étais prête à parier qu'elle ne portait pas de slip. Elle a émis un gémissement quand il a enfoncé un doigt en elle.

– Tellement à point, tellement prêt, a-t-il murmuré en remontant la main vers son visage.

Elle a léché son doigt. Il me faisait face maintenant, une main sous la jupe de chacune des filles. Elles s'efforçaient de rester silencieuses pendant qu'il fourrageait dans leur intimité. Je me suis souvenue que j'avais fait pareil lorsque James m'avait caressée sous la table, au restaurant. Damon avait un sourire mauvais, il gardait les yeux rivés sur moi pendant qu'il tourmentait et donnait du plaisir à ces deux filles. Je ne pouvais pas m'empêcher d'essayer de deviner ce qu'il leur faisait. Une d'elles a poussé un glapissement, était-ce parce qu'il lui avait pincé le clitoris ? Ou enfoncé un deuxième doigt ? L'autre a soudain fléchi les genoux pour retrouver son équilibre et reprendre son souffle, était-elle sur le point de jouir ? J'entendais le son mouillé de ventouse que faisait sa main quand elle la pénétrait.

J'essayais de rester immobile, mais j'avais une folle envie de serrer mes jambes l'une contre l'autre pour calmer mon excitation qui montait. Les deux filles, elles, avaient un mal de chien à rester en équilibre sur leurs hauts talons, tellement elles tremblaient de plaisir. Je me demandais s'il allait les faire jouir là, devant mes yeux.

Non, il était plus cruel que cela. Il s'est raclé la gorge, a libéré ses mains et les a tendues aux filles pour qu'elles les lèchent. Pendant que leurs langues entraient en action, il s'est écrié :

– Nous avons assez scandalisé Karina. Je vous finirai toutes les deux dans la voiture. Allez vous nettoyer aux toilettes pour dames maintenant. Et n'en profitez pas pour vous tripoter.

Il a claqué des doigts à nouveau. Les deux filles, écarlates et pantelantes, se sont redressées, elles ont rajusté leurs vêtements et ont filé vers les toilettes. L'une d'elles arborait un sourire de jubilation.

Damon s'est tourné vers moi.

– Vous avez l'air plus intriguée que scandalisée, Karina. (J'ai tenté de prendre un air digne et offensé, sans résultat.) Avez-vous été excitée par ce que vous avez vu ? Ou par l'idée que vous vous en faisiez ?

J'étais excitée à l'idée que James m'avait touchée de la même façon, ai-je pensé, voilà tout.

– Où voulez-vous en venir, Monsieur George ?

Il a souri.

– Vous êtes décidemment très formelle. Je vous ai dit que j'aimais l'être uniquement avec les personnes que je baisais. Un peu plus, et je pourrais croire que vous flirtez avec moi.

Il m'exaspérait. J'étais sur le point de lui dire d'aller se faire foutre quand il a glissé une main dans sa veste. Il en a sorti une carte de visite, mais pas uniquement. Il y avait aussi un gant en satin rouge. Je l'ai regardé fixement. La Société du Gant Écarlate ? N'était-ce pas ainsi que Renault avait appelé la société secrète de riches libertins dont James faisait partie ?

James m'avait expliqué qu'elle avait été fondée en Angleterre. Damon a renfourné le gant dans sa poche et m'a remis sa carte. Un numéro de téléphone y était imprimé. Exactement comme la carte que James m'avait donnée, une fois, avec son numéro de téléphone personnel. En tenant la carte du bout des doigts, j'ai ironisé :

– Et je suppose que vous vous attendez à ce que je vous appelle quand je n'en pourrai plus, que j'aurai trop envie que Papa vienne me donner la fessée ?

– Oh non, Karina. Ce n'est pas mon numéro. C'est une proposition bien plus intéressante.

Je l'ai regardé, sceptique.

Il a enfoncé ses mains dans ses poches, en essayant de paraître un peu moins arrogant.

– Il s'agit d'un club privé, ici à Londres. Je suis un de ses recruteurs.

– Vous recrutez de nouveaux membres ?

Il a eu un petit rire exaspérant.

– Pas des membres, des stagiaires. Des stagiaires de type SES.

– De type SES ?

– Servantes, Esclaves, Soumises, a-t-il expliqué avec un sourire. Nous avons un programme de formation. Les deux filles qui m'accompagnent sont des stagiaires, elles sont pratiquement prêtes à passer leur diplôme.

Mon esprit s'est mis à battre la campagne. C'était une nouvelle piste qui pouvait me mener jusqu'à James. Cette nuit où il m'avait jetée comme une vieille chaussette, vers qui s'était-il tourné ? Vers Lucinda ? Ou d'autres de ses connaissances sur place ? Mais s'il était en Angleterre, s'il cherchait une nouvelle Cendrillon ou s'il tentait d'oublier l'ancienne, il allait sûrement contacter la Société du Gant Écarlate.

J'ai pris une profonde inspiration.

– Voulez-vous dire que vous me proposez de devenir stagiaire ?

Subitement, il est devenu sérieux. Très sobre, en comparaison du play-boy insupportable qu'il était encore quelques minutes plus tôt.

– Je vous invite à y réfléchir. Si vous voulez poser des questions sur leur expérience à ces deux-là, je leur donnerai mon autorisation. Si après ça vous êtes intéressée, c'est moi qui vous parrainerai pour votre formation.

– Et si j'appelle ce numéro en disant « C'est Damon qui m'envoie », que se passera-t-il ?

– Vous aurez un rendez-vous pour passer une audition. Bien sûr, je ne peux pas vous garantir que vous serez acceptée, mais je dois dire que vous m'intéressez. Je suis assez intrigué par vous pour avoir envie de vous préparer personnellement à votre audition. (Un soupçon de son ton de petit coq sûr de lui est réapparu dans sa voix.) Si vous êtes intéressée…

Le bruit des deux paires de talons aiguilles a résonné.

– Je ne suis pas particulièrement intéressée par vous, Damon. C'est ce club qui m'intrigue.

– Bon, voulez-vous leur poser des questions ? a-t-il demandé en me montrant les deux filles.

– Ça me semble être une bonne idée.

– Si vous êtes libre maintenant, venez prendre un café avec nous.

– Tout de suite ? Je pensais que vous alliez, euh…

Il s'est mis à rire.

– Je sais ce que vous avez pensé. Que si je ne pouvais pas les sauter dans la galerie, j'allais le faire dès que nous serions retournés à la limousine ? C'est tentant, bien sûr. Mais une partie de mon boulot de formateur consiste à ne pas céder à la tentation. Ou au moins à savoir quand le faire. La possibilité de vous introduire dans notre milieu représente pour moi une opportunité beaucoup plus intéressante.

– Oh ?

– Et peut-être que, plus tard, je vous baiserai toutes les trois ensemble dans cette galerie ou à l'arrière de la limousine. Qui sait ? (Un sourire espiègle s'est formé sur ses lèvres.) Quand je parie, j'ai tendance à faire monter les enchères.

Une partie de moi pensait « même pas en rêve, mon pote ! », pourtant son offre m'intéressait dans la mesure où elle pouvait me rapprocher de James… Peut-être que ça serait également l'occasion pour moi de découvrir si c'était vraiment James qui me manquait ou s'il m'avait rendue accro à la domination sexuelle.

– Ok, très bien, les filles et moi nous allons prendre un café, pendant que vous, vous irez prendre une douche froide, ou ce que vous voulez.

Il a eu l'air enchanté et s'est esclaffé :

– Parfait. Appelez le gardien pour qu'il vienne fermer et sortons d'ici.

Les deux jeunes femmes se prénommaient Nadia et Juniper (qui m'a demandé de l'appeler Juney). J'aurais parié qu'elles étaient mannequins et scandinaves, mais dès qu'elles ont ouvert la bouche, j'ai reconnu leur accent de grandes filles toutes simples de Manchester. Damon nous a installées toutes les trois dans une alcôve, au fond d'un café à l'éclairage tamisé, puis il nous a laissées tranquilles.

– Il essaie de te recruter. Comme c'est excitant ! s'est écriée Juney avec enthousiasme.

– Ah bon ? Racontez-moi ce programme de formation. Vous le suivez depuis combien de temps ?

– Moi depuis six mois, environ. Et toi Nadia ?

– Depuis huit mois. Mais c'est sans compter les trois premiers mois avec Damon.

– À toi aussi, il t'a offert des cours privés, alors ? ai-je demandé.

– En fait, nous avons eu une aventure torride pendant trois mois, avant qu'il ne me présente au club, a-t-elle gloussé. C'était très amusant d'être avec lui, mais l'entraînement pour le club est encore plus passionnant.

– Ah bon ? Quel genre de choses est-ce qu'on vous demande de faire ?

– Eh bien, ça commence par des trucs basiques, comme servir au restaurant du club, a commencé Nadia.

– Je devrais être capable de m'en sortir…

– Certaines stagiaires offrent des prestations particulières, comme le massage ou le rasage.

Juney lui a tapé sur l'épaule.

– Les trucs ennuyeux ne l'intéressent pas. Elle veut qu'on lui parle de S-E-X-E.

Elle s'est penchée en avant en remuant sa tasse.

– Côté sexe, c'est formidable.

– C'est ce que j'essaie de comprendre, en quelque sorte. (Je me suis penchée en avant, moi aussi.) Vous êtes payées pour ça ? Est-ce que c'est de la prostitution ?

Elles ont éclaté de rire, comme si ce que je venais de dire était ridicule.

– Tout le truc, c'est justement de ne pas être payées, a répondu Juney, parce que si nous l'étions, alors là, ça serait de la prostitution. Nous le faisons parce que c'est excitant, amusant, et que c'est un moyen fantastique pour rencontrer des hommes extrêmement riches.

– Des femmes aussi, a poursuivi Nadia. Jadis, peut-être, les membres du club étaient tous des gentlemen, mais maintenant, c'est ouvert aux top-modèles et aux stagiaires. Au club, nous sommes à la fois un plaisir pour les yeux et des exemples à suivre pour les top-modèles. Les riches libertins ont besoin de partenaires qui ne soient pas systématiquement d'autres riches libertins, sinon cela peut devenir compliqué.

– Bien que parfois, on puisse avoir envie que ce soit compliqué, a poursuivi Juney. Je sais que je suis un peu perverse pour la baise. J'ai été initiée par de gros porcs dominateurs en boîte de nuit. Ils ne savent pas traiter les soumises correctement. Quand aux rencards sur Internet ? Beurk ! En ligne, ils semblent tout à fait pervers, mais quand tu les rencontres, c'est toujours la même histoire. Ils veulent te donner la fessée une ou deux fois et ensuite, c'est « Hé chérie, prépare-moi un sandwich pendant que je regarde le match de Manchester à la télé ».

– Attends, tu refuses de faire un sandwich à ton petit copain, mais ça ne te pose pas de problème de servir des gens riches ?

Juney a fait les yeux ronds.

– Mais ce n'est pas la même chose ! Explique-lui, Nadia.

Nadia s'est raclé la gorge et a pris une gorgée de thé.

– L'entraînement comporte des étapes particulières. Tu dois apprendre le service en général, ainsi qu'une compétence particulière, et montrer que tu fais des progrès dans les activités sexuelles. Mais il existe des règles.

– J'imagine que tout le monde a juré le secret ?

– Bien sûr. Ce que je veux dire, c'est qu'il existe des règles concernant ce qu'ils peuvent faire ou pas aux stagiaires.

Nadia a jeté un coup d'œil autour de nous avant de poursuivre.

– Certaines sont évidentes. Ils n'ont pas le droit de blesser ou de faire des marques permanentes, par exemple. Le plus important, c'est que tu as le droit de refuser ce qui te fait peur. Par exemple, si tu as peur du feu, tu peux refuser la cheminée.

– La cheminée ?

Nadia a fait claquer sa langue.

– C'est moins pire que ce qu'on imagine. Et puis tu sais, finalement, tout est une question de limites et de règles. Et d'honneur, d'honneur personnel. Tout dépend si tu es fiable ou pas. Si tu n'es pas fiable, tu es virée.

Je me suis demandé si ça expliquait en partie l'obsession de James à propos de l'honnêteté.

– Ok, et Damon est le responsable de votre formation ?

– Non, nous travaillons surtout sous les ordres d'une femme qui s'appelle Vanette. Monsieur George doit nous tester ce soir.

Juney a gloussé.

– J'ai hâte !

– Je ne vous retiens pas, alors, ai-je dit en avalant une gorgée de café.

– De toute manière il aurait inventé quelque chose de diabolique pour nous faire saliver, j'en suis sûre, a répondu Juney. J'espère que cette attente l'a fait bander comme un cheval. C'est le meilleur coup que j'aie jamais eu, et de loin.

– Il est bon, c'est vrai, et joli garçon en plus.

Nadia avait un air satisfait. Je n'ai pas pu m'empêcher de lui adresser un sourire réjoui en retour. Le coach Damon allait avoir du boulot pour dompter ces deux polissonnes.

– Merci d'avoir accepté de me parler.

– Je t'en prie !

Juney a bondi et m'a donné un baiser sur la joue, avant de renfiler sa veste.

– J'espère que nous nous reverrons là-bas. Tu verras, c'est dingue. Si tu as des tendances masochistes ou soumises, c'est formidable.

Nadia s'est levée est m'a tapoté l'avant-bras.

– Et, bien sûr, tu gardes strictement tout ça pour toi.

– Bien sûr.

– Échangeons nos numéros, si jamais tu avais d'autres questions à nous poser, a proposé Juney en griffonnant le sien sur un morceau de papier. Nadia a ajouté le sien en dessous.

J'ai hésité un instant. Je n'avais encore jamais donné le numéro du téléphone de James à quiconque. Mais c'était le téléphone dont j'allais me servir ici. Je l'ai noté, j'ai arraché le morceau de papier et je leur ai donné.

Elles se sont dirigées vers la sortie où Damon les attendait.

Il a réglé l'adition et tous trois m'ont fait un signe de la main en quittant les lieux.

J'ai pensé, eh bien voilà une soirée complètement différente de ce à quoi je m'attendais. Je me suis promenée un moment en faisant du lèche-vitrine dans la direction que je croyais être celle du métro. J'ai fini par entrer dans une librairie, puis j'ai flâné le long d'un parc où jouait un orchestre. Je venais d'entrer dans le métro quand mon téléphone a sonné. C'était un numéro inconnu. Ma première pensée : James ?

– Allô ?

Surprise, c'était Damon George. Une des filles avait dû lui donner mon numéro.

– Où êtes-vous, Karina ? Avez-vous besoin que je vous dépose ?

– Je pense que je peux retrouver mon chemin toute seule, merci. Vous en avez déjà terminé avec Nadia et Juney ?

– Ah ! Ça m'a pris plus d'une heure, c'est plus qu'assez pour ce soir. Laissez-moi passer vous prendre avec la voiture.

– Damon, ma mère m'a toujours dit de ne pas monter en voiture avec des inconnus.

– Même si je vous promets que je ne vous toucherai pas ?

Il ne pouvait pas deviner, en disant cela, qu'il me déclencherait la chair de poule sur les bras et dans le cou, à l'idée de tout ce que James était capable de me faire sans même me toucher.

– J'ai dit non, Damon.

– En vérité, Karina, vous n'avez pas dit non. Vous avez dit que votre mère vous l'interdisait.

– Vous m'énervez ! Très bien. Je voulais dire non. Et je vous le redis maintenant.

J'ai scruté la rue en me demandant s'il savait où j'étais et s'il était dans les environs. Mais ce n'était pas James, or ce genre de chose ne m'arrivait qu'avec lui.

– Ok, je comprends. Mais pourtant, j'aimerais vous reparler de ma proposition.

– Vos filles m'ont convaincue. J'appellerai le numéro que vous m'avez donné.

– Très bien, mais je pense que je peux vous aider, Karina.

– M'aider à passer l'audition, vous voulez dire ?

– Non. Je peux vous aider à comprendre votre attirance pour la domination et la soumission.

– Eh bien, si je réussis cette audition, vous aurez tout le loisir de le faire.

– C'est vrai. D'accord Karina, si vous n'êtes vraiment pas intéressée par un entretien avec moi, raccrochez maintenant.

– C'est ce que je vais faire ! Ahhh !

Il m'exaspérait vraiment. Si je ne raccrochais pas, cela signifiait que je voulais continuer à lui parler, et si je le faisais, il pouvait croire que j'obéissais à son ordre. J'ai raccroché en résistant à l'envie de jeter mon téléphone par terre. En vérité, j'avais besoin d'en parler avec quelqu'un qui s'y connaisse vraiment. Mais pas avec lui, me suis-je dit, pas comme ça !

Je suis rentrée à l'ArtiWorks, folle de rage contre Damon et en essayant d'imaginer à quoi allait ressembler mon audition dans cette société secrète.

Michel n'était pas là, et Paulina était dans son atelier. Je l'entendais chanter sur sa musique en travaillant. J'ai préféré aller dans ma chambre plutôt que de la déranger. Je pensais passer un peu de temps à ranger les livres, mais à la place, j'ai ouvert mon ordinateur portable sur mon lit et j'ai sorti l'enveloppe de photos de mon sac.

Je cherchais des infos à propos des codes postaux britanniques quand Becky est apparue dans la fenêtre de chat vidéo.

– Salut Becky !

– Coucou 'Rina ! Comment vas-tu ? Es-tu déjà installée chez Misha et Paul' ?

– Oui ! Et je crois avoir découvert quelques nouvelles pistes !

– Oh ! Quel genre ? Le truc de la poste ?

– Oui, entre autres. Voilà l'enveloppe qu'il a envoyée.

Je l'ai soulevée pour qu'elle puisse bien la voir.

– Je ne sais pas encore ce que…

Elle s'est penchée sur l'écran et elle s'est mise à écrire quelque chose.

– Je vais voir ça tout de suite.

– Ok, Docteur Watson, ai-je plaisanté. Mais il y a autre chose.

– Je suis tout ouïe, Sherlock !

– Tu te souviens quand tu m'as raconté que Renault était bourré et qu'il t'avait pris la tête avec la Société du Gant Écarlate ? Ce soir, j'ai rencontré un type qui avait un gant rouge dans sa poche.

– C'est bizarre ?

– Un seul gant, en satin, et… oh, il avait également deux esclaves sexuelles qui le suivaient partout dans le musée. Ouais, je dirais que c'est assez inhabituel.

– Au musée !

– C'est un riche donateur qui a eu droit à une visite privée. Quoi qu'il en soit, il a sorti son gant en même temps que sa carte de visite, qu'il m'a donnée. Ensuite il m'a proposé un entretien pour un boulot d'esclave sexuelle.

– Quoi ? (Son image est devenue floue parce qu'elle avait saisi son ordi à deux mains, comme si elle essayait de m'agripper.) Tu n'es pas sérieuse !

– Il ne s'agit pas de commerce illégal d'esclaves, Becky. Mais de dominateurs et de soumises. Tu vois ce que je veux dire ? Il y a un club ici, à Londres, où ils forment les soumises. Le truc, c'est que James appartient à cette Société, j'en suis sûre. Et s'il est en ce moment en Angleterre, combien tu paries qu'il va entrer en contact avec eux ?

– Je vais te dire un truc, a dit Becky, tout en pianotant sur son clavier. Celui qui a envoyé cette enveloppe l'a fait de York, en Angleterre.

– Tu as trouvé ça grâce au code ?

– Ouaip ! Voilà. Je t'envoie le lien vers le site d'info.

Je n'avais pas vraiment besoin de consulter la page du service postal, j'étais déjà en train de faire une recherche sur York. Une carte touristique est apparue à l'écran, et j'ai cliqué sur une des rubriques proposées, « L'art à York ».

Jackpot !

– Il y a des verriers à York !

Apparemment, Becky consultait un autre site que moi.

– Il y a aussi des tonnes de magasins qui vendent du chocolat. Je me demande bien pourquoi ?

– Je ne sais pas, mais je crois que j'ai plus de chance de le retrouver grâce aux verriers, tu ne crois pas ?

– Bien sûr ! Et York n'est qu'à deux heures de train de Londres. Je t'envoie un lien pour ça aussi. (Elle continuait à taper sur son clavier.) Du coup, maintenant, tu as deux pistes sérieuses. Les verriers de York et ton club pour riches libertins.

– Et Paulina et Michel, ai-je ajouté. Ils ont l'air de croire qu'à un moment ou un autre, ils auront de ses nouvelles.

– Tu vas le retrouver, Karina. J'en suis sûre.

– Tu as probablement raison, Becky.

C'était chouette de l'entendre me dire ça. Mais je me demandais s'il avait envie d'être retrouvé.

4

Cette fille est faite pour la solitude

Le lendemain, j'ai appelé le numéro que Damon m'avait donné. J'ai été un peu surprise d'entendre une voix féminine me répondre. Je m'attendais à quelqu'un comme Damon, j'imagine. Elle m'a dit que la date la plus proche pour mon audition serait la semaine suivante. Quand je lui ai demandé en quoi ça consisterait, elle m'a répondu que le fait de ne pas le savoir faisait partie du test. Elle m'a donné le jour et l'heure du rendez-vous, puis a précisé que l'adresse me serait envoyée une heure avant le rendez-vous pour que j'aie le temps de m'y rendre. Quand je lui ai demandé ce que je devais mettre, elle a ri, m'a appelé « chère petite » et a raccroché.

Pendant ce temps, Michel avait terminé de casser le couloir de l'entrée de derrière de l'ArtiWorks, nous avons commencé à carreler l'entrée de devant. J'avais planifié un voyage à York pour dans deux semaines, quand j'aurais reçu assez d'argent pour pouvoir me permettre cet aller et retour. J'avais également commencé à faire des visites de groupe chaque jour dans l'après-midi, en remplacement d'une des guides qui était en congé. Beaucoup de visiteurs avaient l'air de trouver tout à fait charmant qu'une étudiante en histoire de l'art américaine les guide à travers le musée. Tristan a suivi mes visites à plusieurs reprises, avant de déclarer qu'il ne pourrait jamais traiter du sujet avec autant de compétence et d'autorité que moi. Lors de nos conversations au déjeuner, je m'étais rendu compte qu'il connaissait bien les préraphaélites, même s'il le niait.

Quand le jour de mon audition est arrivé, j'avais une ampoule à une main, des écorchures et des bleus sur les bras à cause des travaux, et je ne savais toujours pas quoi me mettre. J'ai pris une douche chaude et je me suis assise sur mon lit. Qu'est-ce que James aurait voulu ? C'était un entretien d'embauche, n'est-ce pas ? J'ai donc choisi les vêtements que je portais lors de ma première entrevue avec M. Martindale, un blazer et un pantalon coordonnés, à un détail près : j'ai remis la parure LOU que j'avais achetée pour plaire à James et qui l'avait fait craquer. À tout hasard. Mon téléphone a sonné pendant que j'enfilais mes chaussures.

– Allô ?

– Rendez-vous à l'adresse que je vous envoie par texto, m'a dit une voix féminine qui était sans doute celle de la femme à qui j'avais parlé auparavant, bien que je n'en fusse pas certaine.

Quelques instants plus tard, une adresse est apparue sur mon écran, et j'ai commencé à chercher comment m'y rendre en métro. Le métro de Londres n'est pas tellement plus compliqué que celui de New York, mais ça demande parfois un peu de réflexion pour le comprendre.

J'ai pris le train jusqu'à Green Park, et au moment où je sortais de la station, un message m'a dit : « Sonnez au 3. » J'ai marché encore quelques blocs avant d'arriver à l'adresse qu'on m'avait indiquée. J'ai été étonnée de tomber sur un immeuble moderne. Une mère de famille descendait les marches du perron, accompagnée de ses deux jeunes enfants. J'ai appuyé sur la sonnette numéro 3. La porte s'est ouverte et je suis entrée. Le numéro 3 était au rez-de-chaussée, à l'arrière de l'immeuble. Une grande enveloppe marquée à mon nom y était scotchée. Je l'ai ouverte et j'ai lu la lettre qu'elle contenait.

Si vous devez nous rejoindre, notre lien sera celui de la confiance mutuelle. Si vous pensez que vous pouvez nous faire confiance, suivez les instructions qui suivent. Placez votre téléphone dans cette enveloppe avec cette lettre, et scotchez à nouveau l'enveloppe sur cette porte. Prenez le métro jusqu'à Holborn, l'adresse que vous cherchez est imprimée sur la carte.

La carte ? J'ai regardé dans l'enveloppe et j'ai découvert une carte de visite, au fond, que je n'avais pas vue. Il y avait juste un nom de rue, pas de nom ni même de ville. J'ai glissé la carte dans ma poche et mon téléphone dans l'enveloppe, et je me suis mise à réfléchir. Ça sentait clairement le roman d'espionnage, bien qu'il ait paru fort peu probable qu'ils me volent mon téléphone ! J'ai supposé qu'ils ne voulaient pas que j'apporte d'appareil photo là où je devais me rendre et qu'ils s'assuraient en outre que je m'amène ni la police ni une équipe de télé avec moi. Ils devaient probablement déjà me surveiller. J'ai remis l'enveloppe sur la porte et je suis sortie. Sans mon téléphone, je me sentais toute bizarre. J'avais pris l'habitude de toujours l'avoir sur moi, je l'utilisais pour tout, pour l'heure, pour les cartes, pour la météo, pour lire les nouvelles… Ne pas l'avoir, c'était un peu comme avoir les yeux bandés. Ce qui était sans doute une des raisons pour lesquelles ils me l'avaient pris. Heureusement, ça n'a pas été difficile du tout d'arriver jusqu'à Holborn, où une carte sur le mur de la station m'a permis de me repérer et de trouver l'adresse que je cherchais. J'ai marché le long d'une rue calme et résidentielle qui donnait sur un square avoisinant un petit parc. Les immeubles étaient en briques de grès brun, je crois, mais plus grands que ceux dont j'avais l'habitude. Chacun comportait quatre étages et était assez large. Les trottoirs étaient pavés de larges dalles plates, et chaque bâtiment possédait un petit patio à l'avant, délimité par une grille de fer forgé. Voilà qui ressemblait bien plus à ce que j'attendais, mais peut être n'était-ce qu'une nouvelle étape ? En grimpant les marches du perron, je me suis aperçue qu'il n'y avait qu'une seule sonnette, et aucune enveloppe en vue. J'ai sonné. La porte s'est ouverte. Une femme mince, en chapeau et vêtue d'un élégant tailleur aux genoux, m'a dévisagée de haut en bas. Son regard était caché derrière sa voilette, on aurait dit une starlette de film noir.

– Votre nom ? a-t-elle demandé avec froideur.

– Karina. Karina Casper.

– Entrez.

Elle s'est reculée pour me laisser passer et a fermé la porte derrière moi. Je me suis retrouvée dans un hall d'entrée recouvert d'une épaisse moquette. Au bout, deux salons s'ouvraient de part et d'autre d'un grand escalier qui montait à l'étage.

– Veuillez avancer sur votre droite.

J'ai traversé le hall et je suis tombée sur une sorte de bibliothèque ou de salle d'attente. Sur l'un des murs, des placards montaient jusqu'à mi-hauteur. Au-dessus s'élevait, des étagères remplies de livres, pratiquement jusqu'au plafond. Un escabeau à roulettes était accroché sur l'un des côtés. Au milieu de la pièce, une grande table en bois au plateau sculpté était entourée d'un côté par trois chaises, et par une seule de l'autre. Une serviette était pliée devant celle-là.

Elle m'a indiqué la chaise, je m'y suis assise. Mes genoux se sont mis à trembler légèrement. Qu'est-ce qui allait m'arriver ? Allaient-ils me demander de faire quelque chose ou bien allions-nous simplement parler? Elle s'est approchée de moi et a pris la serviette.

– Je m'appelle Vanette. Ceci va servir à vous bander les yeux.

Elle a secoué la serviette pour la dérouler.

– Oh !

– Vous n'êtes pas obligée de le porter si vous ne le voulez pas, mais je pense que ça facilite les choses.

– D'accord.

Elle est passée derrière moi et a lissé mes cheveux, puis elle a installé le tissu sur mes yeux en le nouant sans trop me serrer. Je me suis demandé par quel miracle elle réussissait à rendre ça agréable. Une grande pratique, sans doute ? Elle avait raison. Je me suis sentie plus en sécurité, un peu comme un cheval qui se calme quand on lui pose des œillères. Ma respiration s'est apaisée dans cette obscurité tranquille.

Je n'avais plus qu'à laisser arriver ce qui devait arriver. J'ai alors entendu des voix, celles de deux hommes. Elles semblaient venir des escaliers. Quand ils sont entrés dans la pièce, j'ai reconnu celle de Damon.

– C'est au comité financier de régler ce problème, disait-il.

– Vous avez parfaitement raison, lui a répondu l'autre homme.

Il avait un léger accent, différent de celui de Damon, il roulait plus les « r ».

– Ah, la voilà ! Heureux de vous voir, Vanette, ma chérie.

– Moi aussi, je suis ravie, Monsieur le Directeur.

J'ai entendu le glissement de leurs chaises qui reculaient sur le tapis quand ils se sont assis. Vanette s'est éclairci la voix.

– Donnez votre nom et dites que vous êtes ici de votre plein gré, que vous n'êtes pas retenue par la contrainte et que votre présence n'est en aucun cas rétribuée.

– Karina Casper, et oui, je suis ici de mon plein gré, personne ne me paie pour ça.

Elle s'est alors adressée aux deux autres.

– Américaine, comme vous pouvez l'entendre. Elle vient d'avoir vingt-sept ans. Pas de famille connue en Grande-Bretagne.

– Que fait-elle à Londres ? a demandé le directeur.

– Elle travaille à la Tate Britain, c'est là que je l'ai rencontrée. Karina, expliquez-nous pourquoi vous êtes intéressée par le service dans notre Société.

C'est vous qui en avez eu l'idée, ai-je eu envie de lui répondre. Sauf que maintenant que j'étais résolue à m'introduire dans les lieux pour tenter de retrouver James, je ne pouvais plus dire ça.

– Vous m'avez beaucoup intriguée. Et Nadia et Juney également.

– Comment décririez-vous votre expérience ? m'a demandé Vanette d'une voix aussi nette et sérieuse que ses vêtements.

– Vous voulez parler de mon expérience sexuelle ?

– En tant que servante, ou dans d'autres rôles sado-maso ?

Comment décrire ma relation avec James ?

– Je ne sais pas si je suis vraiment ce qu'on appelle soumise, mais j'obéis bien. J'ai pratiqué le bondage.

Voyons, qu'est-ce que j'avais bien pu lire d'autre à ce sujet sur Internet ?

– J'ai joué au docteur. Le rasage. Le refus d'orgasme. J'ai été… lutinée en public comme…

– Devant le grand public ? a demandé Vanette, ou lors de parties fines ?

– Devant le grand public, ai-je admis. Mais en secret, comme quand nous sortions au restaurant et que mon… partenaire me faisait porter un jouet sexuel, et aussi lors d'une sorte de performance artistique.

– Une performance artistique ?

Le directeur avait l'air amusé.

– Dans une galerie d'art à New York. Mais c'était sur invitation, donc je ne sais pas si ça compte pour du grand public ou pour du privé. C'était moi l'attraction. Les invités pouvaient prendre des cravaches pour me fouetter les fesses.

– Ça vous a plu ? m'a demandé Vanette.

– Oui, c'était très intense. Et très excitant.

Quelle part de mon excitation était causée par les coups, quelle autre par la sensation de m'exposer nue, quelle autre encore par le fait que James me contrôlait ? Ça, je n'en savais strictement rien.

– Et votre partenaire, en a-t-il également fait plus, hum… (Le directeur s'est raclé la gorge. Ça m'a amusée que le dirigeant d'un club secret dédié au sexe puisse buter sur les mots)… comme par exemple des actes ouvertement sexuels en public ?

J'ai attendu avant de répondre, essayant de comprendre ce qu'il entendait par là. J'ai décidé qu'il valait mieux en faire une description franche.

– Si vous voulez dire me masturber dans des lieux publics, comme des toilettes ou des bibliothèques, alors oui.

– Est-ce qu'il vous a baisée ? a demandé Vanette.

J'ai perçu un petit sourire narquois dans sa voix.

– Oui, une fois.

J'ai serré mes mains l'une contre l'autre. Je n'avais pas imaginé à quel point James me manquerait si je parlais de tout ce que lui et moi avions vécu. Je ne pensais pas que c'était possible, pourtant à présent je ressentais son absence douloureuse dans tout mon corps. Oh James, pourquoi était-ce ainsi ? Est-ce vous qui me manquez tellement, ou ce que vous me faisiez ?

J'ai pris une profonde inspiration. Étais-je prête à découvrir la réponse à cette question ? C'était encore une des raisons pour lesquelles je devais le retrouver. Est-ce que je lui manquais autant que lui me manquait ? Si ça n'était pas le cas, peut-être que c'était vraiment fini entre nous. Peut-être était-il temps de passer à autre chose. Mais j'avais besoin de croire, au plus profond de moi, qu'il souffrait de m'avoir perdue. Il était paniqué par la force de son amour pour moi, parce que ça le rendait totalement vulnérable. C'était un homme qui se cachait derrière des masques, mais l'amour ou bien moi, nous les lui avions arrachés. Il fallait espérer qu'il n'aurait pas laissé les choses aller aussi loin s'il ne m'aimait pas, lui aussi. Et j'avais besoin de croire que si je le retrouvais, je serais capable de détruire cette muraille qu'il avait bâtie autour de lui et je saurais lui faire comprendre qu'il n'avait plus jamais besoin de fuir.

Les questions suivantes ont quitté le domaine sexuel pour ressembler à celles d'un entretien d'embauche traditionnel. Nous avons parlé d'art et de mon ancien job de serveuse. Je leur ai même raconté des trucs de Jill pour percer à jour les clients. Puis nous sommes revenus au sujet de la soumission quand Vanette a demandé :

– Avez-vous réfléchi au but de votre formation ici ? Qu'attendez-vous de votre service auprès de notre Société ?

– Eh bien, j'aimerais comprendre ce qui se passe dans la tête des mâles dominants. Nadia m'a dit que si j'étais douée, je pourrais devenir un genre de médium, une lectrice des pensées. J'aimerais développer ce don en moi.

Je crois qu'à ce moment-là, Damon a étouffé un rire, mais Vanette a poursuivi :

– Les stagiaires de notre Société doivent prendre deux décisions. L'une d'elles est le choix de leur nom d'esclave, l'autre celui de leur précepte personnel.

– Précepte ? ai-je répété.

Nadia et Juney n'avaient pas mentionné ce mot.

– Vous pouvez choisir une chose que vous ne permettez pas qu'on vous fasse.

– Ah oui ! Je ne savais pas que ça s'appelait comme ça.

Ils n'ont pas répondu tout de suite. J'ai réprimé l'envie de soulever mon bandeau pour voir ce qu'ils faisaient. J'imaginais qu'ils se dévisageaient en silence, du moins Damon et Vanette.

Elle a fini par céder.

– D'accord. Je suis assez curieuse de voir ce que vous allez pouvoir faire avec elle, sachant quel est son précepte. (Damon a émis un bruit étonné.) Parce qu'évidemment, c'est ce que vous devrez tester chez elle.

Damon a soupiré.

– Très bien.

– Il semble donc que nous sommes d'accord, a repris le directeur. Enfin si Madame Casper l'est aussi. Karina Casper, si vous en êtes d'accord, vous appartiendrez à Damon George pendant un week-end et vous vous plierez aux règles habituelles de nos stagiaires. Votre précepte contre les relations sexuelles sera respecté.

Finalement, Damon avait trouvé une bonne raison pour me faire grimper dans sa limousine ! Mais ça semblait être la seule voie possible, et je me suis rendu compte que tant qu'il n'essayait pas de me sauter, ça ne me posait pas de problème d'être seule en sa compagnie.

– Oui, je suis d'accord, ai-je dit.

– Bon. Si vous êtes vraiment d'accord, rampez jusqu'à moi et embrassez ma chaussure.

J'ai ricané intérieurement, la partie commençait. « D'accord. »

Je me suis laissée glisser par terre et j'ai rampé sous la table, sur l'épais tapis, en direction de sa voix. J'ai tâté ses pieds. J'y étais. J'ai pris l'une de ses belles chaussures bien cirées dans la paume de ma main et j'y ai appuyé mes lèvres. J'ai senti qu'il se levait.

– À partir d'aujourd'hui, pour vous, je suis Monsieur George.

– Bien, Monsieur George.

J'ai dégluti. Mon clito s'était mis à palpiter à l'instant même où je lui avais répondu.

Il a fait un bruit de satisfaction.

– Guidez-vous à ma voix.

Il reculait. J'ai rampé lentement vers lui. Je sentais le mouvement de frottement de mes lèvres inférieures l'une contre l'autre.

– Arrêtez-vous là, a-t-il dit. Tournez sur vous-même.

J'ai fait ce qu'il me demandait, en dessinant un cercle. J'ai senti sa main qui me caressait les fesses. Puis elle a glissé entre mes cuisses et j'ai poussé un glapissement en me demandant s'il pouvait sentir combien j'étais humide.

– Elle est très excitée, a-t-il annoncé aux autres.

– Alors je suppose que vous allez passer un bon week-end, a dit Vanette.

– Mais rappelez vous, mon vieux, pas de trempette de la quéquette.

J'ai entendu le directeur lui donner une tape sur l'épaule.

– Maintenant, il faut que nous discutions de cette facture de ballon.

– Oui, bien sûr, Monsieur le Directeur.

Puis, en s'adressant à moi :

– Vous resterez immobile, tête baissée, jusqu'à ce que votre dominant ait quitté la pièce.

– Oui, Monsieur George.

– Parfait. Je vous enverrai un message pour ce week-end.

Je suis restée là où j'étais, écoutant le bruit des pas sur le tapis, puis celui de la porte qui se refermait. Je me suis demandé si ça signifiait que je pouvais me lever.

J'ai failli sursauter en entendant la voix de Vanette, juste à ma gauche.

– Est-ce qu'il dit la vérité ? Vous mouillez ?

J'ai serré les jambes.

– Énormément, Madame.

– Bien. Je veux m'assurer que le week-end que vous allez passer avec George ne soit pas une corvée complète pour vous. Il ressemble beaucoup à votre partenaire précédent ?

– Non, Madame, pas vraiment.

– Je vous ai dit de m'appeler Vanette.

– Oh, désolée, Mad… Vanette.

– Attention à votre tête en vous levant, m'a-t-elle avertie.

J'ai ouvert les yeux et je me suis rendu compte que je m'étais arrêtée, la tête à moitié sous la table. Je me suis relevée et j'ai rajusté ma veste.

– Puis-je vous poser une question ? Au sujet des noms et des titres, tout ça ?

– Bien sûr.

– Certaines personnes utilisent des pseudos, d'autres non, certains ont des titres, d'autres pas… Comment s'y retrouver ?

Elle a souri.

– C'est une des choses que vous allez apprendre. Mais prendre l'habitude de demander aux gens comment ils veulent être appelés, voilà ce que nous considérons comme une politesse indispensable.

Maintenant que vous êtes au courant, vous écouterez quand les gens vous diront des choses comme « Appelez-moi Vanette ». Et s'ils ne le font pas, vous aurez à leur demander, avec toute la déférence nécessaire, bien sûr : « Excusez-moi, comment préférez-vous être appelé ? » Certains d'entre eux opteront pour Monsieur ou Madame. D'autres exigeront un titre ou un nom. Ça fera partie de votre job de vous en souvenir.

– Je comprends.

Je me demandais si j'aurais dû demander à James comment il voulait que je l'appelle plus tôt. Et puis j'ai réalisé qu'en fait, je l'avais fait très rapidement. Et il m'avait donné son vrai nom. Mais je l'ignorais ou ne l'avais pas cru à l'époque.

– Qu'en est-il de la Société elle-même ? A-t-elle un nom ?

– Eh bien, a-t-elle répondu, un sourire amusé sur les lèvres, vous n'avez pas le droit d'en parler à quiconque, alors pourquoi voudriez-vous lui donner un nom ?

– Je voulais dire entre nous.

– Nous n'avons pas de nom. Le groupe se définit comme une Société, et c'est suffisant, tout le monde saura de quoi vous parlez en disant cela.

– Ah ! je vois.

– Vous devriez regagner votre métro, maintenant, a-t-elle conclu. Nadia va vous accompagner. Elle vous rendra votre portable.

Elle a frappé deux fois dans ses mains et la porte du salon s'est ouverte sur Nadia. J'ai fait une visite rapide aux toilettes avant d'y aller. Nous n'avons pas dit un mot tant que nous n'avons pas été à bonne distance de l'immeuble, puis soudainement elle m'a tendu mon téléphone.

– Tiens !

– Merci ! Ouah, c'était un entretien du niveau d'un doctorat.

– Ils savent y faire pour vous cuisiner à petit feu. Je ne sais pas combien de filles ils ont refusées. Ce n'est pas aussi facile que ça d'obtenir un rendez-vous, mais Monsieur George en pince pour toi.

– Je suis censée avoir un week-end d'évaluation avec lui.

– Vraiment ? Ça, c'est tout lui. Il veut être certain qu'il fait mouiller tout le monde.

En prononçant ces mots, elle s'est mise à rougir en mettant sa main devant sa bouche comme pour s'empêcher de rire. Moi aussi, je me suis mise à rire bêtement.

– Ce qui est drôle, c'est que j'ai choisi le sexe comme précepte. Je veux dire le sexe-sexe.

– Oh, espèce de coquine ! (Elle a pris mon bras alors que nous arrivions à la station.) Il va détester. Il veut absolument faire la loi avec sa « baguette d'amour ».

J'ai reniflé et nous avons éclaté de rire toutes les deux.

– Je crois qu'il pensait qu'il arriverait quand même à ses fins avec moi, mais Vanette l'en a dissuadé.

– Quand il le faut, elle peut être une vraie salope, une casse-couilles, a dit Nadia dans un soupir. Elle est incroyable. Elle est supposée n'être qu'un coach, mais aucun des pontes ou des maîtres n'ose franchir la ligne jaune quand elle est là. Bon, ce n'est pas comme s'ils la franchissaient souvent, sinon ils risqueraient l'expulsion. Ils sont très, très stricts sur les règles.

– J'ai remarqué. (Nous avons passé les tourniquets.) De quel côté vas-tu ?

– Je t'accompagne pour être sûre que tu rentres bien chez toi, a-t-elle expliqué.

– Ils sont vraiment parano, non ?

– Il faut qu'on le soit, a-t-elle dit.

J'ai supposé qu'elle devait avoir raison.

ce qu'il soit bien placé, et j'ai commencé à me masturber avec. Ça faisait longtemps. Je me rappelais combien James avait été patient avec moi, en me préparant avant de l'enfoncer. J'ai imaginé que c'était sa main qui écartait mes lèvres. L'objet s'insinuait délicieusement en moi. Avec un gémissement, je l'ai poussé à fond. Je ne voulais pas atteindre trop vite l'orgasme, je voulais que cette sensation se prolonge. Mais je savais que si je me caressais le clitoris, ça ne durerait pas bien longtemps. Je me suis assise, une idée soudaine venait de me traverser l'esprit. Les histoires de limousine de Lord Lightning c'était quelque chose, non ? J'ai croisé mes jambes en faisant attention de garder le pénis en verre bien en place, et j'ai ouvert mon ordinateur portable. La fenêtre du navigateur était toujours ouverte sur le site de ses fans que j'avais visité.

On pouvait se créer un compte gratuitement. Comme nom d'utilisatrice, j'ai choisi DiadèmedeVerre, j'ai cliqué sur « Poster une histoire », et j'ai commencé à taper :

Nous nous sommes rués dans la limousine. Une fois en sécurité derrière les vitres teintées, nous avons enfin pu nous détendre un moment.

– Venez ici, ma puce, m'a-t-il dit.

Je me suis blottie contre lui, en pensant que je pourrais m'assoupir pendant le trajet. Mais il avait d'autres idées en tête. Sa main est descendue le long de mon dos, jusqu'à l'élastique de mon slip. Il m'a titillée, en descendant encore, jusqu'à ce que mes vêtements l'empêchent d'aller plus loin. Je me suis dit que je n'allais pas les garder très longtemps.

J'avais raison. Il m'a chuchoté d'enlever tout ce que je portais sous la taille, ce que j'ai fait. Il m'a attirée à lui de nouveau, son autre main s'est glissée entre mes jambes et l'un de ses doigts a trouvé l'entrée la plus lisse de mon corps. Je me suis mise à haleter quand il est entré en moi. Il m'a baisé avec son doigt, son regard passant de l'endroit où il avait plongé dans mon corps à mon visage, pour surveiller mon moindre signe de détresse. Le seul signe que je lui ai donné, je l'ai chuchoté. « Encore. » Il m'a pénétrée avec un deuxième doigt, et m'a baisé lentement en murmurant à mon oreille :

– Vous aimez-ça ma chérie ? Ça vous plaît ?

– Oui, bien sûr, mais j'en veux encore plus. Je vous veux, vous.

– Je sais, ma puce.

Il a introduit profondément ses autres doigts, pendant que son pouce me massait le clito. Ensuite, il n'a plus rien dit, se contentant de me stimuler et de me masturber ainsi, accélérant parfois le mouvement sec de sa main puis ralentissant ensuite la cadence pour produire des mouvements lancinants, avant d'accélérer à nouveau. Quelques minutes plus tard, j'étais au bord de l'orgasme, l'air me manquait, je l'ai attrapé par la veste. Il m'a maintenue dans cet état un bon moment pendant que, gémissante, je m'agrippais à ses revers, en vain. Je me suis mise à pleurer.

– Je vous en prie, je vous en supplie, pourquoi vous refusez-vous à moi ?

Il est parti d'un rire profond et grave.

– Vous le savez bien, ma puce.

– Non, je ne le sais pas.

Il a poussé encore plus loin ses doigts, mais ça suffisait.

– Je vous veux, s'il vous plaît ! ai-je pleuré.

– Non. Vous savez ce qui s'est passé la dernière fois que j'ai accédé à vos demandes.

– Ça ne se reproduira plus ! Je ne vous ferai pas de mal ! Je le promets !

Mais il a secoué la tête en faisant claquer sa langue.

– Par pitié, James ! ai-je chuchoté en repoussant l'ordinateur et en écrasant mon clito contre mon poing pendant que la première vague de mon orgasme déferlait. Oh mon Dieu, je vous en prie !

Mes larmes ont jailli en même temps que les frissons et les spasmes du plaisir me secouaient avant de me laisser toute molle et complètement moite.

J'étais toujours allongée, à moitié assoupie, quand la sonnerie de réception d'un SMS a retenti. Mon cœur a fait un bond. J'étais encore habituée à ce que ce soit James qui utilise ce numéro. J'ai regardé le message. C'était Damon George qui me l'avait envoyé :

J'ai réservé une suite dans un hôtel londonien pour ce week-end. Je vous ferai parvenir l'adresse exacte. Prévoyez d'arriver vendredi après le dîner, à 21 heures, et de rester au moins jusqu'à dimanche midi, voire tard dans l'après-midi, ou même la soirée si nécessaire. Si vous êtes d'accord, envoyez-moi : Oui Monsieur George.

Je lui ai renvoyé le texto qu'il m'avait demandé, en croyant en avoir fini pour cette nuit.

Mais un second message est arrivé une seconde plus tard.

Et maintenant, envoyez-moi une photo de votre chatte.

Je me suis mise à gamberger. J'avais toujours le godemiché dans le vagin, et mes poils pubiens étaient trempés. Tout mon sexe était gonflé. J'ai textoté :

Quoi ?

Ah, ah, vos parties intimes, ma chère.

J'étais saisie, j'ai imaginé une série de mensonges. Mon appareil photo était cassé, j'étais dans un endroit public où je ne pouvais pas le faire tout de suite. Non, je ne devais pas continuer comme ça. J'ai trouvé une meilleure idée.

Je n'ai pas à vous obéir, avant d'avoir mis un pied dans votre chambre d'hôtel. N'est-ce pas ?

Je n'ai pas reçu de réponse pendant un long moment. Puis un autre texto est arrivé.

C'est juste. Je ne faisais que vous tester, tout simplement. Ravi de voir que vous savez faire respecter les limites. C'est une très grande qualité.

Je me suis demandé s'il était sincère ou bien s'il voulait faire bonne figure. Qu'importe.

J'ai textoté, *rendez-vous à 21 heures*. Il n'a pas répondu. Pfiouuu !

J'ai repoussé mon téléphone et j'ai lentement fait sortir le godemiché. J'étais épuisée. Et une longue semaine m'attendait.

Les jours suivants, je me suis installée dans une sorte de routine. Je passais la matinée à répondre aux questions des visiteurs de l'exposition, je déjeunais avec Tristan, je guidais le groupe de 14h30, et après la fermeture du musée, je rejoignais Paula et Misha à l'ArtiWork pour les aider dans leurs travaux. Il y avait une cloison à démolir à l'arrière de la pièce. Misha m'a tendu une barre métallique incurvée d'un côté, avec un crochet de l'autre.

– Qu'est-ce que c'est ?

– Une barre à mine.

– Je fais quoi avec ?

– Des ruines ! a-t-il dit en indiquant le mur, une lueur joyeuse dans le regard.

J'ai soulevé la barre et je lui ai donné un mouvement de balancier. L'extrémité courbe s'est enfoncée dans le mur en plâtre. Quand je l'ai retirée, un gros bout de mur est venu avec.

– Vous avez compris l'idée générale, amusez-vous bien maintenant.

L'utilisation de la barre à mine s'est révélée très amusante. Ce fut également une bonne séance d'entraînement, à sentir mes courbatures dans les bras et les épaules le lendemain matin. Réduire ce mur en poussière m'a pris trois jours, mais j'y suis parvenue. Je n'aurais pas aimé en faire mon métier, mais je dois dire que ce fut très satisfaisant de découvrir le nouvel espace créé une fois le mur détruit.

Un soir que nous étions assis sur le chantier, tout couverts de plâtre, – nous dînions de plats indiens à emporter – , je leur ai annoncé que je partais le week-end suivant.

– Est-ce que vous allez à York, comme vous en aviez parlé ? a demandé Paulina.

Je lui avais raconté que je voulais m'y rendre sans lui préciser pourquoi. Enfin, pas encore.

– Non, ce sera pour la semaine prochaine. Ce week-end, j'ai un genre de rendez-vous ici, à Londres.

Michel a pris un air réjoui. Il avait commencé à se laisser pousser la barbe. Avec ses joues rondes comme des pommes, il ressemblait à un castor ou une marmotte.

– Un genre de rendez-vous ? Ça paraît plus intéressant qu'un rendez-vous tout court.

– Un rendez-vous tout le week-end ? a demandé Paulina. Je suppose que vous avez rencontré quelqu'un.

On pouvait dire ça. Même si je n'avais pas été tenue au silence par la Société, je n'aurais pas eu le cœur de leur raconter ce qui m'arrivait.

– J'ai fait faire une visite privée de l'expo à quelqu'un qui s'est intéressé à moi.

– Hum, mais vous, vous n'avez pas l'air plus intéressée que ça par lui. (Elle a rempli son assiette de curry. Elle nous avait apporté d'en haut des assiettes en porcelaine aux bords peints de motifs floraux bleu clair et jaune.) Ai-je raison ?

– Je ne pense pas que ça va devenir sérieux. Mais je crois qu'il peut m'apprendre des choses. Et passer un week-end dans un hôtel de luxe, ça n'est pas désagréable.

– Ah, chérie, j'aimerais que plus de jeunes femmes aient la même attitude que vous, a dit Michel. Vous êtes parfaitement consciente et vous ne le prenez pas pour autre chose que ce qu'il est. Allez-y. Amusez-vous. Soyez ouverte.

Paulina, elle, a ajouté :

– Si vous voulez qu'on vienne vous chercher, au cas où il vous déplaise ou que vous vouliez partir, textotez ou appelez-nous, hein ? Nous nous ferons passer pour vos parents.

– Je préfère me dire que si j'ai envie de partir, je pourrai lui dire simplement : ça n'est pas drôle, je m'en vais.

J'ai déchiré un morceau de pain indien et j'en ai pris une bouchée.

– Mais vous n'êtes pas assez naïve pour croire que c'est toujours possible, a insisté Paulina. Parfois, il faut faire ce qu'il faut pour rester en sécurité. Nous viendrons vous chercher, c'est promis.

– Vous êtes si gentils ! Je suis pratiquement sûre que je pourrai m'en sortir toute seule, mais merci quand même.

C'était réconfortant de savoir que je pouvais compter sur quelqu'un si jamais Damon George se révélait différent de ce qu'il semblait être.

L'hôtel que Damon avait choisi était proche d'une fameuse place dont j'avais déjà entendu parler : Charing Cross. Quand j'avais débarqué à New York pour commencer ma thèse, il m'était arrivé la même chose. Broadway, Wall Street, Times

Square, Madison Square Garden étaient des noms mythiques pour moi depuis toujours. Quand je me suis transformée en vraie New-Yorkaise, ce sont devenues de simples adresses. Mais à Londres, mon impression était encore plus forte, car tout était plus historique, plus ancien. Le soleil d'été se couchait quand j'ai traversé Trafalgar Square. Une foule impressionnante de gens s'y promenait, y compris des touristes qui prenaient la statue d'un type à cheval en photo. Je ne m'en suis pas plus approchée que ça, occupée que j'étais à trouver quelle rue je devais emprunter pour sortir du parc.

L'entrée de l'hôtel faisait face à la station de Charing Cross. Une série de drapeaux y était suspendue. J'ai dépassé le comptoir de la réception. Le hall était éclairé par la lumière vacillante de bougies installées dans des pots en verre sur le sol de marbre et sur chaque marche du grand escalier à ellipse. Damon, enfin Monsieur George, m'avait envoyé le numéro de la chambre. J'ai grimpé les escaliers. Les bougies créaient une atmosphère irréelle et magique. Au premier étage, j'ai atteint les ascenseurs. Je suis montée. Sur la porte de la suite, j'ai trouvé une petite enveloppe à côté de la poignée. Pourvu que ça ne soit pas le début d'une nouvelle chasse au trésor, ai-je pensé en ouvrant l'enveloppe. Dedans, j'ai trouvé la clé de la chambre. Ok, au moins il ne s'agissait pas d'instructions pour me rendre dans un autre hôtel. J'ai vérifié à l'intérieur s'il y avait autre chose. Minute, il y avait un mot. Écrit en petites lettres bien nettes :

Si vous êtes prête, ouvrez la porte, entrez, refermez-la derrière vous et déshabillez-vous. Laissez vos vêtements en pile à côté de la porte, avec votre sac de voyage. Rampez pour me rejoindre. En montrant votre empressement, vous démontrez également votre confiance, ainsi que l'assurance que vous avez que je ne vous ferai aucun mal. Si vous ne me croyez pas, partez maintenant.

Je me suis arrêtée pour réfléchir un peu. Est-ce que je pouvais être sûre qu'il ne me ferait pas de mal ? Oui. Pouvais-je être certaine qu'il respecterait les règles de la Société ? Tout à fait. Mais pouvais-je vraiment lui faire confiance jusqu'au bout ? Pas une seconde. Il était clair que Damon George suivait un agenda personnel, qui n'était pas vraiment pertinent en ce qui me concernait. Car moi aussi, j'avais mon propre agenda.

C'est pour vous, James, que je fais ça, ai-je pensé très fort.

J'ai glissé la clé magnétique dans la serrure, la porte de la chambre d'hôtel s'est ouverte. Je l'ai refermée derrière moi. En regardant autour de moi, je me suis aperçue que je me trouvais dans une suite spacieuse, couleur aubergine et nuances de crème, avec un espace salon et une chambre à coucher somptueuse.

Je pouvais voir aussi la nuque de Damon. Il était assis dans un fauteuil, face à la fenêtre. La veste de son costume en lin et sa cravate étaient suspendues sur le dossier du fauteuil. Je me suis déshabillée et j'ai plié soigneusement mes vêtements, comme j'avais appris à le faire.

Nue, je me suis laissée glisser sur le tapis de velours et j'ai rampé jusqu'à lui. Les secondes s'égrenaient. Je me suis demandé si ça aussi faisait partie du test. Nous allions bien voir lequel de nous deux allait craquer en premier. Ce fut lui.

– Donnez-moi du plaisir.

J'ai levé les yeux.

– Pardon ?

Il a pris un air sévère.

– Vous n'avez pas entendu ? J'ai dit donnez-moi du plaisir.

J'ai cligné des yeux en essayant d'imaginer ce qu'il convenait de faire.

– Je ne vous connais pas suffisamment pour savoir ce que vous aimez.

– Il ne tient qu'à vous de le deviner et de le découvrir.

Sa chemise était à moitié déboutonnée. Ce qui m'a donné une idée.

– Puis-je vous toucher ? ai-je demandé.

– Oui.

Je me suis dressée sur les genoux et me suis avancée pour finir de déboutonner sa chemise, puis je l'ai sortie de son pantalon. En faisant cela, je me suis aperçue qu'il bandait tellement que son gland dépassait de sa ceinture. Ça m'a donné une idée assez précise de ce qui pourrait lui plaire. J'ai mis mes mains derrière mon dos et j'ai attaqué sa ceinture avec mes dents. Après quelques efforts, j'ai réussi à ouvrir doucement la boucle. Sa braguette était fermée par un seul bouton, assez lâche, qui fut très facile à ouvrir. Tout ces mouvements l'ont fait bander encore plus dur, au point que sa queue dépassait de presque cinq centimètres au moment où j'ai tiré sur son slip avec mes dents pour pouvoir le baisser. Je l'ai baissé, juste un peu, d'environ trois centimètres, et je me suis mise à lécher ce qui en dépassait. Ça avait un goût épicé et propre, comme s'il sortait de sa douche. J'ai introduit son gland entre mes lèvres et je l'ai sucé doucement. Je ne me rendais pas bien compte de sa taille, mais son gland tenait facilement dans ma bouche, du coup je me suis dis qu'il était moins bien membré que James.

– Eh bien, Karina, si j'ai pensé un instant que vous étiez frigide, je peux vous dire que toute inquiétude a disparu. (Il a gloussé.) Voilà ce que je veux que vous fassiez. Sans enlever votre bouche de ma queue, vous allez vous caresser jusqu'à vous faire jouir, tout en me suçant. Ai-je besoin de vous dire de faire attention à vos dents ? Non ? Bien. Allez-y.

En faisant ce qu'il me demandait, j'ai piqué un fard. Finalement, ça n'était pas plus intime que ça de le sucer. Mais quand j'ai glissé deux doigts dans ma chatte, je n'ai pas été surprise de sentir à quel point je mouillais. Mon clito a palpité. J'ai fait courir mes doigts dessus et je l'ai sucé un peu plus fort, pour qu'il reste bien raide dans ma bouche. C'est devenu délicat au fur et à mesure que je m'approchais de l'extase, je respirais de plus en plus fort et ma gorge s'emplissait de petits bruits de désir. Faire attention à ne pas le mordre, en gardant la cadence de la tête et de la bouche tout en essayant de jouir n'était pas évident. Je suppose que c'est ce qu'il voulait.

Il m'a facilité les choses quand il s'est impatienté. Quand le désir l'a complétement submergé, il a posé sa main sur ma tête pour diriger mes mouvements de va-et-vient. Je n'avais plus qu'à penser à respirer et à me masturber de toutes mes forces. Je pensais qu'il allait m'arrêter avant que je jouisse. C'était toujours comme ça que ça se passait, non ? Les dominateurs sont censés toujours vous refuser le plaisir à la dernière seconde. Pas cette fois. Quand j'ai commencé à jouir, je me suis mise à souffler comme un phoque. Les bruits que je faisais étaient assourdis par sa bite dans ma bouche.

– Continuez ! a-t-il sifflé d'une voix rauque. Faites-vous jouir à nouveau !

Je n'ai pas vraiment eu de deuxième orgasme, mais plutôt un premier qui n'en finissait pas. Lui a joui dans un cri, son membre s'enfonçant profondément dans ma gorge et s'agitant en saccades. Ce fut trop soudain pour que j'essaie de me retirer, d'ailleurs il me tenait fermement. Finalement, c'était probablement mieux ainsi. Tout ce que j'avais entendu dire sur le fait que le foutre avait mauvais goût et était difficile à avaler s'est révélé faux, parce qu'il avait éjaculé directement au fond de ma gorge. J'ai toussé un peu quand il s'est retiré, avec une légère sensation de chatouillis dans la gorge, et c'est tout.

J'ai cru un instant qu'il allait me relever pour me donner un baiser. Il l'a presque fait, je crois. Puis nous avons repris nos esprits, lui et moi.

– Est-ce que votre clitoris est douloureux ?

– Pas particulièrement, ai-je répondu.

Il avait un sourire mauvais en se débarrassant de ses vêtements.

– Il va l'être bientôt. Sur le lit. Sur le dos, jambes écartées.

Ouf. Mes jambes étaient faibles après l'orgasme, j'ai un peu trébuché en grimpant sur la couette soyeuse. Le pied du lit était recouvert d'un long plaid en pashmina. Il en a enroulé une extrémité autour de ma cheville, l'a fait passer derrière mon cou avant de rejoindre mon autre cheville. Ce bondage n'était pas très stimulant, même quand il a tiré pour rassembler mes jambes et ma tête. Ensuite il a plongé son visage dans ma chatte, m'a léchée, sucée et a grondé comme un lion devant un morceau de chair fraîche. C'était comique. Pourtant je n'ai pas ri, en il n'aurait sans doute pas apprécié. Il savait y faire avec sa bouche. J'ai joui au bout de quelques minutes, en tressautant contre sa langue et en hurlant de plaisir. James excepté, je n'avais pas l'habitude des hommes qui savent donner du plaisir à une femme. Il m'a tiré par les hanches jusqu'au bord du lit et a continué à me lécher, aspirant violemment mon clito jusqu'à le retenir prisonnier entre ses dents, tout en lui faisant subir la douce torture de ses coups de langue. Je ne pouvais pas résister à sa poigne. Je me suis mise à pousser des hurlements en tambourinant contre le bois de lit. Il n'a pas relâché la pression jusqu'à ce que je jouisse encore, alors même que je pensais ne plus pouvoir. Le niveau sonore de mes cris a encore augmenté.

Quand il m'a lâchée, il s'est levé avec un sourire triomphant.

– Quand je pense que cette salope frigide de Vanette pensait que vous étiez trop inhibée pour pouvoir baiser correctement ! Venez ici.

Cela signifiait dans ses bras. Il s'est jeté sur le lit et je me suis traînée vers lui. J'ai posé ma tête sur l'oreiller, tout contre la sienne. Il s'est mis en cuillère, je pensais que nous allions nous reposer. J'avais tort. Sa main s'est immédiatement frayé un chemin entre mes jambes, jusqu'à mon clito. Il a glissé un doigt dans mon con. Il m'a caressée profondément, pendant que je gémissais.

– Ok, Karina, c'est le moment de vérité, a-t-il murmuré à mon oreille. Pourquoi pas de sexe ?

– Ça, ça n'est pas du sexe ?

– Vous savez parfaitement ce que je veux dire.

Bien que j'aie déjà joui à quatre reprises, la sensation que me procurait son doigt qui fourrageait à l'intérieur de mon corps était délicieuse.

– Vanette avait raison. Je me garde pour quelqu'un.

– Un dominateur ?

– On peut dire ça comme ça.

– Mais vous n'êtes pas vierge. Ce n'est pas de votre nuit de noces dont il s'agit.

– Non. J'ai fait l'amour avec lui.

– Et est-ce que cette interdiction vient de lui ? Est-ce qu'il sait que vous êtes formée par la Société ?

– Non. Nous sommes... Nous sommes séparés pour l'instant.

– Ahhh ! Ainsi c'est vous qui avez eu l'idée de lui être fidèle en son absence.

– Oui.

– Une idée noble, mais tout à fait inopportune.

– Qu'est-ce qu'elle a d'inopportun ?

– Elle a que j'ai terriblement envie de vous sauter.

Il s'est jeté contre moi, et j'ai senti son érection. Je me suis raidie dans ses bras, mais il m'a murmuré :

– Ne vous inquiétez pas, je tiens mes promesses. Bien que maintenant que j'y pense, vous ne m'avez pas interdit de vous prendre par-derrière.

– Je... Vous avez raison... Je ne l'ai pas dit.

Il avait trouvé une faille.

– Vous êtes très tendue, Karina.

– Hum.

Qu'est-ce que j'étais censée dire ? Je suis désolée ? Attendez, est-ce que je peux recommencer ? Je ne suis pas sûre d'avoir envie que vous m'enculiez ?

– C'est simplement que je suis nulle pour ces trucs de soumission.

Il a reniflé l'arrière de mon cou, qui était raide comme un morceau de bois.

– Karina, c'est moi qui suis le seul juge. En tout cas, pour ce qui est des pipes, vous êtes loin d'être nulle.

– Vraiment ?

– Vraiment, c'était très agréable.

– Alors je l'ai fait ? Je vous ai donné du plaisir ?

Littéralement. Il m'a répondu, agitant son doigt dans mon sexe. Une vague violente de désir m'a envahie.

– Arrêtez, vous essayez de me faire oublier mes bonnes résolutions.

– Non. J'ai promis que je ne vous baiserai pas, ce qui signifie que même si vous me suppliez, je ne le ferai pas. Nous étions en train de discuter du fait que vous n'aviez pas mentionné le sexe anal, non ?

– J'ai énormément de mal à rester concentrée sur notre conversation avec votre main là où elle est.

Ça l'a fait rire.

– Je sais. C'est bien de ça dont il s'agit. Mais vous avez raison. J'oublie mon but ultime, qui est de comprendre l'énigme que vous cachez en vous.

Il a sorti sa main et a essuyé ses doigts humides sur mon ventre.

– Debout. À la douche. Nous reprendrons cette conversation quand nous serons propres.

Il m'a donné une tape sur les fesses qui m'a fait pousser un petit cri.

– Oh ! Vous êtes un homme exaspérant et déconcertant.

Il est sorti du lit et a flâné jusqu'à la salle de bains.

– Plus exaspérant et plus déconcertant que le maître pour lequel vous vous réservez ?

– Oui !

Je lui ai jeté un oreiller qu'il a évité en éclatant de rire.

Se laver, voilà un moment génial. Malgré la taille de la chambre et la présence d'un jacuzzi pour deux personnes, la cabine de douche n'était pas assez grande pour nous deux. Nous nous sommes donc relayés. Il est passé en premier.

Pendant qu'il se récurait à fond, nous avons continué à bavarder.

– Avez-vous eu l'opportunité de visiter certains monuments ? Le Parlement et tout ça ?

– Pas encore. J'ai travaillé tous les jours au musée, et certaines nuits également, comme vous le savez, et j'aide mes propriétaires à faire des travaux en échange de mon hébergement.

– De la peinture, ce genre de choses ?

– De la démolition, surtout, enfin cette semaine. La semaine prochaine, je vais essayer d'aller à York.

– Pour visiter ?

Il est sorti de la douche en s'essuyant les cheveux. Il les a laissés en bataille, leur masse noire et luisante ressemblait à celle de Persée dans la peinture de Burne-Jones.

– J'ai entendu dire que c'était très beau. La ville médiévale, notamment. Et puis il y a plein de magasins de chocolat.

Je suis entrée dans la douche et j'ai fermé la porte. Le verre était transparent, pas dépoli, donc il pouvait me regarder autant qu'il voulait. Le haut de la cabine était ouvert, du coup j'entendais ce qu'il me disait quand je n'avais pas la tête sous le jet.

– Vraiment ? Je n'y suis allé qu'une seule fois, pour un grand mariage au Minster. C'est comme ça que s'appelle la cathédrale. Je me suis promis d'y retourner un jour, mais vous savez, il y a tellement de choses à voir.

– J'ai prévu d'y aller en train.

L'eau était encore bien chaude.

– C'est la meilleure façon de voyager. Ah, il y a un truc. Ne soyez pas surprise par le nom de National Rail. Contrairement aux USA, il existe chez nous une multitude de compagnies privées, un peu comme des compagnies aériennes.

– Ça explique pourquoi vous avez tellement de gares.

Il s'est esclaffé :

– Je suppose. Je n'y avais jamais pensé.

J'ai plongé ma tête sous l'eau. Quand je suis sortie de la douche, il était dans la chambre, il s'habillait. Il avait enfilé une chemise sportswear et ce qui ressemblait à un bas de pyjama molletonné ou à un jogging. Il était en train d'enfiler ses chaussettes.

Mon sac et ma pile de vêtements avaient disparu. J'avais enveloppé ma tête dans une serviette, mais à part ça, je n'avais rien pour m'habiller.

– Y a-t-il quelque chose que vous aimeriez que je porte ?

Il a levé les yeux sur moi.

– Votre peau. Je veux que vous soyez complètement à l'aise dans votre peau. Bien qu'en réalité, vous soyez bien plus à l'aise que ce que je pensais, Karina. J'étais sûr que vous seriez toute rougissante et tremblante quand vous avez rampé jusqu'à moi.

– Je ne l'étais pas ?

– Pas comme si vous aviez eu honte d'être nue ou que vous vous sentiez dégradée par votre nudité. Ce que vous ne devez pas être. Vous êtes magnifique. La beauté n'est pas un crime, ce n'est pas une honte de l'exposer. Les Grecs comprennent beaucoup mieux cela que les Anglais.

– Il fait aussi beaucoup plus chaud en Grèce !

– C'est vrai. Les climats plus cléments poussent certainement à une plus grande nudité. Regardez le Brésil. Hum, cela dit, en Finlande, en Suède, on pratique le nudisme dans les saunas.

Il s'est levé pour retourner à la salle de bains. Il en est sorti, une serviette à la main. Il m'a fait signe de le suivre au salon, où il a posé la serviette sur l'un des deux fauteuils.

– Il y a un détail que vous ne connaissez peut-être pas concernant les usages dans un sauna. Vous y entrez nue comme un ver, mais vous apportez toujours une serviette pour vous asseoir dessus, afin de ne pas laisser de trace d'humidité ou d'autre chose.

Je me suis assise sur la petite serviette pendant qu'il commandait du thé et des pâtisseries.

Puis il s'est assis sur l'autre chaise et a passé ses mains dans sa chevelure encore humide.

– Où en étions-nous ? Ah oui ! Votre comportement. Je m'attendais à ce que vous soyez moins à l'aise avec la nudité, c'est le cas chez la majorité des Américains.

– Vous avez déjà vu beaucoup d'Américains à poil ? (Il m'a fait un sourire carnassier.) Bon, d'accord. Mais vous avez oublié que j'ai participé à cette espèce de performance artistique ? Je crois que cela a résolu tous les problèmes que je pouvais avoir concernant la nudité.

– Ah ! Mais vous n'aviez pas mentionné que vous étiez cul nu. Du coup, je n'ai pas fait le rapprochement. J'aurais bien aimé assister à cette performance. Vous étiez vraiment complètement nue ?

– Oui. Mais mon visage et le haut de mon corps n'étaient pas visibles. J'étais... comment le décrire ? À l'intérieur d'une sorte de sculpture, seul mon cul et mes jambes dépassaient.

– Tout ça au nom de l'art ? a-t-il plaisanté.

– Ben, j'imagine. Et parce que mon partenaire le voulait.

Il a hoché la tête.

– Parlons un peu de votre partenaire.

Oui, parlons-en, ai-je pensé. Essayez de comprendre l'énigme que je suis, moi j'essaierai de comprendre l'énigme que représente James.

– J'ai bien compris qu'il était un dominateur, mais était-il sadique ?

– Je n'en suis pas certaine.

– Eh bien, aimait-il vous faire mal ?

– Parfois, comme avec la cravache, en me sautant ou en me fessant. Mais ce n'était pas son but principal.

– Apparemment il ne faisait pas dans l'humiliation, sans ça vous auriez été bien plus honteuse de votre nudité. Alors, quel genre de dominateur était-il ?

– Hum, peut-on parler de malade du contrôle ?

Il a reniflé en riant.

– Oui ma chère, je suppose qu'on peut envisager cela. Expliquez-moi ce que vous voulez dire.

– Sans parler de tout ce truc d'exhibition artistique, me contrôler le faisait jouir. Et se contrôler aussi. Édicter des règles et des plans. Me demander de faire des choses et que je lui obéisse.

La nuit où nous avons fait connaissance, si j'avais ri et refusé de prendre le morceau de marbre dans sa poche, que se serait-il passé ? Il se serait mis à rire, lui aussi, avant de passer à autre chose. Il serait rentré seul chez lui, comme il l'avait prévu, m'avait-il dit.

Je me suis soudain rendu compte à quel point j'avais perturbé les plans de James en lui disant oui. Qu'est-ce qui l'avait incité à me proposer de jouer avec lui ? Il m'avait dit une fois, pendant un moment tendre, que c'était parce qu'il avait senti quelque chose de spécial en moi. Est-ce que j'y croyais encore ? Et lui, y croyait-il toujours ?

– Vos pensées sont bien loin de moi, a dit doucement Damon, presque attristé.

– Désolée, je me suis mise à penser à lui.

Il a fait la moue en m'examinant. C'est alors qu'on a frappé à la porte.

– Ha, ha, ne bougez pas.

Puis il s'est levé d'un bond.

Le serveur du room service, un Asiatique, a baissé les yeux en me voyant, avant de se concentrer sur le plateau qu'il portait à l'épaule. Il l'a posé sur la table et s'est dépêché de la dresser. Damon a signé la note, le serveur s'est précipité vers la porte d'entrée avant que mon partenaire ne la referme derrière lui.

– Je crois qu'il était plus gêné que moi, ai-je dit pendant que Damon se rasseyait.

Il a mis un morceau de sucre dans sa tasse.

– Peut-être. Ou alors il a pensé qu'il devait faire semblant. Je suis certain que les employés de l'hôtel sont confrontés à des jeunes mariés dans des positions bien plus compromettantes que la vôtre.

– Mais s'il vient d'un pays plus répressif ? Cela devient presque cruel vis-à-vis de lui, non ?

– D'abord, qu'est-ce qui vous fait croire qu'il n'est pas anglais ?

– Eh bien… Oh ! Je ne m'étais pas rendu compte que les autres pays avaient eux aussi des habitants issus de l'immigration, comme nos Américano-Asiatiques. Vous voulez-dire des Anglo-Asiatiques ? Des Britanno-Asiatiques ?

Ça l'a fait glousser.

–Je sais, ça n'a rien à voir avec le stéréotype de l'Anglais. Mais Londres est asiatique à 20%. En réalité, les Blancs britanniques représentent moins de la moitié de ses habitants.

– Comment le savez-vous ?

– La démographie fait partie de mon business, a-t-il répondu gentiment. Je crois que nous sommes environ 44%, si vous ajoutez les Blancs irlandais…

– Les Irlandais sont différents ?

– Oui ma chère, a-t-il répondu en reniflant… Avec tous les autres Blancs, nous arrivons à environ 66%. Mais il reste toujours 4 habitants sur 10 qui ne le sont pas.

– Et combien de Grecs ? ai-je demandé en plaisantant à moitié.

Il avait la réponse toute prête.

– Probablement 30 000 au total. Londres abrite le plus grand nombre de Chypriotes en dehors de Chypre. Mais comment avez-vous fait pour détourner la conversation ? Nous sommes censés parler de vous.

– Ah bon ?

– Eh oui.

Il m'a servi une tasse de thé et s'est intéressé à l'assiette de pâtisseries qu'on nous avait montée. Je n'ai pas pu m'empêcher de penser à James en remarquant un éclair miniature, et aux mets qu'il m'avait fait goûter à la galerie après la fermeture de l'exposition. J'ai pris un éclair et l'ai savouré.

– Ainsi l'homme que vous avez dans la peau est un dingue du contrôle, avec des tendances à l'exhibitionnisme et un goût prononcé pour l'art. Mais vous êtes séparés. C'était l'idée de qui, cette séparation ?

– De lui, ai-je admis.

Ma gorge s'est serrée. J'ai avalé une gorgée de thé en ravalant mes larmes.

Il m'a laissé un moment pour reprendre mes esprits. Puis il a poursuivi, d'une voix plus douce.

– Et qu'espérez-vous en suivant la formation de notre Société ?

Je ne pouvais pas lui dire que j'étais à la recherche de James. Non, c'était impossible. J'essayais d'imaginer ce que James penserait de moi, assise toute nue, en présence d'un autre homme dominateur. Serait-il jaloux ? Blessé ? Si c'était le cas, cela voudrait-il dire qu'il tenait encore à moi ? J'ai essayé de revenir à Damon et à sa question.

– Il y a eu un malentendu épouvantable entre nous. Je crois que j'ai mal compris les limites. Je veux… J'ai besoin de mieux comprendre comment fonctionne ce genre de relation. Ainsi, s'il m'accorde une seconde chance, je ne la foutrai pas en l'air.

– Et s'il ne vous l'accorde pas ?

– Je ne veux même pas y penser.

– Vous devriez pourtant, Karina. Vous êtes jeune, belle et désirable, sans oublier que vous êtes coquine. Il y a beaucoup d'hommes qui aimeraient être avec vous.

– Je ne suis pas un chaton abandonné, vous savez.

Pourtant c'était assez proche de ce que je ressentais. Pfff !

– Hé ! Notre Société ressemble un peu à une sorte de SPA. Pour certains de ses membres, en tout cas.

Il a sifflé son thé et a croisé ses doigts en réfléchissant à ce qu'il allait dire ensuite. Ses yeux étaient sombres et attentifs.

– S'il vous plaît, acceptez d'envisager que votre ex représente le passé, et pas l'avenir. Maintenant que vous avez eu un aperçu de ce qu'il vous a offert et ce que nous pouvons vous offrir, pourriez-vous vous contenter d'une relation banale ?

J'ai soupiré.

– Pas comme mes anciennes relations, en tout cas.

– Comment ça ?

– J'ai mis un moment à comprendre, et je ne suis pas sûre d'y être totalement arrivée, mais je crois que ce qui m'importe le plus, c'est l'honnêteté. (Je me suis forcée à le regarder dans les yeux en disant cela.) Être honnête sur ses désirs, ses besoins. Je ne pense pas que mes anciens amoureux étaient honnêtes avec moi.

– Ou avec eux-mêmes peut-être, a-t-il murmuré, sa tasse au bord des lèvres.

– Et je ne crois pas qu'ils se souciaient de mes désirs. Ils voulaient que je devienne leur petite amie, que nous soyons sur la même longueur d'onde pour que tout soit parfait. Ils ne comprenaient pas que je puisse avoir des désirs différents des leurs. Je ne veux pas dire uniquement sexuellement. Je veux parler de ce qu'ils voulaient que je sois.

Il a hoché la tête.

– Bien sûr, je n'étais pas vraiment claire non plus avec ce que je voulais, mais j'avais l'impression que quand j'essayais, j'étais descendue en flammes. Du genre, pourquoi fais-tu des histoires ? Est-ce qu'on n'est pas bien tous les deux ? Cela ne te suffit pas ?

Damon a reposé sa tasse.

– Ne vous contentez jamais de ça, Karina. Jamais. Tout homme qui vous possède doit en payer le prix.

– Alors, je dois m'assurer que lui aussi a un prix ?

– Assurez-vous avant tout qu'il est la personne qu'il vous faut. (Il s'est essuyé les lèvres avec sa serviette.) Je vais être honnête avec vous. Je sais que vous pensez que ce type est le bon, mais j'espère qu'en élargissant votre expérience, vous vous apercevrez qu'il ne l'est peut-être pas et qu'il y en a d'autres. Vous éprouverez toujours de l'affection pour lui, parce qu'il vous a initiée au monde du BDSM, mais si vous réalisez qu'il y a d'autres poissons dans la mer, cela vous aidera peut-être à l'oublier et à passer à autre chose. Surtout s'il ne veut pas que vous retourniez vers lui. Vous avez été en contact récemment ?

– En quelque sorte.

– Expliquez-vous !

J'ai joué avec un autre gâteau sur l'assiette.

– Je lui laisse des messages. Je ne sais pas s'il les reçoit. Je sais qu'il avait plusieurs téléphones. De toute façon, il ne répond jamais. Il ne m'a plus donné signe de vie depuis la nuit où… tout a explosé entre nous.

– Et vous ne pensez pas que cela signifie qu'il ne veut plus vous parler ?

– Peut-être suis-je dans l'erreur. Mais je crois que s'il voulait vraiment que j'arrête, il me le dirait. Ou bien il changerait de numéro.

– Alors pourquoi vous ignore-t-il ?

– Parce que c'est un enfoiré de dégonflé qui a peur de l'amour, voilà pourquoi.

Damon a failli avaler son thé de travers. Il s'est mis à tousser.

– Aaah, je vois. Je crois que je ne résoudrai pas cette énigme ce soir, mais vous m'avez donné matière à réflexion. (Il s'est mis à me regarder avec appétit, comme s'il avait faim d'autre chose que de nourriture.) À quel âge vous-êtes vous aperçue que vous étiez perverse ?

– Que voulez-vous dire ?

– Vous savez bien. Est-ce que vous attachiez vos petits copains en jouant au pirate, ou quoi ?

J'ai secoué la tête.

– Je ne le savais pas avant J… (Merde, c'était moins une.) Jusqu'à ce que mon compagnon ne m'y pousse. En fait, je ne suis même pas sûre que je me qualifierais de perverse.

Il m'a jeté un regard sceptique.

– Vous pensez que quand vous jouissez sous le contrôle de votre amant, c'est uniquement parce qu'il a posé son empreinte sur vous, comme sur un gentil petit poussin ?

– Est-ce que c'est possible ? ai-je demandé. C'était une des questions que je me posais. En fait, vous lui ressemblez un peu, avec votre façon de me donner des ordres. Vous avez amené Nadia et Juney au musée, vous m'avez donné des instructions par écrit, tout ça… Je l'imagine parfaitement faire les mêmes choses.

– Et est-ce que vous pensiez à sa bite quand vous avez goûté la mienne ? a-t-il aboyé, vexé.

J'ai retenu ma respiration. Merde. Je n'avais pas voulu l'offenser, mais ne dit-on pas qu'aucun garçon n'aime être comparé à celui qui l'a précédé ? Et j'avais pensé à James en lui faisant cette pipe.

– Je suis désolée. Ce n'est pas ce que je voulais dire.

– Ce n'est pas ce que vous vouliez dire ?

Il semblait atteint.

– Je vous ai blessé, j'en suis désolée. Je ne l'ai pas amené dans la conversation pour vous faire du mal. J'essaie simplement de comprendre. Je pensais que vous aussi vous essayiez de comprendre. Je veux dire, est-ce que je suis réellement embringuée là-dedans ou bien est-ce uniquement à cause de lui, vous voyez ?

Damon a fermé les yeux, a croisé les mains et s'est tu pendant un long moment. Quand il a rouvert les yeux, il paraissait plus calme.

– Il n'était pas là quand vous avez embrassé ma chaussure, a-t-il dit. Il n'était pas dans cette chambre à coucher, ce soir. Je ne dis pas que je… (il appuyait sa main sur ma poitrine) suis le meilleur, mais que vous, Karina, vous répondez à la domination et à la soumission.

– Ok, mais qu'est-ce que ça signifie ?

Il a soupiré.

– Ça n'a pas à signifier quoi que ce soit. C'est ainsi. Le jeu du pouvoir et du contrôle excite les gens sexuellement. Inutile de chercher plus loin.

– Mais l'opinion trouve ça épouvantable et pense qu'il faut cacher ces penchants-là. C'est la raison pour laquelle votre Société est secrète, n'est-ce pas ?

Je me suis resservi une tasse de thé. La chaleur de la pièce était confortable, bien que je n'aie rien sur le dos.

– Bon, tout d'abord, la Société est secrète comme des milliers d'autres l'étaient à l'époque. C'était courant au milieu du XIXe siècle. Certaines personnes étaient membres de plusieurs sociétés, parfois de dizaines. Certaines étaient plus secrètes que d'autres. Les francs-maçons ne se cachent plus de nos jours. Notre Société a été fondée pour ceux qui étaient sexuellement excités par le pouvoir, mais qui ne voulaient pas en abuser. Du moins c'est ce que j'imagine. Un instant !

Il s'est levé, est allé récupérer sa veste à l'autre bout de la pièce et m'a montré le gant de satin rouge qu'il avait dans la poche.

– Vanette vous a-t-elle expliqué ?

– Pas du tout. Elle m'a dit que la Société n'avait pas de nom, mais il me paraît assez évident que vous utilisez ce gant écarlate comme une sorte de signe de reconnaissance ou de carte de visite.

Il a approuvé de la tête avant de se rasseoir.

– Maintenant, imaginez que vous apparteniez à une Société afin de pouvoir assouvir vos fantasmes libertins en bonne intelligence. Vous ne pourriez en parler à personne, de peur d'être montrée du doigt. Si vous rencontriez une femme que vous désirez menotter, fesser et baiser jusqu'à plus soif, comment pourriez-vous lui demander si elle est d'accord ? Après tout, peut-être qu'elle n'oserait pas admettre ce genre de désir ?

– Ne pourriez-vous pas vous rencontrer au club ?

– Je crois que nous parlons d'un temps bien plus ancien que celui de la création de ce club, a poursuivi Damon.

– Imaginez que vous aviez fait connaissance de façon tout à fait formelle. Peut-être aviez-vous flirté un petit peu. L'homme disait alors à la femme : « Je viens de trouver ça. Est-ce que ça vous appartient ? » Si elle savait de quoi il s'agissait, elle répondait « Oui ». Si elle était dans la confidence mais qu'elle n'avait pas envie de répondre à ses avances, elle pouvait dire : « Je ne crois pas qu'il m'ira » ou quelque chose du genre. La femme pouvait prendre l'initiative en demandant à l'homme si par hasard il avait trouvé le gant qu'elle avait perdu. Et cætera. Quand les cartes de visite sont devenues à la mode, bien sûr, c'est devenu aussi simple qu'aujourd'hui, il suffisait de montrer le gant pendant qu'on donnait sa carte.

– Je vois.

– Bien sûr, on peut encore tomber dans une boîte de nuit fétichiste qui fait de la pub dans les magazines, paie sa patente et se présente comme n'importe quel bar pour célibataires, sauf que tout le monde est habillé de noir.

– Mais alors, pourquoi la Société est-elle toujours secrète ?

– Comme vous l'avez dit, il existe certaines personnes qui ont toujours un problème avec ça. Beaucoup de nos membres sont des politiciens ou d'autres professionnels du même genre.

– Et ils sont riches.

– En effet, oui, ces gens sont riches. Ça a toujours été ainsi. Voilà pourquoi nous avons cinq maisons en ville qui dépendent du club. Et nos membres vivent dans les maisons voisines, ou dans la plupart des maisons alentour. C'était déjà un quartier assez cher à la fin du siècle dernier, et ça l'est resté.

– Ça paraît logique. Mais pourtant, jadis, un homme aux appétits… euh… pervers, pouvait très bien aller cogner sur une pute s'il lui en prenait l'envie ? Du moins, c'est ce qu'on peut lire dans tous ces bouquins épouvantables.

– Je suis sûr que beaucoup le faisaient, a dit Damon. Mais ceux-là ne sont pas admis chez nous. Je pensais que vous étiez au courant.

– Oui, mais…

– Mais quoi ? Est-il si difficile de croire que des hommes libertins, mais corrects, et des femmes se sont rassemblés pour avoir ensemble des pratiques que la morale considère comme décentes, mais à bannir du regard de la bonne société ? Et que dire d'un homme qui souhaite avoir une compagne non pas pour une nuit mais pour la vie ? Ça a merveilleusement fonctionné ainsi depuis des siècles. Et pour un riche baiseur pervers comme moi ? (Il a souri.) Tout ces culs de première qualité que je peux fesser à loisir.

– D'accord. Je saisis ce que vous voulez dire.

– Je plains tous ces pauvres types qui ne peuvent jouir qu'en forçant l'autre, a-t-il poursuivi en bâillant. Eux sont vraiment pervers. Ils sont prisonniers d'un monde de mensonges, de contrainte et de folie. On voit ça tout le temps. Par exemple ce PDG, en Géorgie, qui baisait sa secrétaire depuis des années et qui lui avait fait faire les pires choses. Mais elle a eu le courage de le poursuivre en justice dès qu'elle a eu assez d'argent pour mettre sa mère à l'abri. Sans ça, nous n'en aurions jamais entendu parler. Ou cet autre qui l'a fait, ici, avec sa baby-sitter irlandaise et catholique, et qui l'a forcée à avorter. Dingue. C'est dingue. Les gens font l'amalgame avec nous parce qu'ils ne comprennent pas la différence. Elle est énorme, pourtant.

– Vous pouvez descendre de votre perchoir, vous savez ! Vous prêchez une convertie. Peut-être qu'ils ne voient pas la différence, uniquement parce que tout ça est tellement secret.

Il a secoué la tête et m'a invitée à le suivre dans la chambre.

– Ce qui rend les gens dingues, c'est parce qu'il s'agit de baise. (Il est parti à la salle de bains tout en continuant de me parler.) Vous voulez des statistiques ? En voici : en Grande-Bretagne, un tiers des jeunes filles ont été victimes de violences sexuelles. Une saloperie de tiers ! Mais le taux de condamnations est à peine d'1%. Peut-être est-ce que c'est différent aux États-Unis, je n'en sais rien.

Je l'ai rejoint pendant qu'il se brossait les dents.

– Ce n'est pas très différent. On dit qu'une femme sur six sera victime de viol, ou de tentative de viol. 5% des étudiantes subissent ça sur leur campus.

Il s'est rincé, a craché.

– Voilà une statistique très précise.

– Oui, en fait je suis devenue une pro de ce sujet.

Il s'est redressé, attentif.

– Vous avez été victime ?

– D'une tentative. Par mon propre directeur de thèse. Pourtant, je lui ai dit d'aller se faire foutre, même si ça m'a demandé un certain temps pour oser l'accuser publiquement. (J'ai soufflé sur la mèche de cheveux qui pendait devant mes yeux.) C'est pour ça que je suis venue en Angleterre. Pour attendre le procès.

– Ah, je comprends mieux, a-t-il dit. J'avais examiné votre dossier universitaire avant votre entretien, et je m'étais demandé pourquoi, alors que vos notes étaient toutes excellentes, vous n'aviez pas validé votre thèse. Je pensais que vous étiez venue voir l'exposition pour faire quelques recherches complémentaires.

– Si seulement c'était vrai ! Je crois que tout va finir par s'arranger, mais je préfère ne pas être là-bas pendant l'été.

– Bien. Merci de m'avoir raconté tout ça. Votre sac est dans les toilettes. Préparez-vous pour la nuit et venez me rejoindre au lit.

– Toute nue ?

– C'est l'idéal. (Il a souri.) Je n'ai jamais dit que nous allions dormir tout de suite.

6

Aujourd'hui, les étoiles brillent plus fort

Le lendemain matin, ce sont les tressautements du lit qui m'ont réveillée.

Damon, paupières closes, se masturbait. Son bras bougeait à toute allure, sa main astiquait sa queue en cadence. Il avait enlevé son bas de pyjama et rabattu les couvertures pour pouvoir mieux voir ce qu'il faisait.

Il a retenu son souffle quand il s'est mis à jouir, tout en recueillant son sperme visqueux dans sa main. Puis il repris sa respiration et a ouvert les yeux.

– Karina ?

– Quoi ?

– Rien, je voulais juste vérifier que je me rappelais votre prénom.

Il a souri.

– Espèce de bâtard !

– Ah, ah, vous injuriez votre seigneur et maître, quand bien même il n'est que provisoire ? C'est une faute qui mérite une fessée.

Il s'est assis, s'est essuyé la main sur les draps, puis il s'est servi de son bas de pyjama pour essuyer son sexe, avant de le jeter par terre.

– Venez par ici, sur mes genoux.

– Vous plaisantez ? !

– Pas du tout ! Une bonne fessée va vous réveiller bien mieux qu'un café. Venez. Faites le tour du lit et allongez-vous sur mes genoux. Et dites : « Oui, Monsieur George. »

– Très bien. Oui, Monsieur George.

J'ai sauté du lit et je me suis allongée sur lui, mes jambes pendant à l'extérieur du lit. Je n'avais rien sur moi, il avait donc une vue imprenable sur mon intimité.

Il m'a palpé les fesses en disant :

– Vous m'avez dit que vous avez déjà été fessée ?

– Oui, Monsieur George.

– Et vous avez aimé ?

– Oui.

– Aviez-vous été méchante ou bien est-ce que, tout simplement, il aimait vous fesser ?

J'ai réfléchi un instant.

– Une fois, c'était parce que j'avais fait quelque chose que je n'étais pas censée faire. La fois suivante, c'est quand il m'avait attachée. Je pense que c'était simplement ce qu'il avait décidé de faire ensuite.

Il s'est mis à me griffer légèrement la peau avec ses ongles.

– Vous êtes prête ?

– Je suis prête.

– Très bien. Je vais vous donner une leçon. Savez-vous pourquoi je vais vous fesser ?

– Parce que je vous ai traité de bâtard.

Ça l'a bien fait rire.

– Non, non, je ne parle pas de la fausse raison. Quelle est la vraie raison pour laquelle je vous donne la fessée ?

– Hum…

Ça sentait la question piège.

– Je vais vous fesser parce que vous avez un cul splendide, et parce que j'en ai envie. J'aime fesser les femmes. J'aime sentir leurs réactions. Je suis un dominant, j'aime infliger de la peine et du plaisir. C'est aussi simple que ça.

– Je vois. Est-ce que je dois compter les tapes ?

– Non, j'arrêterai quand j'en aurai envie.

En disant ça, il m'a donné un premier coup. Il a commencé légèrement, ça m'a fait moins mal que prévu. Il a continué sur le même rythme, indéfiniment, et ma peau est devenue de plus en plus sensible. À un moment, il a frappé plus fort. Très vite, je me suis mise à pousser des cris stridents et à gigoter des jambes à chaque coup. Il a simplement appuyé son autre main sur mes omoplates pour m'empêcher de bouger. Enfin, il a fini par s'arrêter. Sa main s'est faite caressante. Elle dessinait des cercles sur mes fesses. Ce contact très tendre m'a fait frissonner. Alors, il a glissé la main entre mes jambes.

– Humide. C'est bien ce que je pensais.

Il a enfoncé un de ses doigts en moi. J'ai haleté devant les ondes de plaisir qu'il me procurait. Il m'a baisée avec son doigt à plusieurs reprises.

– Ça me rend fou de ne pas pouvoir vous sauter. Je suis sûr que Vanette s'en doutait. Allez vous nettoyer un peu, nous allons prendre le petit déjeuner.

Damon avait l'air morose et distrait quand nous nous sommes assis devant les hautes fenêtres de la salle de restaurant qui dominaient la place de la gare. Pourtant, après une tasse de café bien serré, il a eu l'air de se reprendre.

– Finalement, donner la fessée ne vaut pas mieux qu'un bon café, ai-je plaisanté.

– Je parlais de vous, pas de moi, m'a-t-il répondu avec un léger sourire. Je ne suis pas complètement réveillé avant d'avoir bu mon café du matin. Bon, maintenant, je vais devoir changer mes plans pour notre programme d'aujourd'hui.

– Ah bon ?

– Oui. J'avais basé nos activités sur l'idée de vous faire abandonner graduellement votre aversion pour le plaisir sexuel. Mais vous avez fait voler tout cela en éclats dès la première minute, hier soir.

Ses cheveux noirs brillaient dans la lumière du matin.

– Je dois donc imaginer autre chose pour vous mettre au défi.

– Comme quoi ?

– Vous êtes relativement obéissante quand j'insiste, il n'y a pas de grand défi de ce côté-là. Je pourrais vous faire passer des épreuves d'endurance physique, mais ça m'ennuie et je n'aime pas m'ennuyer.

Il s'est mis à bâiller.

– Qu'est-ce que vous détestez le plus ?

Être larguée au milieu d'une soirée, après la plus mémorable partie de jambes en l'air de ma vie, ai-je pensé, mais je ne l'ai pas dit. Voilà quel était mon pire cauchemar.

– Vous voulez dire le jouet que j'aime le moins ?

– Ou l'activité.

J'ai dû réfléchir. Je n'avais pas vraiment aimé la roue de Wartenberg, mais je n'avais pas vraiment détesté ça. La pagaie, c'était assez rigolo. La cravache, ça faisait mal, mais la façon dont James l'employait était très excitante. Une activité ? Sortir en public avec des boules de Ben Wa, c'était chouette. Oh ! je savais ce que j'allais lui répondre. J'ai jeté un coup d'œil pour vérifier qu'aucun serveur n'arrivait derrière moi avant d'avouer :

– La fois où il m'a empêchée de jouir pendant toute une semaine.

Damon a relevé la tête.

– Ça vous a paru très long ?

– Il tenait à ce que nous nous voyions chaque jour, il jouait avec moi, il m'excitait à mort mais m'empêchait d'atteindre l'orgasme.

– Pendant toute semaine ? Chaque jour ?

– Parfois plusieurs fois par jour.

– C'était sans doute sa façon de vous former, j'imagine, m'a-t-il répondu avec un signe de tête. Et qu'est-ce que vous n'aimiez pas ?

– La frustration, j'imagine.

– Vous en êtes sûre.

– Il était très attentionné et je le voyais beaucoup, et c'était… c'était très chaud, d'une certaine façon. C'était juste trop long. Vous m'avez demandé ce que j'aimais le moins. Voilà ma réponse.

– J'ai l'impression que, de toute façon, vous aimiez tout ce qu'il vous faisait.

– Je suppose que oui. Chaque fois qu'il essayait quelque chose de nouveau, j'aimais ça.

Je n'allais tout de même pas lui raconter la façon douloureuse dont je m'étais aperçue que le sexe de James était trop gros pour pouvoir me pénétrer. D'ailleurs, nous avions résolu ce problème et ce n'était pas ce que Damon avait envie d'entendre.

– Alors, ou bien il était très doué pour interpréter vos désirs, ou bien vous étiez totalement faits l'un pour l'autre, a dit Damon avec un léger froncement de sourcils. Pas étonnant que vous soyez tellement accro.

C'était peut-être parce que j'étais tellement amoureuse de lui que tout ce qu'il faisait me paraissait merveilleux, ai-je pensé. J'ai haussé les épaules.

– On recommence, s'est-il soudain écrié en jetant sa serviette sur la table.

– Quoi ?

– Je remonte. Rejoignez-moi dans une demi-heure.

Il s'est levé.

– Nous repartons à zéro.

– Comme vous voulez.

– En effet, ma chère, c'est ça mon job.

Puis, comme un félin, il s'est dirigé vers l'entrée et a disparu.

La serveuse m'a rapporté du thé. Elle m'a demandé si je désirais lire le journal. Je l'ai remerciée, mais non, je préférais consulter mon téléphone.

J'ai cherché d'autres infos sur York, j'ai relevé mes emails pour voir si Martindale m'avait répondu au sujet des jours de congé que je lui avais demandés. Le cher homme m'avait non seulement donné son accord, mais il m'avait réservé une chambre d'hôte. Il avait visiblement très envie que je retrouve James pour me venir ainsi en aide. La demi-heure est passée très vite, j'ai signé la note et je suis remontée. Cette fois-ci, je n'ai pas été surprise de trouver une petite enveloppe sur la porte. Le mot à l'intérieur disait :

Entrez dans la chambre et enlevez vos vêtements. Ne gardez sur vous que cette délicieuse culotte de chez LOU. Vous trouverez un bloc-notes sur le bureau. Inscrivez-y trois bonnes raisons pour être punie, et allez ensuite m'attendre dans un coin.

Eh bien, c'était différent. Je suis entrée, j'ai vu que la porte de la salle de bains était fermée. Il devait être à l'intérieur. J'ai envisagé d'écrire trois mensonges, des trucs d'écolière, du genre « je n'ai pas fait mes devoirs, j'ai menti en disant que mon chien les avait mangés, j'ai parlé pendant les cours ». Mais je me suis dit que ce n'était pas ça qu'il attendait. Comme pour la question qu'il m'avait posée ce matin, il ne voulait pas de réponse bidon, mais une vraie réponse.

J'ai pris un stylo et je me suis assise au bureau. Le cuir du fauteuil était frais sous mes fesses nues. Par où commencer ? Quoi écrire ? Pour me lancer, j'ai inscrit en haut de la page :

Trois choses pour lesquelles Karina mérite d'être punie.

J'ai écrit « numéro 1 » et j'ai hésité. Si j'avais dû faire cette liste pour James, que lui aurai-je dit ? Je lui avais déjà raconté par texto les pieux mensonges que j'avais faits. Et il y en avait très peu, en fait. Je lui avais parlé de ceux que j'avais servis au douanier et à quelques autres pour me faciliter la vie, bien que je lui aie promis de ne plus mentir.

Bon, voilà pour le numéro un.

Et le numéro deux ? De quoi d'autre est-ce que je me sentais coupable ?

De ne pas avoir dénoncé plus tôt mon directeur de thèse pour harcèlement sexuel. J'aurais sans doute évité bien des problèmes à quelques femmes.

J'ai fermé les yeux. Réfléchis, Karina. De quoi voudrais-tu que James te pardonne encore ? Bien entendu, je voulais qu'il me pardonne de l'avoir forcé à me donner son nom, mais j'étais absolument sûre de ne pas mériter de punition pour ça. De quoi me sentais-je coupable, alors ? Ou de quoi est-ce que je désirais me sentir coupable ?

Soudain, une idée a jailli. Oh ! Est-ce que ça signifiait quelque chose ? Peut-être était-ce pas grave si ça ne voulait rien dire. J'ai écrit :

Avoir laissé Monsieur George me toucher, me donner du plaisir et me faire jouir.

Ma main tremblait quand j'ai posé mon stylo. Je me suis dirigée dans un coin de la pièce qui était vide et je me suis penchée en avant, ma tête dans les mains. Mais qu'est-ce que je faisais ici ?

J'ai entendu la porte de la salle de bains grincer. J'ai retenu ma respiration en l'entendant approcher. Le papier sur le bureau a bruissé.

– Vous êtes une femme pleine de confusion.

Je ne pouvais qu'acquiescer.

– Je voudrais pouvoir casser la gueule à celui qui vous a mise dans cet état. Mais comme il n'est pas là, je vais devoir me contenter de vous punir à la place. Vous savez ce qu'il faut dire.

– Oui, Monsieur George, ai-je chuchoté, la gorge nouée.

– Bon. Maintenant, voyons. Je comprends que vous puissiez vous sentir coupable de ne pas avoir dénoncé ce pervers. Maintenant, concernant le mensonge. C'est un truc que votre précédent maître vous avait demandé ?

J'avais envie d'argumenter, je ne l'avais pas appelé maître, mais ce n'était pas le moment.

– Oui, Monsieur George.

– Et vous essayez de respecter votre parole, même si c'est difficile et qu'il n'est plus là ?

– Oui.

– Très bien. Effaçons votre ardoise. Venez ici et posez vos mains sur la chaise.

Je me suis retournée. Il avait enfilé un costume trois pièces, sa cravate était savamment nouée. J'ai avalé ma salive. Il ne pouvait pas savoir que James s'habillait ainsi. C'était sûrement une coïncidence. Mais ça m'a vraiment secouée. Je me suis penchée pour poser mes mains comme il me le montrait, sur l'assise d'une des chaises. Alors il a sorti un long et fin morceau de plastique qu'il a légèrement fait plier entre ses mains. S'il n'avait pas été rouge vif, on aurait pu croire que c'était une lame de store.

– Traditionnellement, les badines étaient faites en rotin, a-t-il dit, mais celles en synthétique, aujourd'hui, sont plus solides. Baissez la tête et dites-moi combien de mensonges vous pensez avoir dits ?

– En tout ?

– Non, juste ceux pour lesquels vous pensez que vous devez être punie.

– Oh, dix ou douze au moins. Peut-être vingt, en comptant ces deux derniers mois.

– Disons vingt, pour remettre votre compteur à zéro. Avez-vous déjà reçu des coups de bâton, Karina ?

– C'est comme avec une cravache ?

– Non, pas exactement. Voilà comment ça marche : je vous administre votre châtiment et vous, vous comptez et vous me remerciez après chaque coup. Si vous vous trompez dans le décompte, je recommence à zéro.

– C'est sournois.

– Ce genre de chose l'est, en général.

Il a gloussé en frottant le bout de la canne sur mon cul offert.

– Maintenant, si vous êtes prête, vous savez quoi dire.

– Oui, Monsieur George.

Il s'est éclairci la voix, et une seconde plus tard, une ligne de feu m'a brûlée. J'ai retenu un cri, en attendant que la douleur se dissipe. J'ai pensé : quoi, encore dix-neuf coups comme celui-ci ?

– Que dites-vous ?

Ah oui.

– Merci, Monsieur George, ça fait un. Plus que dix-neuf.

Sa main m'a caressée là où il m'avait frappée. La sensation était divine. Il semblait bien s'amuser.

– La façon traditionnelle de compter est la suivante : « Un. Merci, Monsieur. » Mais je préfère faire autrement.

Ça m'a paru familier. Un homme, à la soirée où James m'avait emmenée, avait dit la même chose.

– Dois-je vous appeler juste Monsieur, Monsieur George ? ai-je demandé, en me rappelant ce que m'avait dit Vanette. Ou bien préférez-vous la façon plus traditionnelle ?

– Vous savez quoi, Karina ? Je n'ai pas de préférence. J'ai envie de voir comment vous faites. J'adore quand vous m'appelez Monsieur. Chaque fois que vous prononcez ce mot, c'est comme si vous me léchiez la bite.

Puis il a reculé, et j'ai compris qu'un coup allait venir. Il y a eu un silence et ensuite, blam ! Une autre brûlure intense sur le cul. Il n'a pas semblé gêné que je me débatte en croyant que la douleur allait s'atténuer plus rapidement.

– Deux, Monsieur, encore dix-huit. Merci, Monsieur George.

– Bien.

Il n'a pas attendu pour me frapper une troisième fois.

– Trois. Merci, Monsieur George.

J'ai serré les jambes. Oh, que j'avais mal ! Encore dix-sept.

Il m'a frappée à nouveau. J'ai un peu haleté en disant :

– Quatre ! Mon… Monsieur George. Encore seize. Ahhh… ah, merci !

Il s'est approché pour masser ma peau douloureuse.

– Vous savez, si vous n'êtes pas prête pour les prochains coups, vous pouvez attendre un peu avant de répondre.

– Mais ce n'est pas de la triche ?

– Je ne le pense pas, ma chère. Compter peut vous permettre de choisir la cadence. Et si vous allez trop lentement, je vous gronderai.

– Oh ! Mais comment pouvais-je le deviner ?

– Justement, puisque que ça n'est pas évident pour vous, je vous l'explique. Si vous craignez de trop contrôler votre punition, ne vous en faites pas. Je peux toujours vous bâillonner, si je le désire. Souvenez-vous en.

– Oui, Monsieur.

C'était un étrange jeu de questions-réponses entre nous. Peut-être cela avait-il un sens ?

– Je suis prête pour le cinquième coup, Monsieur.

Il n'a pas dit un mot, mais cette fois-ci, j'ai entendu le sifflement de la canne. Je crois que ça signifiait qu'il allait frapper plus fort. Cette fois, j'ai crié. Et j'ai dû respirer plusieurs fois de suite avant de pouvoir dire :

– Cinq, merci Monsieur. Encore quinze. Je suis prête pour le suivant.

Le suivant fut un peu moins violent, mais j'ai quand même eu mal. Ensuite il a un peu diminué la violence des coups, je n'ai pas crié à chaque fois. Je les ai comptés sans problème, jusqu'à :

– Dix, Monsieur, encore dix.

Au lieu de me caresser, il a passé le bout de la canne de haut en bas, depuis mes épaules jusqu'à l'arrière de mes cuisses.

– Vous faites ça très bien. Dix est souvent le nombre maximum de ce genre punition.

– Mais nous avons dit vingt ? ai-je glapi.

– Oui, nous avons dit vingt, donc nous devons poursuivre. Mais je vais vous donner quelques coups sur les cuisses. J'imagine que ça vous empêchera de porter une minijupe ou un short pendant quelques jours, à moins que vous ne vouliez expliquer la raison de ces zébrures.

– Oui, Monsieur George.

Il m'a donné les cinq coups suivants comme s'il grimpait une échelle en partant du bas de mes cuisses jusqu'à mes fesses. Je les ai tous comptés soigneusement. Cela faisait mal différemment sur les jambes. Je préférais les coups sur mon cul.

– Encore cinq, Monsieur, ai-je haleté.

– Ces cinq-là seront les plus douloureux, a-t-il expliqué. Votre peau est déjà endolorie et je ne retiendrai pas mes coups pour autant.

J'avais donc raison, jusqu'à présent il avait retenu ses coups.

– Oui, Monsieur George, je suis prête.

Le suivant m'a fait crier si fort que j'ai bien cru me casser la voix. « Seize, seize ! » Ça voulait dire combien ? La violence du coup m'avait complètement déstabilisée. Réfléchis, Karina !

– Encore quatre. Merci Monsieur.

Étais-je prête à en recevoir un autre de cette force ? Nous allions bien voir.

– Puis-je en avoir… euh, un autre ?

Il n'a rien dit, il m'a frappée. Cette-fois, mes genoux ont cédé. Il m'a fallu un grand moment pour réaliser, au fur et à mesure que la douleur refluait, que le bout de sa badine me tapotait doucement la cuisse. Ah ah, il essayait de m'aider à me reprendre. Ce que j'ai fait, lentement.

– Dix-sept. Oh mon Dieu, encore trois. Merci Monsieur George ! Je… (J'ai pris quelques profondes inspirations.) Je ne suis pas sûre d'être prête pour le prochain.

– Vous faites ça très bien, Karina, je suis vraiment fier de vous. Vous êtes formidable !

L'entendre dire ça m'a fait du bien, même si je ne pouvais m'empêcher de penser que ça sonnait creux. Ce n'était pas comme si c'était James. Tout comme nos jeux érotiques de la veille n'avaient aucune importance, même si je me sentais coupable d'y avoir joué.

– Merci Monsieur. Je… je suis prête pour le suivant.

Oh ! le bâtard. Il m'a frappé très fort, non pas une fois mais deux coups rapprochés. Je suis tombée à genoux en hurlant, en m'agrippant au fauteuil. Cette fois, il ne m'a pas touchée après. Il se tenait en retrait en attendant que je me relève.

– Cette… (Je tremblais de colère.) Cette fois, ça compte pour un ou deux coups ?

– Deux ma chère.

– Est-ce que ce n'est pas triché de me frapper avant que je sois prête ?

– Vous préférez que ça compte pour un seul coup ? a-t-il demandé.

– Oh !

J'ai essayé de reprendre mes esprits pour comprendre ce qu'il disait.

– En me posant la question, vous me donnez des informations. Ainsi, je comprends mieux jusqu'où vous pouvez supporter la douleur, m'a-t-il expliqué. Mais ce n'est pas vous qui avez le contrôle.

– Je vois. Merci, Monsieur George. Est-ce que ça veut dire qu'il y en a encore un, alors ?

– En effet. Êtes-vous prête ?

J'ai dû reprendre mon souffle à deux fois. J'allais le faire. J'en étais capable. Un dernier.

– Oui, Monsieur, je suis prête pour un autre coup.

– Bien, a-t-il susurré. Allons-y.

Il m'a tapé tout doucement avec la canne et ensuite m'a massé les fesses, en se mettant à genoux à côté de moi et en m'attirant contre lui. Ne me demandez pas pourquoi, mais c'est ça ce qui m'a fait éclater en sanglots. M'être préparée à supporter la douleur encore une dernière fois en m'attendant au pire, et le voir devenir si doux, a sans doute détruit toute résistance et a déclenché mes pleurs.

– Là, là, disait-il en caressant mes cheveux. Vous avez été très courageuse. Maintenant vous êtes pardonnée.

Mais non, je ne le suis pas, ai-je pensé. Ce n'est pas vous qui devez me pardonner. Cette pensée m'a fait sangloter plus encore.

Il m'a serrée et m'a laissée pleurer tout mon saoul. Je l'ai inondé de mes larmes, il m'a tendu son mouchoir en soie pour que je puisse me moucher.

Ensuite, comme je n'avais pas la force de me lever, il m'a apporté un verre d'eau et un peignoir de bain.

Après que j'ai bu, il m'a aidée à m'asseoir, et j'ai refermé la ceinture de mon peignoir. Il a ouvert les rideaux. La lumière de l'après-midi a inondé la pièce. Il a ôté sa veste, l'a posé sur le dos de son fauteuil et s'est rassis.

– Vous vous sentez mieux maintenant ?

Je fixais mon verre, il me l'a rempli à nouveau. Après avoir bu une gorgée, j'ai répondu :

– Oui et non. Je me sens plus légère, l'esprit clair. Mais je me sens toujours coupable d'être là.

– Expliquez-vous.

Il n'avait pas l'air courroucé, mais plutôt concerné.

J'ai réalisé que je devais lui dire la vérité. Mon plus gros mensonge avait été de lui cacher la raison pour laquelle je voulais rejoindre la Société. Et c'était lié à la raison pour laquelle je l'avais laissé me faire ce qu'il m'avait fait. Je me suis demandé par où commencer.

– Peut-être que vous pourriez m'expliquer un peu mieux pourquoi vous avez écrit que vous vous sentiez coupable d'avoir des rapports sexuels avec moi. Attendez, pas des rapports sexuels, vous avez écrit « du plaisir ». Ne pensez-vous pas que vous méritez le plaisir et l'apaisement, Karina ?

– Ça n'est pas ça. (Je tournais mon verre dans mes mains.) J'y ai droit. Tout le monde y a droit. C'est juste que… Je ne veux pas que ça vienne de vous. Pourtant, vous savez sacrément bien vous y prendre. Mais… mais c'est vrai. Je pense à lui tout le temps. Une partie de moi se dit que si je lui étais vraiment fidèle, je ne ferais pas tout ça. Et une autre partie de moi me dit que je ne suis pas honnête envers vous, en pensant à lui au lieu d'être dans l'instant présent, avec vous.

Il n'a rien dit, il digérait ma réponse.

– Et en plus, je ne vous ai pas tout dit.

Il restait silencieux. L'unique signe extérieur de son intérêt pour ce que je lui racontais, c'était le mouvement de ses sourcils.

– Je crois que l'homme que j'essaie de retrouver est un des membres de votre Société. (J'ai essayé de me calmer en buvant une gorgée d'eau, mais mes mains tremblaient.) J'espère que je vais le retrouver. J'espère que s'il me voit au club…

Je n'ai pas pu prononcer un mot de plus. J'ai dû retenir ma respiration pour ne pas me remettre à pleurer.

Damon a récupéré le verre juste avant qu'il ne tombe. Puis il m'a pris les mains. Il était toujours muet.

– Je suis tellement stupide, ai-je dit. Je ne sais pas à quoi je pensais. J'ai vu… j'ai vu une chance et j'ai pensé que je devais la saisir. Et voilà, j'ai à nouveau des problèmes, parce que je n'ai pas dit la vérité.

– C'est faux, a-t-il répondu doucement. D'abord, vous n'avez aucun problème. Ensuite, il est autant responsable que vous de cette situation.

Je l'ai regardé dans les yeux.

– Je vais sûrement avoir des ennuis avec votre Société parce que j'ai essayé d'y entrer sur de faux prétextes.

– Je n'ai pas entendu le moindre faux prétexte dans tout ce que vous avez dit. (Son pouce me caressait le dos.) Je crois que vous pensiez chaque mot que vous avez prononcé.

– Vous déformez la vérité.

– Ah bon ? La vérité est peut-être toute relative. Sérieusement, Karina, vous êtes évidemment follement amoureuse de cet individu. Assez pour que votre jugement soit faussé. Mais ne vous flagellez pas au sujet de nos relations « non sexuelles ». S'il vous a abandonnée, je suis certain qu'il ne s'attend pas à ce que vous entriez dans ordres, ou quoi que ce soit du même genre.

– J'imagine.

– Quand quelqu'un abandonne son chat, se met-il en colère si ce chat cherche sa pitance auprès de quelqu'un d'autre ?

– Il ne devrait pas l'être. Mais ça ne signifie pas qu'il ne se sentira pas trahi.

– C'est vrai. Mais est-ce que votre ancien maître est irrationnel à ce point ? Si c'est le cas, je pense qu'il ne mérite pas votre fidélité.

– Ça n'est pas si simple. De toute façon, c'est moi qui me sens coupable. (J'ai serré ses mains dans les miennes, très fort.) Qu'est-ce que je dois faire ?

Il a retiré ses mains et en a secoué une comme si je lui avais fait mal.

– Je crois qu'il est temps de nous habiller et d'aller déjeuner. Nous en reparlerons plus tard.

– Nous ne pouvons pas en parler pendant le déjeuner ?

– Non, ma chère. Vous allez aller déjeuner, pendant que moi je vais baiser à mort mademoiselle Juniper. (Il s'est levé alors que quelqu'un frappait à la porte.) Ce doit être elle.

– Vraiment ?

– Vraiment. Vous m'excitez terriblement. Mais comme je ne peux pas vous sauter, est-ce une raison pour souffrir ?

Il a ouvert la porte et Juney est entrée, avec un grand sourire. Elle m'a fait un petit signe de tête.

– Hey, Juney ! (Je lui ai souri.) Je vous laisse un moment en tête à tête.

Je suis descendue à la salle de sport, qui était vide à cette heure-là. Je n'avais pas prévu de m'entraîner – j'avais déjà eu mon compte, merci bien –, mais je n'avais pas encore faim et je voulais me détendre un peu. Tout était rouge et noir dans cette salle de gym, y compris les haltères, les plus chic que j'aie jamais vus. On aurait dit qu'ils sortaient d'un film de science-fiction. Tout en me promenant dans l'hôtel, je pensais à James. Et à moi. Je n'en ai tiré aucune conclusion, mais quand Damon m'a rejointe pour le déjeuner, je m'étais apaisée.

Plutôt que de déjeuner, nous avons pris un thé qui était presqu'aussi classe que celui de l'hôtel Buckingham Palace.

Quand nous nous sommes retrouvés chacun devant notre théière, avec une pile de petits sandwichs et de mini-pâtisseries à partager, il a secoué la tête et s'est écrié :

– Alors, où en étions-nous ?

À la table la plus proche de la nôtre, il y avait quatre femmes en pleine discussion animée, qui ne faisaient aucun cas de notre présence.

– Je crois que nous évoquions le fait de savoir si oui ou non, j'allais entrer dans la Société.

– Ah oui. Je crois que vous devriez quand même le faire.

– Même si je le fais pour retrouver ce type ?

– Envisagez la chose de mon point de vue, Karina, ou de celui du club. Nous sommes en présence d'une jeune femme brillante, qui répond délicieusement au sadisme et à la domination. Elle est assez âgée pour avoir la tête sur les épaules, assez éduquée pour avoir de la conversation, mais assez jeune pour peut-être se transformer en compagne au long cours pour l'un de nos membres. De quoi parlons-nous ? D'un rustre qui lui a brisé le cœur ? Cela ne la rend pas différente de la moitié des filles que nous admettons chez nous. Quoi d'autre ? Oh ! Si elle rencontre le bon numéro au sein de notre club, elle risque de l'épouser ? Ça aussi, ça arrive souvent.

– Je suppose. Donc, je ne transgresserai aucune règle ?

– Non. Bien sûr, si le directeur et Vanette apprenaient que vous nous avez rejoints pour le retrouver, ils ne le prendraient pas très bien. Pourtant, je pense que vous avez une foule d'autres excellentes raisons de vous joindre à nous. Et puis, que se passera-t-il si vous retrouvez ce type et qu'il vous rejette ? Vous aurez besoin d'aide.

– Vous avez sans doute raison. (J'ai pris une profonde inspiration.) Il y a aussi le fait que je suis censée retourner aux USA à la fin de l'été. Qu'en pensez-vous ?

– Répondez-moi franchement. Si cet homme réapparaît au club, qu'il se réconcilie avec vous et qu'il vous demande de rester à Londres, vous le ferez, n'est-ce-pas ?

– Oui, ai-je répondu sans hésiter.

– Alors, vous avez autant de chances que n'importe quelle autre soumise de rester parmi nous après la fin de votre stage d'initiation. Pas besoin de mentionner ce qui pourrait arriver aux autres.

Damon a reposé sa tasse et s'est penché vers moi, il m'a fixée si intensément que je n'ai pas pu faire autrement que de lui rendre la pareille.

– Je vais vous faire une promesse si vous m'en faites une en retour.

– Quelle promesse ?

– Je vous promets de faire tout ce qui est en mon pouvoir pour vous aider à retrouver cet homme si vous me promettez que s'il vous rejette, vous m'accorderez une nuit entière. Une nuit où je pourrai faire tout ce que je désirerai, sans aucune restriction.

Son regard était d'une telle intensité, dans cette lumière d'après-midi ! Ses yeux écarquillés étaient remplis de désir.

– Ne pas pouvoir me baiser vous a vraiment frustré, ai-je dit calmement.

– En effet. Nous sommes donc d'accord, Karina ?

– Ok, je vous le promets. Une nuit ensemble, où je ferai tout ce que vous voulez, si jamais J… Jules me rejette, et vous, vous ferez tout ce que vous pourrez pour m'aider à le retrouver.

La première des choses que vous pouvez faire pour moi, c'est de m'acheter un billet de train pour aller à York jeudi prochain.

Il s'est renfoncé dans son siège avec un grand sourire, visiblement très content de lui. Je voyais qu'il était déjà en train d'imaginer tout ce que nous allions faire ensemble.

– Rien de plus facile. Une seconde. (Il a sorti son téléphone et a envoyé un texto, ou un mail.) C'est comme si c'était fait !

– Vous pensez réellement que je suis maso ? ai-je demandé.

– Oui. Ça vous dérange ? Ça signifie simplement que vous êtes excitée sexuellement par des sensations intenses, comme la fessée ou les coups de bâton.

– Par la douleur, vous voulez dire.

– La douleur, parmi bien d'autres choses. Psychologiquement, vous êtes aussi excitée par le contrôle. Pour être honnête, je pense que c'est le cas de la plupart des gens, mais qu'ils refusent de l'admettre parce que c'est socialement inacceptable. Vous êtes censée être excitée par quoi, des bouquets de roses et des bains moussants ? C'est agréable, si vous rêvez de vous laisser bercer tranquillement. Mais, physiquement, nous sommes bien plus compliqués.

– Vous, c'est la vue d'une femme qui souffre qui vous excite.

– Sa douleur physique, oui. Je n'aime pas la tristesse. (Il buvait son thé à petites gorgées.) Faire pleurer les femmes, ce n'est pas mon truc.

– Oh, alors je suis désolée pour tout à l'heure.

– Désolée ? Pourquoi ? C'était fantastique de vous voir pleurer.

– Mais vous venez juste de dire que…

– J'ai dit que cela ne m'excitait pas sexuellement. Mais cela m'a fait plaisir d'obtenir ça de vous, Karina. Vous vous êtes laissée aller. Ça vous a aidée à dire la vérité. Et maintenant que vous m'avez dit la vérité, je peux vous aider.

– Vous avez raison, ça m'a aidée. (J'ai entrepris de grignoter un sandwich au concombre.) Qu'est-ce que je peux vous dire sur lui ?

– Et si vous commenciez par me dire son nom ?

– Il m'a expliqué que dans la branche US de votre Société, beaucoup de membres utilisent des pseudos, du coup personne ne connaît leur nom.

– Quelqu'un doit pourtant les connaître : le trésorier qui encaisse les chèques.

Il a fait la moue.

– Oui, je voulais dire que les membres ne se connaissent pas par leur vrai nom.

– J'ai cru comprendre qu'il se faisait appeler ou Jules ou Bijou, vu votre accent.

– Il a choisi ce pseudo parce qu'il portait beaucoup de diamants et de pierres précieuses la première fois qu'il s'est rendu à une de leurs soirées très privées.

– Des diamants ?

– C'est ce qu'il m'a dit. Ils donnent de grands bals et les gens qui y vont sont très habillés.

– Oui, j'en ai entendu parler. Ils essaient de nous imiter, bien que nous ne fassions plus ce genre de choses de nos jours. Enfin, quand nous le faisons, ce n'est pas dans le cadre de la Société. Nous avons de nombreux bals classiques, sans but érotique, et d'autres sur invitation, dans différentes propriétés privées. Quoi qu'il en soit, c'est tout à fait fascinant. Ça vous paraît peut-être légèrement ostentatoire, non ?

– Je n'en sais rien. Il m'en parlait au passé. Mais il avait mentionné le groupe anglais, alors quand vous m'avez tendu votre carte, j'ai saisi l'occasion.

– Comment saviez-vous qu'il s'agissait du même groupe ?

– Je n'en étais pas sûre. Sauf que, vous savez, le professeur dont je vous ai parlé ? Il essayait de se faire admettre comme membre quand je lui ai coupé l'herbe sous le pied en le dénonçant. Il s'est ensuite présenté chez moi, ivre, et a proféré des menaces. Ma coloc' a essayé de lui faire comprendre que je n'étais pas là. Il a continué à crier dans l'interphone. Elle m'a raconté qu'il avait prononcé le mot « Gant Écarlate ».

– Ah ! voilà comment vous avez entendu parler de l'adjectif cramoisi. Je me demandais pourquoi vous l'utilisiez à la place du mot « rouge ».

– Il a peut-être dit « la Société au Gant Écarlate », mais elle a compris qu'il s'agissait bien d'un nom. Du coup, quand j'ai vu le vôtre, ça a fait tilt.

– D'accord, et ce Jules, décrivez-le moi ?

– Il mesure environ 1,83 mètre, il est bâti comme un danseur, tout en muscles, il est blond. Sa mère était anglaise et je crois qu'il a fait une partie de sa scolarité ici. Ça vous dit quelque chose ?

Il a secoué la tête lentement.

– Je ne peux pas dire ça. Mais ne vous découragez pas pour autant. Cela dit, vous ne m'avez pas expliqué pourquoi vous pensez le retrouver ici plutôt qu'aux États-Unis. Est-ce qu'il se trouve à York ?

– C'est possible. Un ami commun, mon patron au musée, a reçu une lettre de lui postée à York.

– Alors vous avez décidé d'arpenter les rues en criant son nom comme un jeune chiot égaré ?

– Idiot ! Je pense débuter ma recherche au bureau de poste, me renseigner ici et là, et puis j'ai quelques pistes à suivre dans le milieu artistique.

– Ah ah ! Très bien. Pendant que vous le chercherez, je débuterai mon enquête auprès de la Société. C'est dommage que nous ne puissions pas commencer votre entraînement en interne ce week-end, puisque vous ne serez pas en ville, mais il y aura bien d'autres occasions de le faire par la suite.

– Vous pensez que je vais être acceptée ?

– Si je donne mon accord, Vanette suivra. Et je vais le donner. Le directeur, lui, est déjà tout acquis à votre cause. Tout se passera bien, Karina.

7

J'avance masquée

Mon week-end « sans sexe » avec Damon s'est poursuivi joyeusement. Il avait eu mille fois raison d'affirmer que mon clito allait le sentir passer, mais nous n'avons pas engagé d'investigations plus poussées. Le lundi, je suis retournée travailler et personne n'a rien remarqué, même si j'ai dû faire attention en m'asseyant, à cause des marques de coups de badine sur mes fesses. Cette semaine m'a paru encore plus longue que la précédente. J'ai fait faire deux visites de l'expo après la fermeture à deux couples différents, qui n'avaient strictement rien à voir avec Damon. Les premiers étaient un homme d'une soixantaine d'années et sa femme un peu plus jeune, tout à fait érudits. L'autre des quadragénaires assez néophytes mais extrêmement enthousiastes. À la fin de la visite, j'avais la voix totalement cassée. En revanche, mes visites guidées de jour étaient devenues un peu monotones. Je commençais à me demander si les gens se donnaient la peine d'écouter ce que je leur racontais.

J'ai reçu un message de Damon m'annonçant que Vanette et le directeur avaient accepté ma demande de formation, qui débuterait à mon retour de York. Nous avons terminé les travaux de démolition à la galerie et commencé le plâtre. J'ai chaté avec Becky à plusieurs reprises. Mais maintenant que j'avais un emploi du temps bien rempli, en général je dormais au moment où elle se connectait.

La nuit précédant mon départ pour York, j'ai relevé mon courrier électronique. J'ai été surprise du nombre de messages que j'avais reçus en provenance du site des fans de Lord Lightning. J'avais quasiment oublié l'histoire que j'avais postée. Il y avait plus d'une centaine de commentaires. J'ai commencé à les lire via les emails, puis je me suis connectée directement sur le site pour pouvoir les voir tous d'un coup. La plupart d'entres eux était super sympas.

– Il me manque tellement, à moi aussi ! disait l'une.

– Oh, DiadèmeDeVerre, tu as tellement bien réussi à rendre ce que nous ressentons toutes ! Ton texte est superbe ! écrivait une autre.

– Je compatis à ton immense chagrin, disait une troisième.

J'avais pensé écrire un truc porno un peu débile. Mais d'une façon ou d'une autre, mes sentiments y transparaissaient. Jusqu'à présent, je ne m'étais jamais rendu compte qu'il existait un lien affectif entre les fans de Lord Lightning et moi. Et pourtant, elles ressentaient toutes la même chose que moi : l'abandon. Pourquoi ? Parce qu'elles l'aimaient trop ? Je me suis demandé pourquoi il avait décidé de mettre un terme à sa carrière. Voilà quelque chose d'autre que je lui demanderais si je le revoyais un jour. Et j'allais le revoir. Il fallait que j'y croie.

Le jeudi matin, j'ai pris le train à King's Cross. Il y en avait plein qui partaient toutes les cinq minutes pour les quatre coins du royaume, exactement comme à Penn Station. Les gens attendaient devant le panneau d'affichage que le numéro de leur train s'inscrive. C'était nettement moins compliqué que je ne l'avais craint.

Dans mon train, les sièges étaient numérotés comme dans un avion. Mais contrairement à un avion, j'avais un siège à une table, côté fenêtre. Comme le voyage allait durer deux heures, j'avais emporté un livre, mais très vite, j'ai préféré regarder par la fenêtre. Nous avons quitté la ville pour la campagne. À certains endroits que nous traversions, le paysage vert et accidenté, clôturé de haies, paraissait tellement idyllique que je m'attendais presque à voir des Hobbits sortir de leurs maisons-terriers. Puis, en totale contradiction avec ce qui précédait, nous sommes passés devant une gigantesque centrale nucléaire qui crachait son épais nuage de vapeur et semblait écraser le paysage. J'en ai aperçu au moins deux de cette taille.

La gare de York m'a paru très ancienne, mais elle était récente, comparée au reste de la ville qui datait en grande partie du Moyen Âge. La pension de famille que Martindale avait réservée pour moi était tout près de la gare, juste après une porte en pierre massive qui ressemblait au décor de Donjons et Dragons, sauf que les voitures pouvaient passer dessous. La pension possédait un pub au rez-de-chaussée, et des chambres au-dessus. J'ai déposé mon sac dans la mienne, j'ai glissé la clé métallique dans ma poche et je suis allée faire un tour.

J'ai traversé la porte en pierre et j'ai continué dans une rue étroite pavée qui débouchait sur une place. C'est là qu'était érigée l'église dont Damon m'avait parlé. Elle paraissait gigantesque, comparée aux bâtiments alentour, elle était certainement remplie de chefs-d'œuvre artistiques. Mais je n'étais pas venue pour l'art. J'étais venue à York pour retrouver James.

Au fur et à mesure que j'avançais dans ce dédale de rues étroites, je comprenais que j'allais m'y perdre. J'ai cherché l'office du tourisme. J'étais passée devant en sortant de la gare. J'y ai récupéré un plan de la ville et quelques brochures.

Mon premier arrêt fut pour le bureau de poste qui s'est révélé être un simple comptoir à l'intérieur d'un magasin, ce qui m'a d'abord induite en erreur. Une vingtaine de personnes faisaient la queue face à deux employés des postes. Quand j'ai vu avec quelle lenteur la queue avançait, j'ai décidé de revenir plus tard. J'ai repéré la brochure d'un magasin appelé York Verreries. C'était un point de départ comme un autre. J'ai décidé d'aller y jeter un coup d'œil. Ça m'a pris un bon moment, je me suis trompée de rue à plusieurs reprises. Heureusement, la ville n'était pas très grande et j'ai fini par dénicher le magasin dans une ruelle appelée « rue des traîne-savates ».

– On se croirait dans Harry Potter, vous ne trouvez pas ? m'a demandé une femme qui, tout comme moi, essayait de se repérer sur son plan.

Elle avait l'accent américain. Elle a sorti son appareil et a pris une photo de la ruelle.

– C'est vraiment comme dans le film.

– Est-ce qu'il l'ont tourné ici ? ai-je demandé.

– Non, je ne pense pas. Ils ont dû construire un décor plus vaste, pour pouvoir placer les caméras et tout le matériel de prise de vue.

– Ah ! je vois.

Sur ce, elle s'est engagée dans la ruelle. Elle ne m'avait pas regardée une seule fois pendant notre échange, heureusement il n'y avait pas de voitures, elle ne les aurait pas vues non plus.

York Verreries était une boutique minuscule, juste assez grande pour pouvoir recevoir cinq clients. La vendeuse était assise à un comptoir d'angle, et les murs étaient recouverts de boîtes et d'étagères bien éclairées, contenant toutes sortes de bibelots en verre qui allaient de la décoration de Noël aux figurines de chats.

Je me suis attardée pendant que la vendeuse servait des clientes. Elle avait les cheveux roux foncé et plein de taches de rousseur sur le nez. Une cliente et ses deux filles hésitaient sur le choix d'un chat. Elles ont fini par partir sans rien acheter en laissant la vendeuse plantée là, avec plusieurs bestioles dans la main. Elle a soigneusement replacé les chats sur une étagère tournante, dans la vitrine où ils étaient exposés, en attendant de pouvoir les remplacer. Puis elle s'est tournée vers moi en fermant la porte de la vitrine.

– Puis je vous aider ?

– Eh bien, hum, j'essaye de m'informer sur les artistes verriers du coin.

– Êtes-vous collectionneuse ?

– Je travaille dans un musée, lui ai-je répondu. (C'était la vérité, après tout.) Je m'intéresse plus particulièrement au verre. Je suis fascinée par le processus de fabrication. Il y a des verreries dans le coin ?

– Je suppose que oui. Pratiquement tout ça – elle désignait ses vitrines – est fabriqué spécialement pour la boutique par nos propres souffleurs sur verre. Mais je ne sais pas grand-chose des artistes locaux. J'aide juste le propriétaire de la boutique. Vous devriez repasser plus tard, quand il sera là.

– Bonne idée, oui, je repasserai, merci.

Je suis ressortie dans la ruelle, toute dépitée. Tu parles d'un début ! Mais je reviendrais pour me renseigner. En attendant, il fallait que je mange quelque chose. Juste en face, il y avait un petit magasin, le salon de thé Earl Grey. Parfait. L'intérieur comprenait une enfilade de salles basses de plafond. Une dame charmante m'a installée et m'a expliqué le menu. J'ai choisi un thé à la rose, et elle est partie lancer ma commande. J'avais l'impression de prendre le thé chez la grand-mère d'une amie, c'était tout à fait charmant.

Les sandwichs étaient plus copieux qu'à l'accoutumée, les pâtisseries aussi. J'ai donc été rapidement rassasiée. Le thé parfumé à la rose m'a fait penser à ce que Damon m'avait dit. Si tout ce que je désirais, c'était des roses, des chocolats et des bains moussants, autant ne pas me réveiller.

J'étais attirée par tout ça, mais je voulais être sûre de l'avoir mérité. Les bougies et le bain moussant devaient venir après une partie de jambes en l'air complètement dingue, voilà.

Je jouais avec la moitié de la tranche de gâteau Victoria, incapable que j'étais de l'avaler, quand l'hôtesse est venue m'apporter l'addition.

– Et qu'est-ce qui vous amène à York ? m'a-t-elle demandé. Vous visitez notre ville ?

– Oui, entre autres. Je suis venue en Angleterre pour un boulot d'été à Londres et je veux en profiter pour visiter un peu le pays.

C'est l'occasion ou jamais, Sherlock, me suis-je dit. Demande-lui !

– Je m'intéresse à l'art et à la fabrication du verre. On m'a dit qu'il y en avait un peu par ici ?

– Bonté divine, oui, on peut dire ça !

– Savez-vous où exactement ? J'aimerais beaucoup rencontrer quelques artistes.

– Ma fille en est une. Elle pourra sûrement vous renseigner. Attendez, je l'appelle. J'en ai pour une minute.

Elle est allée au comptoir dans la pièce mitoyenne, là où ils vendaient du thé et des accessoires. Je l'ai entendue décrocher son téléphone. J'avais encore du thé et des brochures à examiner, j'ai donc patienté un peu pour voir si cette piste me mènerait quelque part.

Quelque temps après, une jeune femme de mon âge, vêtue d'un jogging et d'un débardeur, un bandana noué dans les cheveux, est apparue dans le salon de thé.

– C'est toi l'Américaine qui veut voir de la verrerie ?

– Oui, c'est moi.

J'ai fermé la brochure que je lisais.

– Maman m'a dit que tu aimerais visiter. Si tu as une minute, je t'emmène.

– Super ! Je m'appelle Karina.

– Moi, c'est Hélène.

Nous nous sommes serré la main. La sienne était moite.

– J'reviens dans un instant !

J'ai repris ma lecture. Très vite, Hélène est revenue me chercher. J'ai payé l'addition et je l'ai suivie à travers les ruelles étroites. L'une d'entre elles était tout juste assez large pour qu'un vélo puisse y passer. Nous avons fini par déboucher dans une rue plus large. Deux pâtés de maison plus loin, nous sommes arrivées devant la porte d'un garage.

– C'est encore loin ?

– Dix minutes en voiture, a-t-elle répondu. C'est bon ? C'est juste à quelques miles d'ici.

Elle a ouvert la porte et nous sommes montées dans une petite voiture.

– Je veux dire quelques kilomètres. Non, attends, vous utilisez les miles vous aussi, non ?

– Oui. Mais ici, ce n'est pas le système métrique ?

– Pour certaines choses seulement. C'est nous, les Anglais, qui avons inventé le mile, du coup ça nous donne le droit de continuer à l'utiliser, non ? Quoi qu'il en soit, nous allons dans une ancienne usine au bord de la rivière. Il s'y passe plein de trucs artistiques.

Ça semblait prometteur.

– Vraiment ?

– Principalement de la sculpture. Il y a un gars qui transforme des débris industriels en les soudant. Et il y a plein d'autres ateliers, dont de la sculpture sur verre. Il y a toujours eu des verriers à York, bien que peu soient des artistes, si tu vois ce que je veux dire.

– Je n'en suis pas sûre.

– J'ai grandi ici, alors je te donne la version pour livres scolaires, tu vois ?

Nous sommes sorties du garage pour nous retrouver dans une rue animée. J'ai retenu ma respiration en m'apercevant que nous roulions du mauvais côté. Elle n'a pas semblé remarquer mon angoisse. Nous avons devisé gentiment pendant que nous sortions de la ville.

– Toutes les activités de York ont longtemps été contrôlées par la guilde des marchands et des explorateurs.

– Des explorateurs ?

– Je sais. Ça sonne faux, n'est-ce pas ? En fait, ils accordaient des monopoles à certaines compagnies. Celle-ci pour les peignes, celle-là pour les chaussures. Il fallait d'abord être apprenti dans une boutique pour pouvoir faire quoi que ce soit, et les patentes étaient transmises de père en fils. Les premières verreries ne faisaient pas de l'art. Elles fabriquaient surtout des bocaux pour les apothicaires. À l'époque industrielle, ils ont suivi le mouvement, bien sûr, mais il n'y a jamais eu ici de minoteries monstrueuses ou d'énormes usines comme dans l'Ouest Yorkshire. Les guildes ne l'ont pas permis. Du coup, c'est resté une fabrication à petite échelle. Il y avait trois verreries, chacune avec une douzaine d'ouvriers. Peu à peu, elles ont déménagé, le marché local ne leur suffisant plus. Redfearn a fermé dans les années soixante-dix, l'usine a été transformée en hôtel. Alors, il n'est plus resté que des artisans, des amateurs ou des artistes.

– Je vois.

– Ce que je veux dire, c'est qu'il existe une tradition de la verrerie à York, mais que ce que nous faisons aujourd'hui est un peu différent.

En disant cela, Hélène faisait des mouvements de la main. Elle l'a vite reposée sur son volant.

– C'est nouveau.

– C'est de l'art.

– Ouais.

– Et toi, tu fais quoi ?

– Pendant longtemps, j'ai pratiqué la peinture, mais c'est un univers impitoyable. Tellement compétitif ! Tu entres en concurrence pas uniquement avec les autres peintres contemporains mais avec tous ceux qui ont un jour touché une toile. Tu admires Titien, Rembrandt et Van Gogh, et tu te demandes à quoi bon ? Dali, Rossetti, tout a déjà été fait. Et c'est tellement élitiste. Du coup, j'ai bifurqué vers la sculpture. Je ne dis pas qu'il n'y a pas de règles, mais il y en a beaucoup moins.

Elle regardait dans son rétroviseur pendant que nous nous engagions sur une voie rapide, bordée d'un côté par une rivière, de l'autre par des champs cultivés.

– Quels matériaux travailles-tu ?

– C'est justement ce qui me plaît. Tu peux sculpter n'importe quoi ou presque. Le métal, le verre, même ta propre merde si c'est ça qui te branche. (Elle a rigolé.) Ne t'en fais pas, ça n'est pas mon truc. Bien que, récemment, j'aie utilisé des os d'animaux pour les enchâsser dans du métal. Dans des milliers d'années, quand les archéologues fouilleront le site où seront mes pièces, ils se demanderont pourquoi des os de porc pouvaient bien être en cuivre, en bronze et en acier. J'espère qu'ils seront assez malins pour comprendre qu'il s'agissait d'art et pas d'objets rituels d'un ancien culte païen.

Ça m'a fait sourire.

– Je n'avais jamais pensé à ça.

– Je travaille également le verre. Le verre est éternel. Il y a un artiste américain qui fait des sphères qui ressemblent à des planètes. Imagine des presse-papiers, sauf qu'il y en a des toutes les tailles, jusqu'à celle-ci.

Des mains, elle m'a montré une surface plus grande qu'une boule de bowling, avant de vite reprendre le volant.

– Il grave dessus une foule de symboles, avant de les cacher aux quatre coins du monde. Il se demande ce que les gens imagineront dans quatre cents ans, quand ils en découvriront des centaines sur Terre. Si son nom a été oublié, est-ce qu'ils penseront que ce sont des envahisseurs de l'espace qui les ont déposés là, ou quoi ?

– Comment s'appelle-t-il ?

– Josh quelque chose. Un type super sympa. Il est venu visiter la verrerie et a donné une conférence. Singleton, Simpson ? Je ne me souviens plus. Il était vraiment chouette, et son travail était magnifique et étonnant. (Elle a pointé son doigt devant nous.) Nous y voici.

Nous sommes entrées sur une aire de parking gravillonnée, devant un bâtiment en pierre qui ressemblait à une ancienne caserne de pompiers. Dans chacun des box qui auraient aussi bien pu abriter un camion de pompiers, il y avait un atelier. Les portes étaient grandes ouvertes. Elle m'a montré que dans l'un on travaillait la fonte, dans un autre on soufflait le verre, dans un troisième on sculptait le bois. Les ateliers étaient séparés par d'épais murs de pierre. Le reste du bâtiment était divisé en bureaux et en ateliers plus petits.

Pendant un certain temps, nous avons observé des souffleurs de verre qui travaillaient à plusieurs sur une pièce. Un homme et une femme semblaient diriger le travail, assistés par deux ou trois apprentis. Quand ils ont fait une pause, Hélène me les a présentés. Ils s'appelaient Linae et Peter. Nous avons discuté un moment métiers d'art, pendant qu'Hélène allait contrôler quelques-unes de ses pièces à la forge. Je ne voulais pas perdre trop de temps, du coup j'en suis venue rapidement à la question qui m'amenait :

– Je cherche un artiste, un verrier, qui a travaillé ici il y a peu.

– Comment s'appelle-t-il ? a demandé Peter en essuyant la sueur sur son front.

– Eh bien, je pense qu'il utilise un pseudo.

– Pourquoi, il est recherché par les flics ? a plaisanté Linae.

C'était une blonde aux cheveux coiffés en queue de cheval. Elle avait une trace de sueur sur la tempe.

– C'est pire, il est recherché par la Tate.

Ma répartie les a fait rire, c'était bon signe.

– Non, mais sérieusement, mon patron à la Tate cherche à le contacter depuis un bon moment. Il mesure dans les 1m83, il a les cheveux blonds.

– Comme ça ? m'a demandé Pete en se redressant.

Il portait une barbe brune de trois jours.

– À peu près. Mais blond, du moins il l'était la dernière fois que je l'ai vu.

– Il n'est pas venu travailler ici, je suis désolé, a répondu Peter. Je peux t'offrir quelque chose à boire ? Je crains de n'avoir que de l'eau. Pas de bière quand nous faisons des trucs dangereux.

– Merci bien, mais j'ai déjà bu des litres de thé.

– Tu veux peut-être aller aux toilettes, alors. Suis-moi, m'a souri Linae.

Je l'ai suivie. Lorsque nous avons été seules, elle m'a dit :

– Je crois savoir qui tu cherches.

– Vraiment ?

Elle a acquiescé.

– Il est passé il y a quelques mois, il voulait emprunter du matériel. Peter était à Londres à l'époque. Il m'avait donné l'impression de vouloir ouvrir son atelier, mais de ne pas encore avoir ce dont il avait besoin pour ça. Bien sûr, nous l'avons aidé.

– Oh Seigneur, c'est formidable ! Tu connais son adresse ?

– Pas précisément. Mais je l'ai aidé à déménager, donc j'y suis allée. Je pourrais sans doute retrouver l'endroit.

– Ça serait fantastique !

– Mais voilà, Peter est jaloux comme un tigre. Je ne veux pas qu'il sache que je suis allée dans l'atelier d'un autre en son absence. Je ne peux pas y aller maintenant. Retrouvons-nous ce soir si tu veux ?

– Ça sera parfait. Je suis libre ce soir.

Je lui ai donné mon numéro de téléphone et le nom de la pension où je séjournais, puis nous sommes passées aux toilettes avant de retrouver Peter.

Nous sommes restées encore un moment, avant qu'Hélène me propose de me déposer en ville. Arrivée la pension, je me suis connectée, mais Becky était absente. J'ai fini par faire un petit somme. Le rêve que je fis n'était pas bien difficile à interpréter. J'étais Blanche-Neige, et un charme avait plongé mon prince charmant dans un profond sommeil, sous un globe de verre. La seule chose que j'avais en ma possession pour briser le verre, c'était une pomme. J'ai frappé le verre avec, du plus fort que j'ai pu. Je me suis coupé la main quand le verre a volé en éclats. Puis je me suis mise à lui faire un massage cardiaque. C'est alors que je me suis réveillée.

Linae est venue me chercher après le dîner. Elle m'a conduite jusqu'à un ancien bâtiment universitaire à l'angle de la pension, devant lequel il y avait un parking. J'ai été surprise de retrouver Hélène dans la voiture.

– Salut !

Elle portait une robe, tout comme Linae, qui était bien plus chic une fois débarrassée de son épais tablier de cuir et de la couche de suie qui la recouvrait à l'atelier.

– Peter est beaucoup moins soupçonneux quand je sors avec une copine, a expliqué Linae. Il croit que nous allons boire un verre.

Je me suis assise à l'arrière et j'ai attaché ma ceinture. Heureusement, je portais moi aussi quelque chose de sympa. J'avais mis mon string LOU gris perle qui rendait mes fesses sublimes. Si par hasard nous retrouvions James, je ne voulais surtout pas être mal fagotée. Nous avons quitté la ville pour la campagne. Linae m'a demandé :

– Dis-nous en plus sur ton bonhomme.

– C'est un misanthrope. Il a travaillé principalement dans le nord-ouest de l'État de New York. Je ne suis pas sûre qu'il soit encore en Angleterre.

– Quel homme mystérieux ! Et à quoi ressemble son travail ?

– C'est principalement de l'abstrait, bien qu'il ait fait quelques pièces figuratives. L'une d'elles ressemblait énormément à une maison, mais elle était en verre. Je suppose qu'il travaillait sur le concept des « maisons de verre[1] ».

– Où est-ce que tu l'as rencontré ?

– Dans une galerie à New York. Ils présentaient aussi une série d'œuvres plus petites. Et on a installé une de ses pièces dans le hall d'entrée de mon université, il y a quatre mois.

– Tu es encore en fac ? Je croyais que tu étais plus âgée.

– Je fais ma thèse.

– Ah ! je comprends mieux. Et en ce moment, tu es à la Tate ?

– Oui.

– Sous quel nom d'artiste est-ce qu'il travaillait aux States ?

– JB Lester, ai-je répondu sans même m'en rendre compte.

– Oh, oh ! le tristement célèbre... Maintenant, je vois de qui tu parles. Mais ce type ne ressemblait pas du tout aux photos de Lester que j'ai pu voir.

– Il utilise un acteur pour le remplacer afin de pouvoir rester à l'écart, pour observer les réactions du public à ses installations.

– Ahhh ! Il est malin ! Et drôlement sournois !

– Alors que nous, nous ne connaissons pas d'artistes sournois ! a dit Hélène en reniflant.

– Non aucun ! a approuvé Linae en riant bêtement.

Elles ne m'ont pas fait entrer dans la confidence, mais j'ai eu l'impression qu'elles partageaient un secret, toutes les deux.

1. En anglais, le dicton « *People who live in glasshouses should not throw stones* » (traduit littéralement : « Les gens qui vivent dans des maisons en verre ne devraient pas jeter de pierres ») signifie : On ne devrait pas critiquer les autres alors qu'on a les mêmes défauts.

Nous avons roulé un moment. Le soleil se couchait, je n'avais aucune notion de la distance que nous avions parcourue. Nous avons quitté la route pour en prendre une autre plus petite, puis une autre encore. Hélène et Linae se demandaient laquelle il faudrait prendre, si celle-là n'était pas la bonne.

– Hé, attendez, c'est là ! s'est exclamée Linae.

En dépassant les arbres qui recouvraient la colline, nous avons aperçu une maison isolée, bâtie à flanc de coteau. Maison n'est pas le mot juste. Elle n'était pas assez vaste pour être une demeure, mais elle avait vraiment de la gueule, avec un autre bâtiment à côté, qui pouvait passer pour une grange ou un garage pour charrettes. Plusieurs voitures étaient garées dans l'allée circulaire.

– C'est sa maison ?

– Je ne crois pas. J'ai plutôt eu l'impression qu'il y était invité, a répondu Linae.

– Il avait installé son atelier dans la remise, et il avait mentionné un couple de riches Roumains, ou un truc comme ça. Je crois que ce sont eux les propriétaires, mais qu'ils étaient absents à l'époque.

– On dirait qu'ils donnent une soirée, a dit Hélène.

– En effet. Tu crois qu'on devrait revenir plus tard, Karina ?

– Non. Allons jeter un coup d'œil.

Peut-être pourrions-nous nous glisser à l'intérieur s'il y avait une fête.

– Faisons comme si nous étions invitées, d'accord ? Si quelqu'un nous pose la question, nous sommes des voisines, OK ?

– D'accord, a dit Linae. Après tout, nous avons aidé ce type.

Nous nous sommes garées derrière les autres voitures et nous avons fini le chemin à pied. À la jonction de l'allée et du perron, se tenait un maître d'hôtel en livrée, malgré la chaleur de l'été. Il portait une cravate de soie rouge, une queue-de-pie noire et des chaussures rutilantes. Le seul détail moderne chez lui, c'était sa boucle d'oreille. Nous nous sommes avancées vers lui, il nous a regardées avec curiosité.

– Bonsoir, Mesdames ? a-t-il demandé prudemment, comme s'il ne voulait pas nous offenser mais qu'il n'était pas sûr que nous soyons invitées.

J'allais me lancer dans l'explication « spécial voisinage » quand j'ai remarqué que sa boucle d'oreille n'était pas un simple anneau. C'était un anneau d'argent aplati, avec un autre anneau plus petit qui en pendait, comme un collier d'esclave miniature. Si je n'avais jamais vu personne porter de tels colliers auparavant, je n'aurais pas fait la connexion. Était-ce une de ces soirées spéciales ?

– Bonsoir, je crois que nous avons... perdu nos gants, ai-je dit.

– Oh, vraiment ? (Son sourire s'est élargi.) Il se pourrait que je les aie vus.

– S'ils sont de la couleur de votre cravate, ce sont sûrement les nôtres, ai-je poursuivi timidement.

J'avais envie de lui faire un clin d'œil, mais je me suis dit qu'il ne fallait pas trop en faire.

– C'est bien ceux-là, a-t-il répondu. Donnez-vous la peine d'entrer. Je vous souhaite une bonne soirée.

Les deux autres m'ont suivie rapidement le long d'une allée plantée de hauts arbres. Quand nous avons été hors de vue du maître d'hôtel, j'ai chuchoté :

– Bon, les filles, vous voulez savoir de quoi il s'agit ?

– Tu parles !

– Cette soirée n'est pas une de ces réceptions guindées habituelles, ai-je dit, en essayant de trouver mes mots. Ça serait plutôt un genre d'orgie.

– Oh mon Dieu ! s'est écriée Linae, les yeux brillants. (Elle n'avait pas du tout l'air choquée, loin de là, par cette nouvelle.) Karina, tu es pleine de surprises.

– Bon, ben, gardez votre calme. J'essaie simplement de retrouver ce type. (Elles ont hoché la tête en signe d'acquiescement.) Et surtout ne faites rien. Vous savez, ces gens sont très stricts sur les règles. Si vous leur dites de ne pas vous toucher, ils ne le feront pas.

– D'accord, a dit Hélène.

– Mais ce n'est pas marrant du tout ! (Linae a froncé son nez.) Mais ok, on va essayer de ne pas se mettre dans le pétrin.

Un autre maître d'hôtel nous a ouvert la porte sans nous poser la moindre question. Mon cœur s'est mis à battre très fort quand nous sommes entrées dans le boudoir où un buffet avait été dressé et où je pouvais tomber sur James d'un instant à l'autre. Mais il n'y avait personne là, à part deux serveurs qui nous ont offert un punch aux fruits dans une coupe en cristal. Nous avons emporté nos verres en direction des voix, à l'arrière de la maison et dans le jardin. Là, notre arrivée a été accueillie par des acclamations. Il m'a fallu un bon moment pour comprendre que ça n'avait rien à voir avec notre présence. Ils avaient organisé une course de chevaux humaine. Les cavaliers étaient revêtus de tenues traditionnelles pour la chasse à courre, et ceux qui faisaient office de chevaux étaient pratiquement nus, à l'exception de leur harnachement en cuir visiblement fait sur mesure. Ils couraient en tirant leur jockey dans une sorte de buggy ou de pousse-pousse. Tous avaient les yeux rivés sur la course, personne ne faisait attention à nous. Du coup, j'ai eu tout le loisir d'observer l'assemblée. James n'était pas là. Je me suis demandé s'il pouvait être ailleurs, dans la maison ou dans l'atelier. J'ai prévenu Hélène et Linea que j'allais y jeter un coup d'œil. Elles n'ont pas bougé. J'ai emprunté un chemin dallé qui y menait.

La nuit tombait, le personnel était en train d'allumer des lanternes et des torches pour la course de chevaux, mais j'ai trouvé mon chemin dans la pénombre. La porte n'était pas fermée à clé, je l'ai ouverte aisément. L'entrée était plongée dans le noir. À tâtons, j'ai cherché une lampe. J'en ai trouvé une. Les interrupteurs anglais sont larges et très faciles à allumer d'une seule main. J'étais dans une sorte de vestibule, avec des portemanteaux et des étagères à chaussures. Je suis entrée ensuite dans la grande pièce principale. L'air était rempli d'odeurs de térébenthine et de cire fondue. J'ai mis plus longtemps à trouver l'interrupteur, et une fois fait, je me suis retrouvée dans un véritable atelier d'art. La table à dessin était recouverte de croquis, certains techniques, d'autres étaient des études de nus. J'ai eu le souffle coupé quand je me suis rendu compte que l'un d'eux me représentait ligotée, dans la pose de bondage qu'il m'avait fait prendre pendant cette soirée. Et puis j'en ai vu un autre, qui me représentait attachée, pendant notre séance à l'hôtel, avec le collier de perles. Il avait même dessiné les perles, du moins les avait esquissées par une série de petites virgules hachurées. J'avais toujours ce collier. J'avais pourtant failli le vendre pour me payer mon billet d'avion. J'étais heureuse de ne pas l'avoir fait. Une bâche de protection recouvrait un tableau en cours. Il m'a fait penser aux ballerines de Degas, sauf que la femme portait une robe de bal bleue et un diadème en verre. Des éclats de verre avaient déjà été fixés à la toile, encore inachevée.

Au centre de la pièce, j'ai découvert ce que James avait photographié pour le poster. Les pantoufles de verre. Elles étaient posées sur un socle, d'où dépassait une sculpture beaucoup plus grande. Ça ressemblait à la vague d'Hokusai, sauf qu'au lieu d'être bleu et blanc, c'était blanc et rouge, et que les extrémités acérées de la vague formaient une bouche grande ouverte et remplie de dents, qui semblait vouloir dévorer les pantoufles de verre. Certaines parties de la sculpture étaient suspendues à des fils de nylon presque invisibles, pour figurer des éclaboussures se reflétant en négatif. L'une de ces éclaboussures se dressait au centre de la vague, comme une langue. Ou un phallus. Rouge profond. C'était la seule partie du bas de la vague qui n'était pas pointue et acérée, mais de forme arrondie et fluide. Il y avait un motif dessus. Je me suis approchée pour m'apercevoir qu'il s'agissait en fait de mots gravés dans le verre. La gravure avait été faite sur une couche intérieure, on ne la sentait pas sous les doigts.

DOULEUR DE DÉSIR DE DOULEUR DE DÉSIR DE DOULEUR…

Les mots se répétaient tout autour de la protubérance. J'ai laissé courir mes doigts dessus, de haut en bas. J'avais la gorge nouée. Oh, James !

Je m'en étais doutée en voyant les pantoufles de verre, maintenant j'en étais sûre, il pensait à moi. Mais le rouge sanglant et les pointes acérées me faisaient douter de sa tendresse.

J'ai éteint la lumière et j'ai refermé la porte. Je suis retournée vers le patio. Hélène et Linae se tenaient serrées l'une contre l'autre, leur coupe de punch à la main. Je me suis faufilée derrière elles.

– Me revoilà !

– Jésus ! Préviens-nous la prochaine fois. Alors, tu l'as trouvé ?

– Je ne l'ai vu nulle part, mais c'est bien son atelier qui est dans la grange, en bas de la colline. Essayons de revenir quand la fête sera terminée.

– Karina, tu n'es pas drôle ! m'a reproché Linae.

Hélène, elle, était plutôt d'accord pour que nous nous éclipsions avant d'être découvertes.

– Tu dis que Peter se mettrait en colère s'il apprenait que nous sommes sorties ensemble, mais que dirait-il s'il savait que nous étions à cette fête ? Il vaut mieux sortir d'ici, Linae.

– Bon, d'accord. Mais le portier va se douter de quelque chose si nous ne faisons qu'entrer et sortir. Tu peux être malade sur commande, Karina ?

– Tu veux dire vomir ?

– Ouais.

– Pas que je sache.

– Bon tant pis, je vais le faire. (Linae a soupiré en posant son verre sur une table à cocktail.) Vous deux, vous faites comme si vous m'aidiez parce que je ne tiens plus debout.

Elle était beaucoup plus grande qu'Hélène et moi. L'effet produit par nous trois descendant l'allée vers le majordome devait être franchement comique.

– Tout va bien, mesdames ? a-t-il demandé, préoccupé, en fronçant les sourcils.

– Oh je crois que je vais…

Linae s'est jetée dans les buissons et s'est mise à faire des bruits de vomissement. Quand elle s'est relevée, elle avait des brindilles et des feuilles dans les cheveux.

– Je crois qu'il vaut mieux que je rentre à la maison.

– Hum, nous allons la ramener, a dit Hélène en la soutenant.

Quand nous sommes arrivées à la voiture, Hélène a pris les clés et s'est assise sur le siège du conducteur. Linae s'est allongée à l'arrière et je me suis installée à la place du mort. Hélène a fait un signe de la main au majordome quand nous sommes passées devant lui, puis nous avons tourné dans le chemin qui menait à l'autoroute. Une fois arrivées là, Linae s'est relevée en riant.

– Alors, ça n'était pas bien joué ? Je suis une actrice née, non !?

– Tu es dingue, oui ! s'est exclamée Hélène. Je ne peux pas te faire confiance ! Et toi !

Elle m'a jeté un coup d'œil noir avant de reporter son attention sur la route.

– Nous embarquer dans une soirée secrète sado-maso ! Tu nous dois des explications, ma vieille. Il ne s'agit pas juste d'un artiste qui doit te céder une œuvre, je pense.

Je me suis effondrée sur mon siège avant.

– Non.

– C'est ton ex ? a deviné Linea.

– J'espère que non ! J'espère que nous sommes toujours… je veux dire, il m'a quittée, mais je pense qu'il a fait une erreur. Je pense que si je pouvais lui parler calmement, il arrêterait de réagir aussi impulsivement. Il a peur, je le sais, mais bon sang, il n'y a pas que lui qui ait peur de s'engager !

– C'est vrai, a répondu Hélène, mais traverser l'Atlantique, c'est quand même plus que ce que fait habituellement un garçon quand il ne veut pas s'expliquer, non ?

– Je ne poursuis pas si c'est ce que tu penses. Il est aussi accro que je le suis.

Je leur ai parlé des croquis et du tableau.

– Vous devez m'aider, les filles. Je veux lui parler. C'est tout. Il doit bien exister un moyen de nous mettre face à face ? Il faut que je comprenne pourquoi il m'a quittée. Je n'ai pas eu l'opportunité de m'expliquer avec lui. Il a simplement disparu.

– Pour venir en Angleterre, c'est ça ? Très bien, a dit Hélène. Mais imagine qu'on le kidnappe ou qu'on vous enferme dans une pièce tous les deux, s'il te dit non, qu'est-ce que tu feras ?

– S'il me dit non, réellement, clairement, rationnellement, s'il me dit qu'il ne m'aime plus, je pleurerai toutes les larmes de mon corps mais je saurai que c'est fini. J'arrêterai de lui courir après.

– Et nous irons nous saouler ensemble toute la nuit, a dit Linae. On retournera chez lui demain, d'accord ? J'irai moi-même et je lui raconterai que je viens lui parler du marché de l'art que nous venons de mettre en place. S'il est là, nous revenons toutes les trois et nous bloquons toutes les issues pendant que tu lui parles.

– Ouais ! a crié Hélène. Je peux apporter une épée viking avec moi. Il ne passera pas sur mon corps de Walkyrie !

– Une épée viking ?

– Tu n'as pas encore remarqué tous ces trucs vikings en ville ? La municipalité paie des figurants pour se déguiser et renseigner les touristes. C'est assez marrant.

La conversation a ensuite dérivé sur l'histoire des Vikings et de York, sur leurs sites funéraires et sur diverses batailles sanglantes qui s'étaient déroulées dans le coin. Je n'ai pas complétement suivi ce qu'elle racontait.

James, je pensais. Je vais vous voir demain. Peut-être bien.

Mais en rentrant dans ma chambre, j'ai relevé mes emails. Il y en avait un de Damon, qui disait : *Jules est ici, à Londres. Soirée au club samedi soir. Prenez le premier train que vous pourrez.*

8

D'étranges portes qui ne se refermeront jamais plus

J'ai annoncé la nouvelle à Hélène et Linae. Le premier train ne partait qu'en début d'après-midi. J'ai erré dans York en attendant l'heure du départ. Les rues étroites et pavées, pleines de petites boutiques charmantes, avaient quelque chose d'irréel. Elles semblaient sortir d'un livre de contes, pourtant, je n'arrivais pas à m'y intéresser vraiment. La seule chose à laquelle je pensais, c'était à James. Damon m'avait inondée de SMS toute la journée, ça m'avait complètement perturbée. En plus, mon train avait du retard.

Je viendrai vous chercher à King Cross, disait son dernier message. *Nous devrons aller directement au club. Je suppose que vous n'avez rien à vous mettre de correct.*

Alors je me suis mise à lui décrire tout ce que j'avais pris avec moi comme vêtements, ce à quoi il a répondu : *Peut-être feriez-vous mieux de venir uniquement vêtue de votre parure LOU…*

Et un peu plus tard : *Comme vous n'aurez pas le temps de vous préparer, V. a eu une idée ingénieuse pour vos débuts.*

Bien entendu, il n'en avait pas dit plus, histoire de piquer ma curiosité. Le fait de le savoir ne me tranquillisait pas pour autant. Il a continué à me taquiner avec d'autres textos du genre :

Le directeur fabrique lui-même ses fouets et ses badines. Quand il a accepté votre candidature, il m'a dit qu'il en faisait un spécialement pour l'étrenner sur vous.

En d'autres termes, j'étais complétement stressée en arrivant à Londres. J'essayais d'imaginer comment allait se dérouler ma rencontre avec James. Peut-être allaient-ils me faire servir les boissons, puisque j'étais parfaitement qualifiée. J'apporterais un verre de whisky sur un plateau à un homme assis dans le fumoir, qui parlerait politique. Il lèverait les yeux pour accepter le verre, il me verrait et… ?

Ou peut-être que je serais mise en rang, avec les autres stagiaires. Je me souvenais des joueurs de la course de chevaux à York, et je nous imaginais toutes alignées comme des chevaux attendant leur cavalier, chacune à son poste, pendant que les membres du club nous détaillaient. Et parmi eux, il y aurait un homme grand, chic, dont les yeux allaient s'illuminer en me voyant…

La soirée allait sans doute se dérouler complètement différemment, mais je ne pouvais m'empêcher d'espérer ni de rêver. À la gare de King's Cross, Damon m'attendait juste derrière les tourniquets, pour être sûr de ne pas me rater. Il m'a embrassée goulûment en me cassant en deux, avant même que j'aie pu comprendre ce qui m'arrivait.

– Mais ???

– Chut ! C'est pour que ça ait l'air sérieux aux yeux de la police, a-t-il murmuré à mon oreille en me relevant et en se mettant rapidement en marche vers la sortie, un bras autour de mes épaules.

– Vous vous moquez de moi, Damon ?

– Ah, ah ! C'est Monsieur George, vous vous souvenez ?

Merde !

– Oui, Monsieur George ! ai-je repris, un peu moqueuse, Monsieur George.

Il m'a ouvert la porte d'une limousine garée sur le trottoir et m'y a suivie. Je n'ai pas jeté le moindre regard au chauffeur, la voiture a démarré et je me suis mise à penser à tout autre chose.

– J'apprécie votre esprit et votre espièglerie, mais certains de nos membres vont vous trouver irrévérencieuse. D'autres s'imagineront que c'est une invite aux punitions. Est-ce le cas, Karina ? Est-ce que vous faites ça pour me provoquer ?

– Pas du tout. Vous ne m'aviez pas dit que je ne devais pas le faire.

– Je ne devrais pas en avoir besoin, si vous saviez un tant soit peu comment répondre à l'autorité. Mais comme je vous l'ai déjà dit, nous n'avons plus le temps de vous former avant ce soir. La semaine prochaine, vous pourrez commencer vos leçons avec Vanette. Pour ce soir, peut-être que nous nous contenterons de vous bâillonner.

Ses doigts tambourinaient sur la vitre.

– Je suppose que vous avez autant hâte que moi de résoudre cette affaire.

– Si vous songez à abandonner, avec tout le respect que je vous dois, il n'en est pas question.

Je n'allais pas lâcher cette chance, si près du but. Il a penché la tête.

– Je me doutais que vous diriez cela. Je veux résoudre cette histoire rapidement. Maintenant, baissez votre pantalon. Je dois vous punir.

– Tout de suite, Monsieur George ?

– Oui, tout de suite, et sachez qu'exprimer sa répugnance en posant des questions bidon est une autre bonne raison d'être punie.

Il a enlevé sa veste et remonté ses manches. Pendant ce temps, j'ai fait glisser mon jean, en pensant que ça devenait une habitude de me déshabiller à l'arrière d'une limousine en marche. Pourtant c'était totalement différent, puisque je n'éprouvais pas la même chose pour Damon que pour James. Il m'a montré ses genoux, j'ai hésité. Je n'étais pas sûre de ce qu'il désirait.

– Au risque de vous poser une question saugrenue, Monsieur, je ne suis pas certaine de bien comprendre votre geste.

– Allongez-vous sur mes genoux, cul en l'air, je vous prie, a-t-il répondu avec un sourire diabolique. Et vous voyez, vous m'avez posé une question d'une façon tout à fait correcte et respectueuse.

J'ai rampé jusqu'à lui pour que mon cul soit à la hauteur de ses genoux. D'une main chaude et tiède, il s'est mis à caresser mes fesses.

– Quelle est la bonne manière d'afficher ses réticences ? ai-je demandé.

– Je vous le montrerai plus tard. Mais il n'est pas correct de poser des questions au milieu d'une punition, Karina.

– Je suis désolée, Monsieur George.

– Non, vous ne l'êtes pas. Mais vous le serez quand j'en aurai fini.

J'ai failli ouvrir la bouche pour lui demander s'il allait me battre comme il l'avait fait avec sa badine, et si j'allais devoir compter les coups, mais je me suis dit qu'il valait mieux me taire. Il m'avait dit, aucune question. James, lui, ne m'avait pas interdit d'en poser. Il m'avait même encouragée. J'ai gardé les lèvres closes, en attendant la suite des événements. S'il marquait une pause après le premier coup, je pourrais toujours compter.

Mais il n'y eut aucune pause. Il a commencé à me donner une fessée en me claquant le cul à plusieurs reprises avec sa main sur une fesse, avant de passer à l'autre. Le rythme était rapide et soutenu, mais je ne pouvais absolument pas prévoir l'endroit où il allait frapper. Il se déplaçait, de mon cul à l'arrière de mes cuisses, et frappait de plus en plus fort. Je n'ai pas tardé à pousser des glapissements, en donnant un coup de pied involontaire à chaque claque, comme si je voulais me dégager. Son autre main a alors appuyé sur l'arrière de mon cou pour me maintenir prisonnière. Et la fessée a continué. Le chauffeur avait sûrement l'habitude d'entendre toutes sortes de bruits bizarres, je n'ai pu m'empêcher de me demander quel effet ça lui faisait. Quand Damon s'est arrêté, nous étions tous deux hors d'haleine. J'ai toussé à plusieurs reprises pour reprendre mon souffle. La chose suivante que j'ai sentie, c'était la main de Damon sur mon visage. Je l'ai regardée, sa paume était rouge et gonflée, tout comme mes fesses.

– Embrassez-la et dites-moi que vous êtes désolée.

Je l'ai embrassée, elle était brûlante. Il l'a ensuite posée sur mes cheveux et s'est mis à me caresser comme un chat. Je me suis alors rappelé ce qu'il fallait dire.

– Je suis désolée, Monsieur George, d'avoir écorché votre nom.

– Voilà qui est mieux.

Il m'a soulevée et m'a assise sur le siège en cuir, ce qui a un peu calmé mes fesses en feu.

– Enlevez le reste de vos vêtements.

– Oui, Monsieur George.

J'étais essoufflée comme si j'avais grimpé cinq étages en courant. Il m'a pourtant souri, comme s'il trouvait ça sexy. J'ai enlevé ma chemise en me demandant ce qu'il avait prévu comme vêtements pour moi. Mais maintenant que j'étais totalement nue, il m'ignorait en regardant à travers la vitre teintée, l'air rêveur. J'ai fait la même chose, mais je n'arrivais pas à voir où nous allions. L'air conditionné était un peu fort, et la sueur qui était apparue pendant la fessée a très vite disparu. J'ai croisé les bras.

Sans même me regarder, il m'a dit :

– Ne faites pas ça.

– Croiser les bras, Monsieur ?

– Une esclave sexuelle ne doit pas se protéger. Au contraire, elle doit toujours être à la disposition de son maître, a-t-il aboyé.

J'ai lentement déplié les bras, en me raclant la gorge.

– Pardonnez-moi si je suis incorrecte, mais je n'avais pas l'impression que vous étiez mon maître.

Il a secoué la tête comme pour reprendre ses esprits, puis il m'a regardée.

– Bien sûr que non. Enfin pas encore.

Il s'est humecté les lèvres.

– Vous n'êtes pas une esclave sexuelle, vous êtes une stagiaire du club. Mais si j'arrive à mes fins, Karina, non seulement vous deviendrez mon esclave mais vous me supplierez de l'être.

Je n'ai pas su quoi répondre à ça, du coup, je n'ai rien dit.

– Écartez les jambes. Montrez-moi.

Je me rappelais à quel point James aimait que je fasse ça. J'ai posé mes pieds sur la banquette avant d'ouvrir mes cuisses. Damon a fait courir un doigt le long de l'intérieur de ma cuisse, puis tout en haut entre mes lèvres, en humectant ainsi mon clitoris avec mon propre fluide. Puis il l'a massé en formant des cercles autour avec deux doigts.

– Le fait que vous puissiez mouiller autant avec une fessée, hum ! a-t-il grogné. C'est vraiment dur de ne pas pouvoir vous baiser à fond. Mais je ne le ferai pas. Pas avant que vous ayez laissé tomber ce looser.

Il s'est alors mis à fesser mon clito. Ses claques étaient beaucoup plus légères que sur mon cul, mais elles m'ont fait rugir, en poussant mes hanches vers le haut à chaque coup.

– Vous êtes bien avide, a-t-il dit en enlevant sa main. Vous pourriez jouir ainsi ?

– Je n'en sais rien, Monsieur George.

J'étais tellement excitée que toute la zone située entre mes jambes était en feu.

– Peut-être que nous le découvrirons plus tard. Votre potentiel masochiste est tout à fait impressionnant. (Puis il a à nouveau regardé à travers sa vitre.) Ok, le moment est venu de vous mettre un bandeau.

– Mais je sais déjà où se trouve le club ! ai-je dit, d'un air embarrassé.

– Qui vous dit que c'est pour vous cacher quelque chose ? a-t-il répondu avec un sourire. Peut-être est-ce que j'aime simplement que vous soyez sans défense.

– Comme vous voulez, Monsieur George.

En souriant toujours, il a défait sa cravate et l'a nouée sur mes yeux. Peu de temps après, je me suis aperçue que la voiture s'arrêtait et je l'ai entendu se lever avant même que le chauffeur ait eu le temps de lui ouvrir sa portière. La mienne s'est ouverte, j'ai entendu Damon qui disait :

– Donnez-moi la main, je vais vous guider.

Je me suis levée avec précaution. Le sol ressemblait à du béton, j'ai eu l'impression que nous étions à l'intérieur d'une sorte de garage. Ils ne courraient pas le risque que quelqu'un voie entrer une femme nue dans la maison, me suis-je dit. L'air était frais dans ce garage, et Damon m'a doucement tirée par la main.

– Avancez, avancez, maintenant levez le pied.

Je l'ai levé pour me retrouver sur le tapis de l'entrée. Il m'a fait entrer dans une pièce dont il refermé la porte. J'ai reconnu la voix de Vanette :

– Est-ce que tout ça est vraiment nécessaire ?

– Ne soyez pas aussi rabat-joie, Vanette, a répondu Damon en m'enlevant la cravate.

Je me suis rendu compte que j'étais dans ce qui ressemblait à une petite chambre à coucher. La lumière de fin d'après-midi filtrait à travers des rideaux blancs diaphanes, jusque sur un lit double. Plusieurs instruments étaient posés sur le lit, en cuir, en métal et en caoutchouc. Damon les a détaillés en disant :

– Sa voix n'est pas du tout prête, avons-nous un bâillon qui puisse convenir ?

Vanette a froncé les sourcils. Elle portait une robe de cocktail noire avec des passepoils gris et des chaussures à lanières noires et grises. Ses cheveux étaient remontés en un petit chignon.

– Si nous condamnons ses autres orifices, ne pensez-vous pas qu'il faut préserver la possibilité d'utiliser sa bouche ?

Elle s'est tournée vers moi.

– Si vous êtes incapable de supporter de porter un bâillon pendant une nuit, nous ne pourrons certainement pas vous accepter parmi nous.

– Je peux seulement faire de mon mieux, Vanette.

À ma grande surprise, elle m'a souri.

– C'est bien ce que je vous demande, faire de votre mieux. Très bien. Dès que vous aurez quitté cette chambre, vous ne direz plus un mot. Si vous êtes en détresse ou que vous avez besoin d'aide, vous pourrez lancer un SOS, c'est tout. Un membre de l'équipe y répondra immédiatement.

Elle a jeté un coup d'œil à sa montre extraplate.

– Ce soir, vous jouerez le rôle de la nouvelle. Vous n'aurez rien de spécial à faire, comme servir le thé, par exemple. Tout le monde voudra vous admirer et vous essayer. Je regrette de ne pas pouvoir vous diriger personnellement, mais je dois m'occuper d'autres choses. En fait, il faut que j'y aille.

Puis elle s'est adressée à Damon, en montrant tout le matériel sur le lit :

– Je peux m'en remettre à vous pour tout ça ?

– Bien sûr.

– Une fois fermée, il n'y a que moi qui puisse l'ouvrir, lui a-t-elle rappelé. Assurez-vous de la poser correctement.

– D'accord.

Ils se sont salués de la tête et Vanette s'est éclipsée rapidement.

J'ai regardé les objets sur le lit.

– Je crois comprendre qu'il s'agit de l'idée brillante de Vanette dont vous m'avez parlé par SMS ?

– En effet. Avez-vous déjà porté une ceinture de chasteté ?

– Non, Monsieur George.

Il jubilait visiblement.

– C'est une première, alors. J'adore ça. Penchez-vous, chérie, et allongez le haut de votre corps sur le lit.

J'ai fait ce qu'il me demandait, et j'ai senti ses doigts qui me faisaient mouiller et étalaient mon fluide, depuis l'anus jusqu'aux pourtours de mes lèvres. J'ai ensuite senti la pression de quelque chose de plus rigide contre moi.

– C'est du caoutchouc, a-t-il précisé. C'est un jouet à deux têtes, avec une tête pour votre trou du cul et un petit gode. Cela vous évitera toute pénétration intempestive.

Il m'a titillée avec. Au lieu de les mettre en place, il m'a pénétrée avec un côté, puis avec l'autre, puis avec les deux en même temps, jusqu'à ce que je gémisse de plaisir. J'étais encore excitée par ce que nous avions fait dans la voiture et j'éprouvais une sensation intense. Être pénétrée par les deux côtés en même temps m'irradiait d'ondes de plaisir jusque dans l'abdomen.

– Vous aimez beaucoup trop ça, a-t-il dit. Levez-vous maintenant et écartez les jambes.

D'une main, il a maintenu les deux têtes en place, de l'autre il a ramassé les courroies et les a positionnées. C'était la partie ceinture de la ceinture de chasteté, avec une courroie qui faisait le tour de ma taille, et une pièce en cuir qui recouvrait mon entrejambe. Un petit trou y avait été ménagé, qui découvrait mon clitoris et mes lèvres supérieures. La serrure se trouvait sur le côté, sur une hanche. Il l'a fermée, une fois en place. Il s'est pressé contre moi par-derrière et a laissé sa main serpenter le long de mon corps jusqu'à ce que ses doigts atteignent mon clito et se mettent à le caresser doucement.

– Ce soir, vous avez la permission de jouir autant de fois que vous le voudrez, à moins que le membre qui vous lutinera à un moment précis ne vous l'interdise. Vous comprenez ? Différentes personnes auront des envies différentes. Vous devrez faire de votre mieux pour les satisfaire.

– Oui, Monsieur George.

– Vanette, cette débauchée, sait combien vous êtes désirable. D'où l'idée de la ceinture. Si un membre oublie votre précepte, il ne pourra pas passer à l'acte. Moi inclus. (Il a poussé un gémissement de frustration.) Je vous désire de plus en plus, Karina. Ça va me rendre fou de voir les autres jouer avec vous, ce soir.

Je me suis frottée contre lui, excitée et en manque, mais contente de porter la ceinture de chasteté. Est-ce que ça rendrait James fou de jalousie de me voir dans les bras d'un autre ? Est-ce que beaucoup d'hommes allaient me procurer du plaisir, ce soir ?

Le doigt de Damon a effleuré mon clito. J'ai sursauté.

– Vous… vous avez dit que vous aimiez les première fois, n'est-ce pas ? Monsieur George ?

– Oui c'est vrai.

– Je n'ai encore jamais joui en portant une ceinture de chasteté. Ce serait une première.

Il a gloussé et s'est mis à frotter mon clito pendant quelques secondes, mais a ôté sa main dès que je me suis mise à gémir en me tendant vers lui.

– Vous n'avez jamais été amenée jusqu'au bord de la jouissance non plus, sans pouvoir atteindre l'orgasme, encore et encore, m'a-t-il susurré. Je crois que je préfère encore ça.

– Ahhh, sadique ! ai-je crié alors qu'il recommençait.

– Oui, ma chère c'est bien de cela qu'il s'agit, a-t-il gloussé en continuant.

J'ai posé les mains sur le lit pour me stabiliser. Il a fourragé dans un tiroir de la commode derrière moi. Ensuite, j'ai senti sa main qui caressait mes cheveux.

– Vanette m'a convaincu, pas de bâillon, je vais vous mettre autre chose.

Il a fait glisser une cagoule de nylon noir sur ma tête et m'a fait me retourner pour positionner les trous devant mes yeux et ma bouche. Il avait l'air tout à fait sérieux à présent.

– Comme ça, vous pourrez observer votre Jules avant qu'il ne vous reconnaisse.

Ah !

– Bonne idée, Monsieur George.

Je savais que la sournoiserie me serait utile un jour. Il a haussé le sourcil avec un air conspirateur.

– Et voilà autre chose.

Il montrait ce qui ressemblait à un peignoir de soie noire très court, presque transparent, qui n'avait pas de ceinture. J'ai glissé mes bras dedans et il m'a fait pivoter pour pouvoir mieux m'inspecter. Ça m'arrivait juste au-dessus des fesses.

– Ça ira. Maintenant, il y a quelques règles que je dois vous expliquer.

C'était surtout des trucs de bon sens. Les rapports sexuels dans la salle à manger étaient interdits, pour des raisons d'hygiène. Il m'a expliqué un peu leurs us et coutumes avec les esclaves et les serviteurs qu'ils amenaient avec eux. Comme je n'étais pas censée parler, il était inutile de m'en faire à propos des règles de politesse et de la façon de m'adresser aux autres.

– Et pensez à me faire signe si vous avez besoin d'aller aux toilettes, a-t-il ajouté.

– Vous pensez vraiment à tout.

– Vous n'êtes pas la première docile à qui je mets une ceinture de chasteté. Une dernière chose. Nous n'avons pas choisi votre nom.

– Oh !

J'ai rougi sous mon masque. Comment avais-je pu oublier. C'était une chose si importante.

– La coutume veut que la plupart de nos membres utilisent un pseudonyme, a-t-il dit, comme si je n'étais pas au courant.

– Je sais. J'en ai un.

– Tsss ! Et moi qui pensais que vous me laisseriez en choisir un pour vous.

– Comme si j'étais un chat abandonné que vous aviez recueilli ?

– Exactement.

– Je ne vous appartiens pas encore, Damon.

Il a souri comme un prédateur.

– Hum.

– Merde ! Je voulais dire, Monsieur George ! Ma langue a fourché.

– Je vais devoir vous punir à nouveau, Karina.

– Ashley, mon nom c'est Ashley, ai-je grommelé.

– Très bien, Ashley. Venez avec moi. Je vous punirai là-bas, pour que tout le monde en profite, a-t-il ajouté en glissant son doigt sous la ceinture et en m'attirant à lui, avant de se retourner et de traverser la pièce à grands pas. Je me suis empressée de le suivre. Il a gravi un escalier jusqu'à un grand salon. Deux hommes étaient assis dans un coin, en train de discuter.

– Qu'est-ce que nous avons là ? a demandé l'un d'eux.

– Une nouvelle stagiaire, a répondu Damon. La nuit commence à peine et je dois déjà lui donner une leçon. Ashley, ici !

Il me désignait un recoin de mur dans le prolongement d'une étagère, où du plafond pendaient des menottes accrochées à des anneaux. C'étaient des manchons doublés en fourrure pour les poignets, avec des chaînes qui permettaient de les ajuster en hauteur. Il m'a tournée de façon à ce que je sois face à la pièce et à lui, et m'a attaché les mains au-dessus de la tête. Ensuite il est allé directement à mes lèvres et à mon clito, qu'il a frottés jusqu'à ce que je devienne rouge pivoine et toute haletante. Pendant qu'il le faisait, les personnes présentes dans la pièce se sont rapprochées. La plupart étaient des hommes, il y avait aussi quelques femmes et quelques types S. Parmi les bribes de conversations que je pouvais capter revenaient régulièrement les mots de « nouvelle stagiaire ».

– Levez une jambe, peu m'importe laquelle.

Quand j'étais petite, mon prof de danse m'avait expliqué que ma jambe droite était plus forte, je suis donc restée sur mon pied droit et j'ai soulevé le gauche, en pliant le genou.

– Plus haut, montrez-moi bien votre chatte.

Je n'avais pas à craindre de perdre l'équilibre puisque j'étais retenue par les poignets, j'ai tendu ma jambe gauche sur le côté.

– Parfait. Restez comme ça.

Rester comme ça ? Je pouvais tenir la pose un petit moment, mais pas très longtemps. Où voulait-il en venir ? Sur son visage, j'ai pu lire une expression de pure espièglerie quand il a refermé les œillères des trous de la cagoule devant mes yeux. J'ai supposé qu'il prenait vraiment son pied en m'aveuglant. J'ai respiré à fond en essayant de me détendre le plus possible dans l'obscurité. Alors, j'ai senti quelque chose de doux sur l'intérieur de ma cuisse. Ça m'a un peu chatouillée, j'ai sursauté. Puis j'ai reçu un coup léger sur la cuisse, et j'ai poussé un cri de surprise, pas de douleur.

– Ces lanières sont faites dans un beau daim, très souple, a-t-il dit. Elles ne font mal que si je le veux.

Le coup de fouet suivant est tombé sur ma chatte gainée de cuir. Ça ne m'a pas fait mal du tout, c'était plutôt agréable, l'impact sur mes parties intimes était léger. Il m'a frappée à nouveau, puis encore et encore, jusqu'à impulser un rythme régulier. Il devait faire tournoyer les lanières en daim avant qu'elles m'atteignent, chaque fois différemment. J'étais déjà très excitée quand il a commencé. Le fait d'être doucement flagellée, encore et encore, à l'endroit le plus sensible de mon corps, faisait tressauter mon bassin. Il m'avait demandé si j'étais capable de jouir dans cet accoutrement. J'avais la nette impression que je n'allais pas tarder à le savoir. Plus je m'approchais de l'acmé, plus ma respiration se précipitait, je me suis mise à pousser des petits cris et des soupirs.

– Peut-elle jouir ainsi ? a demandé une voix masculine.

– Je ne sais pas, lui a répondu Damon. Pensez-vous que je devrais demander à Nadia de la lécher pour la terminer ?

Je pleurnichais d'espoir.

– Je la lècherais bien moi-même, a dit l'homme.

– Ceci est censé être une punition, a précisé Damon. Je pense qu'elle aimerait trop ça.

– Ah ! j'ai compris. Eh bien, continuez, alors.

Les coups n'avaient pas cessé pendant leur conversation. Mes cris ont augmenté de volume en même temps que les coups s'accentuaient. J'étais trop excitée pour ressentir de la douleur. La seule partie de mon corps qui me faisait mal, c'étaient les muscles de ma jambe. J'avais une légère crampe à force de garder la jambe en l'air. Puis ils ont commencé à se tétaniser, mais Damon continuait de fouetter mon con sans relâche. Finalement, je n'ai plus pu garder ma jambe en l'air, je l'ai refermée sur l'autre. J'ai gémi de dépit. J'y étais presque, j'y étais presque ! Mais maintenant, avec mes jambes jointes, mon clito ne sentait plus rien. Les coups ont cessé. Un instant après, j'ai senti que quelque chose me touchait. J'ai tressauté contre ce que je supposais être ses doigts. Mais non, c'était sa bite. Il l'a fait glisser entre mes jambes, sur ma chair qui dépassait de la ceinture. Je l'ai serrée, instinctivement, tout en sachant qu'il ne pouvait pas me pénétrer à cause des embouts qu'il avait placés dans mon sexe, et je désirais tellement qu'il se frotte contre mon clito. Les mouvements de mes hanches devenaient incontrôlables, je cherchais à me branler sur tout ce que je pouvais trouver.

– Voilà un bien joli tableau, a dit une autre voix toute proche. (C'était le directeur.) Très ingénieux. Vous la gardez chaste et en même temps complétement dévergondée. Vous avez vraiment du talent, George.

– Merci, Monsieur le Directeur. Voulez-vous prendre ma place ?

– La ceinture ne vous gêne pas ? Je pense que je vais passer mon tour.

– Oh ! à peine. Quelqu'un d'autre ? a demandé Damon.

J'étais sur le point de jouir, et il ne m'en empêchait plus, je me suis donc frottée le plus fort et le plus vite possible contre sa queue.

Il a taquiné quelqu'un d'autre.

– Et vous ? Voulez-vous aider une fille dans le besoin à jouir ?

– Merci, mais non.

James ! J'aurais reconnu sa voix douce et chaude entre mille. Au même moment, Damon m'a attrapée par les fesses et m'a attirée vers lui, en me déclenchant enfin un orgasme. J'ai hurlé, incapable de faire quoi que ce soit d'autre, au fur et à mesure que les spasmes de la jouissance m'envahissaient.

9

Respirer à pleins poumons

Mon corps, encore prisonnier des menottes, était totalement désarticulé. Mes jambes ne me portaient plus. C'est Damon qui me soutenait en me serrant dans ses bras. Je ne pouvais quasiment plus bouger, mais je bouillais intérieurement. Que faire à présent ? Notre rencontre ne ressemblait en rien à ce que j'avais imaginé. Mais, Dieu merci, je portais une capuche, il n'avait donc pas pu me reconnaître.

Damon m'a alors libérée et m'a portée tout près de là, jusqu'à un canapé. Les voix me paraissaient plus lointaines. Quand il a enlevé les œillères de mes yeux, je me suis rendu compte que nous étions passés dans une pièce mitoyenne. La porte d'entrée était grande ouverte, mais nous étions seuls. Il avait renfourné son sexe dans son pantalon et avait l'air tout à fait serein.

– Il est ici, ai-je chuchoté.

– Oui, je crois bien, a-t-il répondu d'une voix calme. J'ai entendu quelqu'un prononcer son nom.

Damon ne savait sans doute pas à quoi ressemblait James. Il ne le connaissait que par son surnom, et par ouï-dire.

– Qu'est-ce vous allez…

Il n'a pas eu le temps de répondre à ma question, le directeur venait d'entrer dans la pièce.

– Comment va-t-elle ? Est-elle assez en forme pour un deuxième round ?

– Je crois qu'elle l'est, a répondu Damon en rajustant sa chemise. C'est une vraie masochiste.

– Amenez-la moi dans la pièce rose, alors, je vous prie.

– Tout de suite ! a répondu Damon, avant de poursuivre dès que le directeur a eu tourné les talons :

– Pas de repos pour les braves. Venez. On grimpe d'un étage. Et rappelez-vous, pas un mot !

J'ai hoché la tête. Il m'a tendu un verre d'eau, puis nous avons pris un grand escalier. Le premier salon de cet étage dominait le parc. À la place d'une fenêtre classique, une niche ovale avait été ménagée dans le mur. Elle contenait un énorme vitrail représentant un rosier, qui avait été doublé avec une vitre transparente pour couper le bruit. Des chaises étaient disposées en arc de cercle face à cette rosace qui était traversée par une épaisse tringle à rideaux. En nous apercevant, le directeur a souri.

– Ashley, je suis vraiment ravi que vous nous ayez rejoints. Pourriez-vous vous agripper à cette barre et ne la lâcher que si je vous le dis, ou si vraiment vous n'en pouvez plus ?

J'ai acquiescé d'un signe de la tête. Ça n'était donc pas une tringle à rideau, finalement ? Qu'est-ce que ça pouvait bien être alors ? Le bois, parfaitement poli, était tiède et doux au toucher.

– Elle n'a pas le droit de parler, mais elle peut émettre des sons, n'est-ce-pas ? a demandé le directeur à Damon.

– Vous avez tout loisir de le lui interdire, a répondu Damon.

– Oh non, non, ça n'est pas drôle si l'oiseau ne chante pas. J'éviterai juste de lui poser des questions. Voulez-vous prévenir les autres ?

– Bien sûr.

Damon a quitté la pièce. Le directeur a remis en place quelques mèches rebelles échappées de ma cagoule avant de s'emparer du peignoir noir.

– Lâchez la barre, m'a-t-il dit en le faisant glisser. Attrapez-la à nouveau.

Puis il s'est mis à me caresser les épaules, et j'ai frissonné. C'était un homme au physique agréable, assez âgé et tout à fait distingué, mais je n'éprouvais aucune attirance pour lui et j'ignorais tout de ce qu'il allait me faire subir.

– J'ai prévu quelque chose de spécial pour vous.

Alors que plusieurs personnes faisaient leur entrée, il m'a montré un martinet en cuir violet, artistiquement tressé du côté de la poignée, avec un long gland à l'autre extrémité.

– Avez-vous déjà été flagellée ?

J'ai incliné la tête, je l'ai secouée, je l'ai inclinée à nouveau, pour tenter de lui faire comprendre que je ne savais pas si ce que Damon avait fait subir à ma chatte était une flagellation ou pas.

– Ah, c'est vrai, j'essaie de vous poser une question, et la réponse est visiblement plus compliquée qu'un simple oui ou non. (Il a eu un petit rire.) Je vais demander à George.

J'ai acquiescé frénétiquement.

Je les ai alors entendus s'entretenir à voix basse un moment, pendant que les gens qui s'asseyaient discutaient entre eux. J'avais la chair de poule dans le dos et sur les épaules. Soudain, j'ai entendu la voix de James à nouveau.

– Je m'intéresse plus au vitrail qu'à la fille qui y est accrochée, disait-il.

Mon cœur a fait un bond avant que je me rappelle qu'il ne savait pas que la fille dont il parlait, c'était moi.

– Vous êtes déjà venu ? lui a demandé une autre voix.

– Pas depuis des années, a répondu James.

– Ce vitrail possède une histoire intéressante, a repris son compagnon. À l'origine, il était la propriété d'un de nos membres, mais sa femme ne l'aimait pas. Il a donc été déplacé ici. Il paraît qu'il a été conçu par Burne-Jones et réalisé dans les ateliers de William Morris.

Vraiment ? Décidément, je ne pouvais échapper aux préraphaélites même quand, nue, j'étais sur le point de participer à une sorte de performance érotique. Bon, sans doute n'était-ce pas totalement un hasard ?

La voix poursuivait :

– Oui, le rosier symbolise la sexualité féminine dans toute sa splendeur et sa plénitude.

– Et n'oubliez pas que les charmants pétales veloutés voisinent les épines les plus acérées, a dit le directeur. Le plaisir vient avec la douleur. Avec le désir vient le supplice. C'est ce que notre petite stagiaire est sur le point d'apprendre. N'est-ce pas, ma chère ?

J'ai hoché la tête.

– Bien. Respirez profondément, ma chère petite.

C'est ce que j'ai fait. Sur mon expiration, il a porté le premier coup sur mes épaules. L'impact et le bruit m'ont fait sursauter, mais ça ne m'a pas fait vraiment mal. Puis les lanières ont glissé sur ma peau après l'avoir frappée. La sensation était à la fois excitante et sensuelle. Ce n'était pas très différent de ce que Damon m'avait fait auparavant. J'essayais de me détendre entre les coups, qui allaient devenir de plus en plus violents mais qui, pour l'instant, étaient agréables. Derrière le bruit du martinet, j'ai pu percevoir la voix de James, parmi toutes les autres dans la pièce.

– Oui, ces derniers temps j'ai travaillé à une pièce majeure, mais je ne l'ai pas encore achevée. Dieu merci, mes bienfaiteurs sont patients !

Ainsi, ces gens le connaissaient en tant qu'artiste ? Voilà qui était intéressant.

– J'en ai une en ce moment qui me prend tout mon temps et mon énergie. Elle est quasiment terminée, mais ça n'est pas ce qu'on attend de moi. J'ignore si, un jour, elle verra la lumière. Bien peu d'institutions osent exposer ce genre de travail. Tout le monde s'attend à ce que le travail du verre exalte la beauté. L'œuvre de Dale Chihuly est incroyablement forte, mais elle est également très belle. Mais où est la violence du verre ? Où trouver de l'art verrier qui représente la guerre, les peines d'amour et la tragédie ?

J'ai entendu Damon lui répondre en plaisantant :

– Parce que personne n'aime les bris de verre !

Quelques rires polis ont fusé.

Pendant cet échange, les lanières du martinet fouettaient ma peau avec une cadence quasi hypnotique. Mon corps était là, ma peau chauffait au contact du cuir, mais mon esprit était aux côtés de James. Que portait-il ? Était-il accompagné ? Pouvais-je tourner la tête pour lui jeter un regard ? Il m'a semblé qu'il était derrière moi, sur le côté. Soudain, les lanières du martinet m'ont violemment frappée sur le cul. J'ai poussé un gémissement.

– Je voulais m'assurer que vous étiez toujours avec moi, a dit le directeur. Maintenant que vous êtes bien échauffée, nous pouvons commencer.

Oh ! Il a imposé un nouveau rythme, plus rapide et plus fort, et toutes mes pensées se sont focalisées sur la surface de ma peau. Le cuir me frappait inexorablement, comme le feraient la pluie et le vent. Plus que de la violence, je ressentais plutôt une force irrésistible qui me libérait de ma tension, de ma peur, de tout ce que j'avais enfoui à l'intérieur de moi.

Je me suis laissé gagner par cette sensation. Dans les vagues des impacts, ma résistance s'évanouissait. Finalement, je me suis mise à pleurer, pas à cause de la douleur physique, mais à cause de celle que je ressentais intérieurement et que j'avais ravalée pendant si longtemps. Le directeur m'encourageait de la voix à me laisser complètement aller, sans jamais casser le rythme du martinet qui me déchirait.

La dernière fois que j'avais eu le sentiment que toutes mes défenses étaient abolies, c'était quand James m'avait fait l'amour, lors de cette fameuse soirée. Le fait que ça recommence ainsi, en sa présence, c'était trop violent ! Je pleurais, je sanglotais, je frissonnais. Ça n'avait rien à voir avec une vision romantique et sexy. J'étais à bout, bien que le directeur n'ait pas semblé s'en inquiéter. En fait, il était assez fier de lui, surtout d'avoir réussi à me mettre dans cet état. Quand il a eu terminé, il m'a félicitée pour mon obéissance, pour n'avoir pas lâché la barre, pour avoir tout supporté jusqu'au bout. Il m'a enveloppée dans une couverture et m'a posée directement au sol, sans faire le geste de me faire asseoir. Il m'a caressé les cheveux, puis a demandé à quelqu'un de m'apporter un verre d'eau. Les gens ont peu à peu quitté la pièce, le spectacle était terminé. Mais j'entendais toujours James et Damon qui eux, étaient restés sur place. Leur conversation roulait sur le monde de l'art.

– Oui, je fais deux ou trois voyages en Grèce par an, je vends des antiquités, du coup je suis en excellente relation avec les musées, disait Damon.

Je me suis rendu compte qu'il avait compris à qui il parlait quand Damon s'est mis à lui poser des questions plus personnelles.

– J'espère que vous avez bien été accueilli de ce côté du Channel ? Je n'ai pas encore eu l'occasion de me rendre aux États-Unis. Il paraît que votre Société est très différente de la nôtre ?

James s'est raclé la gorge.

– Oui, en effet. Notre vie sociale s'organise bien plus autour de soirées privées.

– Ce doit être plus difficile de dénicher de bons partenaires. Comment faites-vous pour trouver du sang frais ?

– Nous recrutons de diverses façons. Nos membres rencontrent de nouveaux partenaires à l'extérieur de la Société, via Internet ou dans des boîtes de nuit, puis ils les parrainent.

– C'est risqué ! a rétorqué Damon. Vous ne pouvez jamais être sûr de qui vous rencontrez sur Internet. Ici, nous testons très sérieusement nos soumises grâce à notre programme de stages.

James a pouffé.

– La sélection la plus pointue du monde ne suffit pas pourtant à garantir l'amour.

Damon, lui aussi, s'est mis a rire.

– Bien sûr que non ! Mais nos membres sont heureux d'avoir de la chatte bien juteuse à leur disposition.

– Des soumises-trophées pour remplacer les épouses-trophées ? a demandé James, d'une voix plus que sceptique.

– C'est parfois le cas, a admis Damon. Mais nous sommes très fiers de notre faculté à jouer les marieuses. Et vous, quel genre de femme cherchez-vous, mon ami ?

James est resté évasif, il a préféré faire dévier la conversation en répondant par une question.

– Mais certains de vos membres sont des soumis, n'est-ce pas ? Vous formez aussi des dominas ?

– Nous le faisons, en effet. Vanette est une professeure experte, elle sait révéler aux femmes leurs tendances dominatrices. Elle et le directeur ont une expérience impressionnante en la matière. Et, bien sûr, nous avons des provisions infinies de pratiques avec nos stagiaires. D'ailleurs, en voici deux qui arrivent ! Mademoiselle Juniper et Mademoiselle Nadia, venez dire bonjour.

Pendant qu'elles se présentaient, le directeur a fait glisser la capuche de ma tête. De peur, j'ai eu le souffle coupé. Mais j'étais cachée du reste de la pièce par le directeur, qui essuyait mon visage en larmes avec un mouchoir. Je l'ai plaqué sur mes yeux. Personne d'autre ne semblait me porter la moindre attention.

Au bruit de leur conversation et des bruissements de leurs vêtements, il m'a semblé que les deux filles s'occupaient de Damon et James. J'ai entendu le bruit d'un baiser.

Puis la voix de Juney :

– Mais qu'est-ce que vois ? Vous savez, je suis formée pour prendre en charge ce genre de problè… ahh !

Elle s'est mise à hurler, puis j'ai entendu le bruit sourd d'une chute.

– Ça alors ! a dit le directeur.

La voix de James était blanche de fureur.

– C'est comme ça que vous formez vos stagiaires de ce côté de l'océan ? À se comporter en créatures dévergondées et indisciplinées ?

– Je voulais juste le sucer un peu, a bégayé Juney d'un air gêné. Personne ne s'en est jamais plaint jusqu'à présent.

– Je vous présente mes excuses, Mademoiselle Juney, si on ne vous a pas appris pendant votre stage qu'on demandait d'abord la permission. Sachez qu'il faut être une femme très spéciale pour pouvoir entrer dans mon pantalon. Maintenant, si vous voulez bien m'excuser, je crois que j'en ai vu suffisamment pour ce soir.

Il s'est éclipsé sous les cris de protestation de Damon et des deux filles.

– Eh ben ! hop hop hop ! s'est écriée Juney. Je suppose que je ne suis pas assez spéciale pour maître « Gaffe à mes pantalons» !

À l'instant même où elle a dit ça, j'ai su qu'elle faisait une erreur. J'ai baissé mon mouchoir pour pouvoir regarder Damon.

– Mademoiselle Juniper, la barre est libre, elle n'attend que vous.

– Venez chérie, écartons-nous, m'a dit le directeur.

Il m'a aidée à me relever, et nous nous sommes déplacés jusqu'à la première chaise qui se trouvait là. Juney boudait pendant que Damon baissait son peignoir noir. Il l'a retenu d'une main, juste assez pour dénuder sa poitrine opulente. Puis il a dégrafé son soutien-gorge et a soulevé le bas du peignoir pour vérifier qu'elle portait bien des bas, mais pas de culotte. Ses poils pubiens étaient aussi blonds que ses cheveux.

– Nadia, ma chérie, apportez-moi mes badines.

– Oui, Monsieur George.

Elle est sortie de la pièce en courant. Quand elle est revenue, Vanette se tenait dans l'encadrement de la porte, son regard clair observait la scène.

Elle s'est dirigée vers moi.

– Puis-je vous emprunter Ashley une seconde, Monsieur le Directeur ?

– Mais bien sûr, a-t-il répondu en m'aidant à me relever et en remplaçant la couverture qui recouvrait mes épaules par mon peignoir.

J'ai suivi Vanette le long d'un couloir, jusqu'à une porte ouvrant sur une petite salle de bains et des toilettes.

– J'ai pensé que vous pouviez en avoir besoin, a-t-elle dit.

J'ai hoché la tête, elle a remonté une de ses manches pour découvrir un bracelet en or plein de breloques. L'une d'elles était la clé qui ouvrait ma ceinture de chasteté.

– C'est bien plus hygiénique que vous l'enleviez entièrement. Quand vous aurez terminé, vous n'aurez qu'à remettre les choses en place et refermer vous-même la ceinture. J'attends dehors. Frappez si vous avez besoin d'aide.

J'ai acquiescé de la tête et elle m'a souri. Elle semblait contente que je me souvienne que je ne devais pas parler.

J'ai fait ce qu'elle me disait, puis je me suis assise avec peine, en essayant de reprendre mes esprits. J'avais été excitée par la flagellation, par l'ambiance générale et par la voix de James.

J'ai senti l'espoir renaître, ainsi qu'une certaine fierté, en repensant à ce qu'il avait dit à Juney. Il était redevenu tel que quand nous nous étions rencontrés. Damon George, lui, laisserait n'importe quelle femme lui faire une pipe si elle le lui proposait. Pas James.

« Seule une femme très spéciale pouvait pénétrer dans son pantalon. »

Que pourrais-je faire pour lui prouver que j'étais toujours cette femme, la femme dont il était tombé amoureux ? Comment pourrais-je savoir s'il était toujours amoureux ?

10

Jusqu'au bout de la nuit

Cette nuit-là, Damon m'a ramenée chez moi. Ce qui était logique puisque j'avais laissé toutes mes affaires dans sa voiture. L'arrière de sa limousine était bien plus spacieux que celui de la voiture de ville que conduisait Stéphane. Il y avait des sièges pour six ou sept personnes, largement assez en tout cas pour que Damon y allonge Juney.

J'étais assise d'un côté et il l'avait attrapée par les cheveux, assis sur le siège en face du mien. Il lui avait lié les mains et lui avait mis un bâillon sur la bouche. Elle avait toujours son peignoir en soie noire noué sur son ventre, qui la laissait à moitié nue. Dès que nous nous sommes installés dans la voiture, Damon a introduit ses doigts dans sa chatte. Elle s'est mise à gémir, mais il n'a pas eu un regard pour elle. Il me regardait, moi.

– Alors c'était lui ? m'a-t-il demandé.

– Oui, c'était lui. C'est une habitude chez lui de s'enfuir quand il est contrarié.

– C'est ce que j'ai compris. C'est pourquoi – il a enfoncé ses doigts plus profondément en elle – j'ai puni cette fille.

Juney s'est mise à geindre en essayant de dire quelque chose pour sa défense, mais elle ne pouvait pas parler. Damon lui a répondu en massant son clito jusqu'à ce qu'elle grogne de désir et s'agite sur la banquette.

– Qu'allez-vous faire à présent ? ai-je demandé.

– Eh bien, je vais faire mon possible pour essayer de l'appâter avec mes propositions, a dit Damon. Pendant ce temps, vous allez poursuivre votre formation avec Vanette. Je vais lui faire mes excuses, et je vais lui dire que nous aimerions beaucoup lui faire plaisir. S'il est bien élevé, il se rendra compte qu'il ne peut pas tout refuser sans se faire des ennemis. À ce moment-là, vous aurez été formée à parler et à servir, et il nous sera facile de vous isoler tous les deux pour que vous puissiez avoir une conversation sérieuse avec lui.

J'ai soupiré. Combien de temps tout cela allait-il prendre ? J'avais déjà attendu trop longtemps.

– Vous gardez espoir, n'est-ce pas ? a poursuivi Damon.

– Oui.

– Parce qu'il a rejeté Juniper ?

– Oui.

– À votre place, je ne m'emballerais pas trop vite. Il est sans doute bien refoulé.

Sans doute, ai-je pensé. Mais c'était bien le James que je connaissais.

– Je vous aurai, Karina.

Je l'ai regardé et j'ai réalisé qu'il avait sorti sa bite de son pantalon et qu'il se branlait. J'ai détourné le regard.

– Après cette soirée, j'ai encore plus envie de vous. Dans cette voiture à vos côtés, je peux à peine me retenir. C'est une bonne chose, hein Juney ?

Il lui a grimpé dessus en l'allongeant sur le dos, les jambes en l'air. Il la baisait toujours quand je suis sortie de la voiture devant l'Artiworks.

Au deuxième étage, la lumière était encore allumée. Même à l'aube, Paulina ou Michel étaient réveillés. J'ai claqué rapidement la portière, bien qu'à cette heure-là les rues fussent désertes. En haut, j'ai trouvé Paulina en train de préparer une dizaine de tartes aux fruits. Elle nous en a servi une part chacune, encore bouillante, avec de la glace vanille.

– Votre estomac est rassasié, mais pas le reste, a-t-elle dit en posant la bouilloire sur le feu.

Nous avons mangé notre tarte, assises sur des tabourets, sur le seul coin du plan de cuisine pas totalement encombré de robots, d'ustensiles, de livres de recettes, de bocaux de pâtes et de farine ou de boîtes de thé.

– Il y a quelque chose qui ne va pas ?

J'hésitais encore à subir un long entraînement au club, tout en attendant que James me revienne. Et s'il ne revenait pas ? Damon espérait-il que je l'oublie ? Que tous ces trucs de ceinture de chasteté et de flagellation finiraient par avoir raison de ma volonté ? Et puis, qu'est-ce qui l'empêchait de me mentir ? Il pouvait me raconter qu'il essayait de faire revenir James, alors qu'en fait, il m'entraînait simplement à devenir son esclave sexuelle personnelle. Bon, peut-être que j'exagérais un peu. Je pouvais faire confiance à Damon parce qu'il ne transgressait pas les règles, bien que je ne puisse pas complètement me reposer sur lui. Assise là, avec Paulina, je me suis dit qu'il existait une autre possibilité.

– Quand pensez-vous que la galerie va pouvoir ouvrir ?

– Très prochainement, maintenant. Dans moins d'un mois. En fait, nous aurons probablement fini avant, mais il nous faudra au moins un mois pour communiquer sur l'ouverture, vous savez. Pour trouver une place dans les différents programmes culturels et pour pouvoir lancer les invitations.

– J'aimerais vraiment voir ça avant de rentrer à New York, lui ai-je répondu.

Il allait falloir que je réserve très vite mon billet de retour, même si je n'en avais aucune envie. Un mois. C'était faisable.

– J'ai pensé à un artiste qui conviendrait bien pour l'ouverture.

– Vraiment ? Nous avons besoin de quelqu'un de pointu et d'underground, mais également d'assez célèbre pour nous lancer, vous voyez ?

Elle a éteint le feu sous la bouilloire et l'a laissée un peu refroidir, avant de verser l'eau sur une passoire remplie de feuilles de thé, dans une théière.

– C'est un véritable mouton à cinq pattes. Michel a un ami qui connaît Damien Hirst, mais il est il est tellement connu maintenant, beurk.

Je ne m'y connaissais pas très bien en art contemporain, mais je me souvenais vaguement que Hirst était un type qui peignait des pois. Ou bien était-ce le type qui présentait des animaux morts dans du formol ? Peut-être faisait-il les deux ?

Dans tous les cas, beurk !

– Vous ne voulez-pas non plus un simple accrochage ? Vous voulez quelqu'un qui puisse apporter son regard de performeur artistique sur les lieux.

– Exactement ! a-t-elle répondu avec excitation. Ça pourrait devenir notre slogan. Vous savez, l'art est dans l'air, pas sur les murs, ou quelque chose comme ça. Je voudrais avoir des musiciens et quelques danseurs pour ouvrir la soirée. L'Artiworks se doit d'être un espace multimédia, ouvert à toutes les formes d'art. L'art du spectacle comme les arts visuels, vous voyez ?

– Je suis complètement d'accord avec vous. Mais vous n'avez pas entendu ma suggestion.

– En effet, qu'est-ce que c'est ? Ou plutôt qui est-ce ?

– JB Lester.

– Le souffleur de verre ?

Elle a enlevé la passoire de la théière et nous a servi une tasse à chacune.

– Le terme de sculpteur sur verre est plus proche de la réalité, ai-je répondu. Il ne fait pas que souffler. Certaines de ses pièces sont sculptées, d'autres fondues, d'autres gravées, sans parler des pièces composées de morceaux cassés et recollés ensemble. Je sais où il travaille à York.

– Mais vous êtes une fille géniale ! Et vous l'avez rencontré là-bas ?

– Je connais des gens qui ont travaillé avec lui et je sais où est son atelier. Il a créé une œuvre majeure, très pointue. C'est une véritable installation. Il meurt d'envie de l'exposer, mais il n'a pas encore de galerie. L'Artiworks, ça serait parfait, non ?

– Sans doute.

– Je vais vous mettre en contact avec des gens qui pourront lui en parler. (J'avalais mon thé à toutes petites gorgées pour ne pas me brûler.) Il serait complètement idiot de refuser.

J'étais déjà en train de réfléchir à l'organisation. Le verre, c'était très lourd. Il refuserait de le faire voyager à l'étranger. L'installation à elle seule devait bien peser une demi-tonne. Peut-être plus. Elle avait environ la taille d'une voiture, et le verre était encore plus dense que l'acier. Il voudrait donc la présenter en Angleterre.

Paulina a bu son thé à petites gorgées en réfléchissant pendant un bon moment.

– Et vous dites qu'il n'a le soutien d'aucune commission, d'aucun musée pour ce projet ?

– Non. La Tate attend autre chose de lui, pas ça. Mais il semble bien qu'il veuille d'abord mener à bien ce travail.

– Les muses fonctionnent parfois de façon inattendue, a dit Paulina. S'il s'agit bien du démon qui dévorait son âme, alors, c'est ce qu'il produira en premier.

Je ne savais pas si le fait d'avoir rompu avec moi m'avait transformée en démon dévorant son âme, mais je l'espérais un peu. Puis j'ai repensé à tous ces croquis de moi sur sa table de travail. S'il ne m'aimait plus, du moins était-il toujours hanté par moi. Une terrible fatigue m'a envahie tout à coup. J'avais été flagellée, j'avais entendu la voix de James, et maintenant je montais tout un plan pour le faire sortir de sa cachette sans l'aide de Damon. Tout ça m'avait épuisée et rendu espoir. Je me suis excusée de ne pas terminer mon thé et je me suis traînée dans les escaliers jusqu'à mon lit. Le soleil allait bientôt se lever. Je me suis écroulée dans un profond sommeil.

Le lendemain, avant de partir à la Tate, j'ai appelé Hélène.

– Comment ça s'est passé ? a-t-elle demandé.

– Mal.

– Je croyais que tu rentrais à Londres pour aller à une soirée où il serait ?

– C'est bien ce que j'ai fait, mais il a quitté la soirée dans une colère noire avant que j'aie pu lui parler. Il est possible qu'il soit retourné à York, je n'en suis pas sûre. Mais écoute. Je connais un galeriste ici, qui ouvre un nouveau lieu dans un mois environ. J'ai besoin que tu fasses le lien entre lui et la galerie.

– Moi ?

– Allez, Hélène. Dis-lui que tu en as entendu parler. Ils veulent exposer quelque chose de pointu qui questionne le public, et ils ont assez de place pour la pièce que j'ai vue dans son atelier.

– Je vais avoir besoin de l'aide de Linae. Comme espionne, je suis plutôt nulle !

J'ai soupiré.

– J'imagine. Linae m'inquiète un peu, pourtant.

J'ai dû avoir l'air jalouse car Hélène m'a reprise.

– Ne sois pas comme ça, Karina. Je sais à quoi tu penses. Tu crois que Linae va l'entraîner dans je ne sais quels problèmes. C'est une dragueuse, mais jamais elle ne te fera ça, crois-moi.

– D'accord, si tu le dis.

Je lui ai donné tous les détails que j'ai pu sur l'Artiworks et lui ai expliqué comment entrer en contact avec Paulina pour tout mettre au point.

Dans l'après-midi, j'ai guidé une visite de l'exposition, comme d'habitude, puis ensuite une autre après la fermeture, pour ce que j'ai cru être d'éventuels nouveaux donateurs. C'était juste une visite rapide de 45 minutes, avec 15 minutes supplémentaires pour qu'ils puissent voir plus calmement ce qu'ils désiraient. Tristan aimait énormément observer les visiteurs. Nous étions ensemble dans la boutique du musée, en train de sourire à ceux qui quittaient les lieux, mais je riais intérieurement en entendant les commentaires qu'il faisait à voix basse.

– Le pull bleu a été chez le coiffeur pour l'occasion, mais personne ne l'a prévenue que la sculpture moderne est à l'autre Tate ! disait-il.

Ou bien :

– Regarde les revers de celui-là ! Il va lui falloir une autorisation d'atterrissage pour aller à Heathrow.

Après le départ du groupe, Martindale nous a invités à dîner, ce que j'ai trouvé très sympa. Il a un peu questionné Tristan au sujet de son programme d'études en histoire de l'art. J'ai réalisé qu'il se livrait très peu quand nous déjeunions ensemble, et que du coup je ne savais pratiquement rien de son stage de doctorat et de ses projets. Apparemment, il avait envie de poursuivre ses études soit au City College de New York, soit à Seton Hall, mais il n'avait pas encore postulé. Du coup, Martindale et moi lui avons parlé de New York, où il n'avait encore jamais mis les pieds. Je lui ai promis de lui faire visiter la ville s'il venait, même si je ne pouvais pas l'héberger vu que Becky occupait la chambre et que je ne me voyais pas partager mon sofa avec lui. Par terre, il n'y avait même pas la place pour un sac de couchage.

Ça m'a bien amusée de me rendre compte que Monsieur Martindale, lui aussi, prenait le métro pour rentrer chez lui. Et ça l'a amusé que je sois amusée.

– On dit qu'on peut mesurer la grandeur d'une civilisation non pas au nombre de ses pauvres qui circulent en voiture, mais au nombre de ses riches qui circulent en transports en commun, a-t-il dit après que nous avions quitté Tristan, qui prenait une autre ligne.

Les murs de la station était recouverts d'affiches de pub pour des spectacles de Broadway, mais nous en étions bien loin ! Pendant que nous attendions notre métro, je me suis demandé si je devais lui dire ce que j'avais découvert à York. Alors que j'hésitais encore, il m'a posé la question.

– Je l'ai loupé, mais j'ai vu son atelier, lui ai-je raconté. Je suis entrée en contact avec d'autres artistes verriers du coin, nous sommes allés ensemble chez lui, mais il n'était pas là.

– C'est vraiment décevant d'aller si loin et de le rater !

– Je crois que j'ai un plan. Je sais qu'il travaille à une pièce et qu'il s'est plaint de ne pas savoir où l'exposer.

– Ah bon ? Il ne me l'a pas demandé.

– Ce qui me fait croire qu'il ne pense pas que ce soit une œuvre pour la Tate. Mais il se trouve que les gens chez qui j'habite vont ouvrir une galerie au rez-de-chaussée de leur maison. Je vous en ai parlé, je crois ?

– Oui, en effet, vous l'avez évoqué.

– J'essaie de lui faire passer le message comme quoi ils aimeraient l'exposer pour l'ouverture de leur lieu, dans un mois. Je croise les doigts, peut-être vont-ils parvenir à le convaincre ?

– Je suis content de savoir qu'il travaille et qu'il songe à exposer à nouveau. Je craignais qu'il ne fasse une dépression ou qu'il soit devenu dépendant à l'alcool.

Je n'ai pas su trop quoi répondre à ça sans me remettre en cause. Martindale me soupçonnait de lui avoir brisé le cœur ou quelque chose du même genre, bien que je ne fusse jamais entrée dans les détails.

– Pour autant que je puisse le savoir, il s'est plutôt plongé dans son travail, ai-je répondu.

– Tout est donc pour le mieux, pourvu qu'il y arrive !

Ça, je ne pouvais pas le dire.

– Au fait, Karina, je voulais vous dire autre chose. Il faudrait que nous prenions votre billet de retour. Si nous attendons trop, les prix vont devenir inabordables. Parlez-en à ma secrétaire, elle s'en chargera, bien sûr.

– Je lui en parlerai demain, ai-je promis.

L'été était passé à toute vitesse. Je n'arrivais pas à croire que j'allais devoir rentrer bientôt.

Quand je suis arrivée à l'Artiworks, j'ai trouvé Paulina et Michel qui valsaient sur le nouveau parquet de la galerie. Paulina chantait dans une langue étrangère. Quand elle m'a vue, elle m'a appelée et nous nous sommes enlacés tous les trois sur le rythme de la musique qu'elle avait dans la tête.

– Tout ça, c'est grâce à vous, Karina ! L'agent de JB Lester nous a appelés, il n'a pas encore donné son accord mais c'est en très bonne voie !

– Un agent ?

– Un verrier du nom de Peter Simpson qui nous a appelés en disant qu'il parlait en son nom, a dit Paulina. Nous sommes en pourparlers pour les honoraires et la date, mais s'il ne se dédie pas, c'est dans la poche !

– Génial ! C'est vraiment génial !

Je me suis hissée sur la pointe des pieds et j'ai exécuté une pirouette. J'étais folle de joie.

Cette semaine-là, j'ai commencé ma formation avec Vanette. Je l'ai rencontrée au club et, la première fois, nous avons surtout parlé. Elle a pris plein de notes.

– Diriez-vous que vous avez aimé votre job de serveuse ? Est-ce que ça vous a plu ? m'a-t-elle demandé.

Nous étions assises dans une pièce qui faisait partie de ce que je pensais être les « coulisses » de la maison, près de la cuisine, là où les membres n'allaient jamais, contrairement au personnel et aux soumises.

– Je n'aimais pas les pourboires minables ni certains clients, des pauvres types, ai-je répondu, mais parfois, le travail était agréable. C'est chouette de servir une grande table sans faire la moindre erreur. Quand vous vous dépêchez, que vous donnez satisfaction aux gens et que vous voyez qu'ils passent un bon moment, vous êtes heureuse parce que vous savez que c'est grâce à vous. Particulièrement quand vous savez qu'une serveuse nulle peut faire tout le contraire.

– Intéressant. Ainsi, le fait de rendre les gens heureux, c'est ça qui vous plaisait le plus ? Est-ce que vous discutiez avec vos clients ?

– C'est ce que je préférais. Bien souvent, je ne leur parlais pas du tout, je me contentais de prendre leurs commandes. Parfois, la meilleure façon de leur faire plaisir, c'était d'être transparente, de les laisser déguster tranquillement leur plat ou leur verre d'alcool. D'autres fois, vous avez le sentiment qu'ils recherchent un peu de chaleur humaine. C'est pour ça qu'ils viennent dans un bar, plutôt que de boire seuls chez eux.

Vanette a écrit quelque chose sur le bloc qu'elle avait posé sur ses genoux.

Elle était habillée de façon décontractée, avec un pantalon en maille noir et un pullover à col roulé de couleur crème, à manches courtes. À son poignet gracile et nu, elle portait le même bracelet que l'autre nuit.

– Jadis, nous avions un serveur qui connaissait par cœur la boisson préférée de chacun de nos membres et la façon de la préparer, poursuivit-elle. Il se contentait de demander si on voulait la même chose que d'habitude et il apportait la boisson en question sans jamais faillir. Même à toute une tablée, en train de jouer aux cartes, par exemple. Ne trouvez-vous pas cela extraordinaire ?

– Pas s'il voyait régulièrement les mêmes personnes. On finit toujours par connaître ses clients habituels. Mais s'il réussissait à s'en souvenir en ne les ayant vus qu'une seule fois, là c'est plus inhabituel. Avait-il été barman auparavant ?

– Je crois que oui.

– Il avait donc de la pratique. Mais également de vraies capacités.

– Cela plaisait énormément à nos membres. Depuis son départ, ils sont un peu fâchés parce qu'aucune de nos stagiaires ne semble capable de le remplacer.

Elle a soupiré.

– Sauf votre respect, Vanette, vos autres stagiaires me semblent plus intéressées par… comment dire ça ? J'ai l'impression qu'elles viennent ici plus pour le sexe et les jeux érotiques que pour autre chose.

– Vous avez raison. (Un sourire s'est dessiné sur ses lèvres parfaites, aujourd'hui peintes en rose nacré, à la place de son rouge Hermès habituel.) Vous me parlez d'un service spécial. Il existe une vraie différence entre soumission et service. Je pense que c'est la raison pour laquelle le directeur était tellement intrigué par votre refus de la pénétration vaginale. Ces dernières années, il nous a été très facile de trouver des hommes sexuellement aventureux et des femmes qui apprécient être les objets de constantes attentions libertines. Il est beaucoup plus difficile de trouver des gens qui aiment servir.

– Si c'est Damon votre principal recruteur, ça n'est pas étonnant, ai-je répondu.

Elle a hoché la tête.

– Ce n'est pas notre unique rabatteur, mais il est tellement enthousiaste ! Je me demande plutôt si une des raisons de notre problème n'est pas que le service à l'ancienne se perd. Les sociétés de ce qu'on appelle les services, d'hôtesses, de catering, emploient principalement des immigrés et des personnes défavorisées qui essayent tous de trouver un autre travail, le plus vite possible. Plus personne n'envisage d'y faire carrière, à moins de faire partie de la direction, mais ce n'est pas du tout ce dont nous avons besoin.

Je ne m'attendais pas à ce qu'elle philosophe ainsi.

– C'est également vrai aux États-Unis, bien que nous n'ayons jamais eu de service à l'ancienne. Notre Société n'est pas aussi hiérarchisée que la vôtre, avec ses maîtres aux étages nobles et ses domestiques au sous-sol.

Ma description du système de classe britannique, vu à travers le prisme des séries TV, l'a fait sourire, mais elle comprenait parfaitement ce que je voulais dire.

– C'est vrai. C'est peut-être la raison pour laquelle la branche US de notre Société est plus axée sur le couple et les soirées privées, alors qu'ici, la tradition du club masculin a perduré.

– Vous voulez dire parce que la plupart des stagiaires sont des femmes ?

– Entre autres. Mais pour en revenir à ce qui nous intéresse, la meilleure des soumises et celle qui est capable de deviner les désirs du dominateur. Quand ces personnages semblent n'avoir qu'une idée en tête, les filles comme Juney n'ont pas à se donner trop de mal pour les satisfaire. Bien que ça n'ait pas été le cas l'autre nuit. Je crois que vous avez assisté à l'incident ?

J'ai retenu ma respiration en acquiesçant. Je pensais que ce serait une mauvaise idée de lui dire que James était l'unique raison de ma présence parmi eux.

– Ce membre a semblé être offensé qu'elle le touche sans lui demander la permission.

– Je dois dire que j'aimerais qu'ils soient plus nombreux à avoir cette attitude, a-t-elle poursuivi. Et en y réfléchissant, si elle avait été un mâle soumis et que le dominant avait été une femme, tout le monde aurait été scandalisé que le soumis ait osé aller si loin. Juney a vraiment dépassé les bornes, même si je ne peux pas l'accuser puisque nos membres l'autorisent. C'est la raison pour laquelle l'autodiscipline est au moins aussi importante que la discipline. Bien sûr, votre dominateur peut facilement vous contrôler, mais il ne devrait pas avoir à le faire en permanence. Si vous possédiez un cheval qui doit en permanence être remis sur le droit chemin, même s'il accepte d'être corrigé, vous penseriez quand même que c'est un mauvais cheval. Comme je vous le disais, si vous apprenez à lire dans leurs pensées, vous avez un coup d'avance avant qu'ils aient à lever le petit doigt.

– Ma sœur Jill disait la même chose de ses clients. « Apprends à lire en eux, m'avait-elle conseillé. Devine combien d'argent ils veulent dépenser. S'ils n'arrivent pas à se décider, persuade-les qu'il y a quelque chose au menu dont ils ont vraiment envie, etc. » C'était à peu près la même chose. Mais le truc, c'est que parfois ce qu'ils désirent, c'est… de vous donner des ordres.

– Vrai. Pour ceux qui ont les tendances dominatrices les plus fortes, c'est le fait de vous donner un ordre et de vous voir l'exécuter parfaitement qui est excitant. Plus leur ordre est étrange ou difficile à réaliser, plus ça les excite. D'autres fois, ce n'est pas le fait que la soumise réussisse à leur obéir qui les fait jouir, c'est les difficultés qu'elle éprouve à le faire.

Voilà qui ressemblait vraiment à James.

– Vous parlez ici des dominateurs pour qui les louanges comptent le plus. Ce sont ceux qui sont le plus agréables à satisfaire.

Son sourire s'est élargi.

– Nous allons très bien nous entendre, vous et moi. Venez, je vais vous présenter notre barman.

Le barman en question était un beau blond d'environ 25 ans, prénommé Stuart. Le bar se trouvait à l'arrière d'une de leurs maisons de ville, dans une pièce qui ressemblait étrangement à celle dans laquelle j'avais passé mon entretien, avec un peu moins de livres dans des bibliothèques et plus d'étagères garnies de jeux. Plusieurs tables étaient marquetées de jeux de trictrac et d'échiquiers. Stuart et moi, nous nous sommes bien entendus. Il connaissait déjà les habitudes de nombreux membres. Parfait.

Deux nuits plus tard, j'ai débuté comme serveuse. Je portais ma ceinture de chasteté, mais sans embouts, une petite robe courte très mignonne et un tablier qui laissait voir mes fesses nues. Sous ma tenue, j'avais enfilé un body Indomptable de LOU en dentelle noire transparente, doux à porter et très troublant à regarder. C'est devenu la panoplie habituelle de mon travail de nuit. Deux ou trois membres m'ont bien demandé de me pencher en avant pour se frotter contre mon cul, mais quand ils ont vu que je portais une ceinture de chasteté, ils ont laissé tomber. Je suis rapidement devenue la pro du « je vous remets la même chose ? ». Il suffisait qu'un membre lève son verre quand je traversais la salle pour que je lui en apporte un autre. J'ai également appris à faire apparaître de l'eau glacée comme par magie, quand quelqu'un arrivait au terme d'une flagellation ou de toute autre scène du même genre. Je ne pouvais pas travailler toutes les nuits. J'aidais toujours aux travaux de rénovation de l'Artiworks, ce qui m'emmenait parfois jusqu'à 22 ou 23 heures. Nous arrêtions alors, craignant qu'une plainte des voisins nous fasse perdre notre permis de construire. Certains jours, je me dépêchais de rentrer après la visite de l'après-midi, et après avoir passé quelques heures à faire du plâtre ou de la peinture, je courais jusqu'au club.

Une nuit, pendant la deuxième semaine, Damon s'est approché de moi alors que j'attendais au bar que Stuart arrive avec une commande.

– Vous me semblez en grande forme, a-t-il dit.

– Excellente. (Je lui ai fait un sourire.) Qui aurait cru que le fait de donner un coup de main à ma sœur allait me rendre un tel service ?

Il a acquiescé en souriant, tout en me palpant le cul des deux mains.

– Au fait, notre ami va bientôt réapparaître, je crois.

Je me suis efforcée de paraître indifférente parce que Stuart était juste à côté.

– Oh ! Et quand ?

– Probablement demain. Je ferai mon possible pour que vous puissiez vous parler.

Il a continué à sourire en disant cela, mais son sourire était un peu forcé.

– Je vous préviendrai quand j'en aurai la certitude.

Mais il n'est pas venu la nuit suivante ni celle d'après, et j'ai commencé à m'inquiéter. Je n'avais reçu aucune nouvelle d'Hélène ou de Linae.

Un soir que j'étais arrivée comme d'habitude au club, j'étais en train de fermer ma ceinture de chasteté dans le vestiaire quand Vanette est apparue.

– Quelle est la dernière fois qu'un de nos membres vous a utilisée sexuellement ? m'a-t-elle demandé.

– Seul Damon l'a fait, la première fois que je suis venue ici.

– Hmm.

Elle a eu l'air légèrement préoccupée mais n'a rien dit, et j'ai continué à me préparer comme d'habitude. Damon n'était pas là, du moins pas si tôt dans la soirée. Il était presque minuit, l'heure où en général Stuart rentrait chez lui, quand j'ai compris ce qui ennuyait Vanette. Un des membres – je pense qu'il s'agissait de Lord Sideburns, mais qui se faisait appeler Burns – est entré dans la salle de jeu en sa compagnie.

– N'est-ce pas la règle, ma chère, qu'un soumis nous prodigue un minimum de services sexuels ?

Vanette était très classe ce soir-là, elle portait une veste à col mao, boutonnée jusqu'au cou.

– Ce minimum existe pour nous assurer que nous n'employons personne qui serait là uniquement pour toucher un salaire, et que personne ne se fait passer pour…

– Je sais tout ça. Et je ne forcerai jamais personne à faire ce qu'il se refuse à faire. Mais ça fait vingt jours que Stuart n'a pas proposé le moindre service, lui a répondu Burns.

Stuart a rougi comme une pivoine en baissant la tête.

– N'est-ce pas vrai, Stu' ?

– Si, Monsieur.

– Les règles exigent un minimum d'une fois par semaine. Qu'avez-vous à répondre à ça ?

– Je… J'ai été très occupé, Monsieur. Et aucun membre n'a exigé quoi que ce soit.

– Avez-vous proposé vos services ?

– Non, Monsieur.

Vanette s'est pincé les lèvres.

– Si vous voulez l'essayer, Monsieur, vous êtes tout à fait dans votre droit.

Burns avait attiré l'attention de tous les membres présents dans cette pièce.

– Je crois qu'il mérite plutôt une leçon pour qu'il n'oublie plus de proposer ses services à l'avenir. Il me semble que nos statuts prévoient que refuser des faveurs sexuelles est punissable par un défi.

Un de ceux qui observaient la scène avec intérêt a alors pris la parole.

– Un défi entre flagellants ? a-t-il demandé.

– Ce serait le cas si notre cher Stuart ici présent avait tenté de se soustraire à une flagellation, lui a répondu Burns. Ce doit être plutôt un défi sexuel. Dans cette maison, tous les soumis sont assujettis à ces règles.

– Tous, en effet !

Ce fichu Damon était arrivé juste au mauvais moment.

– Je crois qu'Ashley a, elle aussi, négligé ses devoirs érotiques, a-t-il lancé.

– Mais elle porte une ceinture de chasteté, lui a répondu le membre qui avait parlé de flagellation.

– Ça ne l'empêche pas de jouir.

Damon m'a attrapée par le cou et m'a forcée à baisser la tête vers l'homme.

– Sa bouche est toujours disponible, que je sache. Je crois que le nombre minimum pour un défi est de six, n'est-ce pas ?

Vanette a expiré lentement :

– Cinq, en fait. Les règles d'origine sont devenues impraticables quand notre club a pris de l'ampleur.

– Disons cinq, alors, a repris Damon. Je suis certain qu'Ashley est capable d'avoir cinq orgasmes en une nuit. N'est-ce pas, ma chérie ?

11

Courir après son ombre

Bien qu'il soit devenu rouge écarlate, Stuart est resté stoïque pendant toute la discussion. Il n'a pas émis le moindre bruit quand ils nous ont traînés à l'étage supérieur. Ils ont d'abord installé Stuart dans une première pièce. Ils l'ont attaché, allongé sur le ventre sur ce qui semblait être un cheval d'arçon. Son cul dépassait d'une des extrémités, sa tête reposait de l'autre côté. Burns le tapait allégrement tout en m'invitant à observer les réactions de Stuart qui gigotait à chaque fessée. Après un court conciliabule, ils ont décidé de m'installer dans une autre pièce. Un cadre métallique avait été installé au milieu, avec des manchettes pour les poignets accrochées à la barre transversale du haut. Ça lui donnait un petit air de balançoire porno, ce qui correspondait bien à l'idée que je me faisais du club en tant que terrain de jeux érotiques.

Damon m'a fait face et m'a soulevé les bras, l'un après l'autre, pour emprisonner mes poignets dans les manchettes en cuir doublées de fourrure. Puis il m'a posé devant les yeux un bandeau en cuir, également doublé de fourrure.

– Est-ce que je dois vraiment porter ça ? ai-je demandé pendant qu'il l'installait.

– Si quelqu'un souhaite vous l'ôter, il le peut, a-t-il dit. Mais vous savez combien j'aime les bandeaux.

– Oui, Monsieur George. Et quelles sont les règles de ce jeu ?

– Vous devez participer à un jeu sexuel avec chacun des cinq membres. Habituellement, ça comprend la possibilité de vous baiser, mais votre précepte nous l'interdit. Je propose que du coup, soit vous, soit notre membre devez atteindre l'orgasme pour que nous marquions un point. Vous êtes d'accord, Vanette ?

– Oui, c'est bien ainsi que j'interprète les règles, a répondu Vanette. Je vais surveiller Stuart. Je suppose que vous pouvez prendre les choses en main ici.

Damon a glissé sa main entre mes cuisses. Ses doigts se sont arrêtés sur mon clito et ma vulve qui étaient largement exposés.

– Bien sûr que vais prendre les choses en main !

J'ai gémi à son contact, léger comme une plume, qui m'excitait bien plus qu'une caresse plus appuyée.

– Hmm, mais nous ne sommes que quatre dans cette pièce ! Daniel, voulez-vous commencer pendant que je cherche quelqu'un d'autre pour que nous puissions atteindre le quorum ?

– Certainement, a répondu une voix derrière moi.

J'ai senti des mains sur mes poignets qui décrochaient les manchettes des chaînes où elles étaient fixées. Je les portais toujours aux poignets, mais je n'étais plus attachée au cadre.

– Suivez le son de ma voix, chérie.

Je me suis tournée vers la voix. Il s'éloignait. J'ai entendu un grincement. Il s'était assis sur une chaise. Je me suis laissée glisser sur le tapis et j'ai rampé jusqu'à lui, pendant qu'il disait :

– C'est ça, approchez encore. Il n'y a rien de bien exceptionnel par ici.

Ça a fait s'esclaffer un des autres hommes qui étaient présents et je me suis demandé si j'allais découvrir un énorme phallus. D'une main, j'ai touché un de ses genoux, et j'ai tâté de l'autre, pour l'atteindre. En fait, c'était tout le contraire. Sa queue était assez petite, même en érection, pour tenir dans mon poing. Il avait apparemment suffisamment confiance en lui pour rire de sa petite taille. Je l'ai un peu caressée.

– Sucez-moi le gland, voulez-vous ? m'a-t-il dit, comme s'il me demandait de lui passer le sucre.

J'ai hésité un instant. D'une certaine façon, ça ne me gênait pas vraiment de le branler, mais la mettre dans ma bouche, là, c'était autre chose.

– Soyez une bonne fille, une petite sucette ne peut pas vous faire de mal.

– Ok.

J'ai ravalé ma salive et je la lui ai léchée comme si c'était un cône glacé. Elle avait un goût propre et salé.

– C'est bien. Mouillez-la et ensuite utilisez votre main.

J'ai fait ce qu'il me demandait, en essayant de deviner ce qu'il préférait, rapide ou lentement, serré ou lâche, et avec quel angle. Ce qui l'a fait réagir et pousser un « Oh ! », c'est quand je me suis mise à le décalotter en dessinant des cercles sur son gland à chaque coup, avec mon pouce. Quand il est a été sur le point de jouir, il a entouré ma main avec la sienne et l'a guidée jusqu'à ce qu'il éjacule entre mes doigts, chaud et fort.

– Ahhh ! Quelles dispositions exceptionnelles ! s'est-il écrié pendant que quelqu'un m'essuyait les mains, d'abord avec une lingette puis avec une serviette éponge. Je l'ai ensuite entendu remonter son pantalon.

– Je ne sais pas où George trouve ces incroyables magiciennes. Celle-ci est innocente et pourtant tellement sensuelle ! C'est presque un péché de la corrompre.

– Presque, a répondu une autre voix masculine. Allongez-la sur ce coussin, là.

– À quoi pensez-vous, Charles ?

– Eh bien, si je ne peux baiser ni son con ni son cul, pourquoi pas essayer ses nichons ?

– Pas sûr qu'elle soit assez bien carrossée, mais vous pouvez toujours essayer.

Des mains m'ont soulevée et déposée sur quelque chose de doux. Quelqu'un a glissé un oreiller sous ma tête, et un homme nu s'est installé à califourchon sur mon ventre.

J'ai sursauté quand un liquide froid a éclaboussé mes seins.

– C'est juste du lubrifiant, ma belle. Sans ça, nous ne serions pas à notre aise, ni vous ni moi. Donnez-moi votre main.

Je la lui ai tendue, il a versé du liquide dans ma paume.

– Maintenant, faites-la moi grossir et bien durcir.

Ma main a trouvé sa queue et j'ai commencé à la caresser. Au bout de quelques secondes, elle s'est réveillée. J'avais entre les doigts un chibre potelé, plutôt épais.

– Nous y voilà. Maintenant, pressez vos seins l'un contre l'autre.

Il m'a attrapé les mains pour me montrer comment faire, au cas où je n'aurais pas compris ce qu'il voulait. Je n'ai pas une poitrine avantageuse, mais suffisante pour former un tunnel entre mes seins, ce qui a semblé lui convenir. Il a glissé sa bite à l'intérieur et l'a frottée contre mon sternum. Ç'aurait été assez excitant si j'avais été attirée par lui, mais je ne savais même pas qui c'était. J'aurais pris plus de plaisir avec James, ou même Damon. Finalement, j'ai vécu ça comme un test d'endurance. Il fallait que j'arrive à maintenir la pression sur mes seins en attendant qu'il atteigne l'orgasme. Quand il y est finalement parvenu, nous étions tous deux hors d'haleine. Bien qu'il ait mugi en jouissant, il a juste éclaboussé mes seins et ma gorge avec un tout petit filet de sperme. De nouveau, plusieurs mains m'ont essuyée et m'ont aidée à me relever. Un petit groupe d'hommes se moquait de l'un d'eux qui semblait ne pas avoir pu se retenir en se branlant.

– Tss, Tss, tout va bien, disait-il. Je suis toujours capable d'honorer notre confrérie et cette jeune personne. Amenez-la donc par ici.

Ils m'ont déplacée de nouveau et m'ont installée sur un cheval d'arçons en forme de croix, plus bas que celui sur lequel ils avaient installé Stuart. Ils ont attaché les manchettes de mes poignets aux pieds du cheval afin que ma tête pende dans le vide. Ils ont ensuite emprisonné mes cuisses de façon à ce que mes pieds ne puissent plus toucher terre. J'ai senti une bouche sur mon clito. Sa langue furetait sous le bord de ma ceinture de chasteté, taquinait mon vagin, me mouillait la vulve en insistant sur mon clito. Puis il a commencé à le sucer, tout en lui donnant des petits de coups langue. Je me suis mise à pousser des cris, j'étais tout à la fois excitée et torturée.

– Chut ! Silence, chérie. Essayez de vous taire, a-t-il dit, ce qui m'a un peu soulagée puisqu'il a dû interrompre ses succions pour parler.

Mais une nouvelle forme de torture a débuté quand il a recommencé.

Ne pas hurler était vraiment difficile, mais j'ai plus ou moins géré la chose. La sensation que j'éprouvais était un mélange intime de douleur et de plaisir. Au moment même où j'étais convaincue que mes tourments étaient trop violents pour que je puisse atteindre l'orgasme, il a réussi à glisser un doigt sous ma ceinture, jusque dans mon vagin. Sur-le-champ, j'ai commencé à jouir. Je ne pouvais ni bouger, attachée comme je l'étais, ni crier. Toute la violence de mon orgasme est passée dans mes frissons. Sous mon bandeau, je voyais des taches de toutes les couleurs, un vrai feu d'artifice. Quand je me suis enfin calmée, j'ai entendu une dispute entre deux hommes, dans la pièce mitoyenne.

James était l'un d'eux.

– Honnêtement, George, est-ce bien nécessaire ?

– Ce sont les règles maison, mon vieux. Ou c'est elle ou c'est vous qui devez prendre votre pied.

J'ai senti une main sur ma cuisse, et je me suis mise à trembler. James ! Damon l'encourageait.

– Ça ne sera pas long. Elle a déjà joui une fois, la seconde fois, ce sera plus facile.

Des doigts prudents ont tâtonné le long de ma vulve, à la lisière de ma ceinture de chasteté, et se sont mis à masser doucement mon clito ravagé.

– Oh, oh, James, s'il vous plaît !

Je ne voulais pas qu'il s'arrête. J'avais besoin de ce contact, de cette douceur. Je me suis tue, en pensant qu'à l'instant où il me reconnaîtrait, il allait s'arrêter.

– Elle est ici depuis combien de temps ?

– Quelques semaines, a dit Damon. Comme je vous l'expliquais, c'est son absence de services sexuels qui a entraîné ce jeu.

– La Société possède des règles bien étranges.

– Nous n'avons jamais prétendu le contraire, lui a accordé Damon. Les Anglais sont passés maîtres dans l'art d'inventer des excuses très sophistiquées pour se sauter les uns les autres de façon très élaborée.

– Et j'apprécie cet art, a dit James, même si tout ceci m'enthousiasme moins que mes camarades ici présents. Cette pauvre fille mérite quand même un minimum de considération.

Son long doigt a glissé le long de mon clitoris, dans un sens puis dans l'autre, comme s'il faisait vibrer la corde d'un violon.

Puis il est descendu plus bas, en me demandant :

– Vous aimez ça ?

J'ai incliné la tête, en essayant désespérément de ne pas me trahir.

– Dites-moi à quel point vous aimez ça ? a-t-il ronronné.

J'ai laissé échapper un sanglot avant de pouvoir répondre :

– Je… j'aime ça exactement comme ça !

Il s'est figé. Son doigt sur mon clito ne bougeait plus.

– Vous ai-je dit qu'elle s'appelait Ashley ? a demandé Damon.

J'ai poussé un cri quand il a enlevé ses mains.

– Qu'est-ce que ça veut dire ?

James avait repris son accent british, comme lorsqu'il était stressé.

Je secouais la tête, en tentant d'arracher mon bandeau.

– C'est moi, c'est moi !

– Vous êtes méprisable, s'est écrié James, sans que je sache s'il s'adressait à moi ou à Damon.

– Au contraire, je tiens mes promesses, lui a répondu celui-ci.

– Je ne participerai pas à vos jeux pervers.

Je l'ai entendu quitter la pièce.

– Je veux simplement vous parler ! ai-je crié.

Mais il était déjà en bas, dans le hall d'entrée. Je les entendais descendre l'escalier, lui qui s'enfuyait et Damon qui lui courait après. J'ai tiré sur les manchettes de mes poignets, mais j'étais bel et bien prisonnière. Je sanglotais de frustration.

Un instant plus tard, Vanette est arrivée et m'a détachée.

– Qu'est-ce qui s'est passé ?

– C'est Damon… (J'ai essayé d'articuler.) Il…

J'ai cligné des yeux quand elle m'a enlevé le bandeau et m'a aidée à m'asseoir sur une chaise.

Mais Damon était déjà de retour.

– Hélas, il est parti.

– Vous l'avez laissée attachée sans surveillance ?

– Juste un instant, a répondu Damon. La porte était ouverte, et Charles et Daniel étaient là tous les deux.

Vanette a regardé tout autour d'elle dans la pièce vide, d'un air accusateur.

– Ça suffit comme ça. Et vous avez eu ce que vous vouliez.

– Les règles exigent cinq fois. Si vous considérez la quatrième fois comme valable, il lui en manque encore une. Je vais l'honorer et ensuite, elle pourra y aller.

Vanette a croisé les bras en disant :

– Bien, vous serez le dernier. Et ce sera tout. Ensuite, vous me l'envoyez pour que nous fassions un point.

– Ouvrez sa ceinture, a demandé Damon en esquissant un sourire.

– Ai-je besoin de vous rappeler les règles ? Tant qu'elle est sous ce toit…

– J'en suis parfaitement conscient, a répondu Damon. Je vous promets de ne pas la pénétrer. Pas même avec mon petit doigt, pas même si elle me supplie de le faire.

Vanette, exaspérée, a ouvert la serrure, m'a enlevé la ceinture et l'a emportée avec elle. Damon a fermé la porte derrière elle.

– Mais c'est quoi ce bordel, Damon ? ai-je dit en sautant sur mes pieds dès que nous avons été seuls. C'était ça, votre super plan pour nous mettre en présence ? J'ai plutôt l'impression que c'était pour vous retrouver seul avec moi.

– Surveillez votre langage ! a-t-il dit en claquant des doigts. Le fond comme la forme. Vous avez commis deux infractions en une seule phrase ! Tournez-vous.

– Je ne plaisante plus, ceci n'est pas un jeu.

– Non, en effet, c'est pourquoi vous feriez mieux de m'obéir.

– Bien.

Je me suis retournée et il s'est pressé contre moi. J'ai senti son pantalon tomber par terre et son érection contre ma colonne vertébrale.

– Baissez-vous ! a-t-il aboyé, et nous nous sommes retrouvés à quatre pattes sur le tapis, comme un couple de lutteurs.

Il m'a poussée jusqu'à me faire tomber face contre le sol, sur la laine épaisse, sa queue entre mes jambes.

– Gardez vos genoux serrés.

Il m'a baisée ensuite, dans la fente entre mes cuisses. Sa bite se frottait contre ma vulve, mais sans me pénétrer, comme il l'avait promis. Pas encore du moins.

– Il me semble que le départ précipité de votre ami est la preuve flagrante de son rejet, qu'en pensez-vous ?

La queue de Damon, longue et fine, poursuivait ses va-et-vient.

– Conneries ! Nous n'avons même pas pu nous parler, l'ai-je contré.

– S'il avait voulu vous parler, il serait resté. Dès qu'il vous a reconnue, il s'est enfui.

– C'est parce qu'il a honte de m'avoir abandonnée comme il l'a fait et qu'il a peur d'affronter les conséquences de son geste.

J'ai serré les dents. Est-ce ce que je croyais vraiment ce que je venais de dire ? Il le fallait pourtant, absolument.

Damon, lui, voulait que je pense autrement.

– Vous vous accrochez à une illusion. C'est un looser. Un homme du passé. Ne comprenez-vous pas que c'est moi l'homme qui saura satisfaire tous vos désirs ?

– Vous m'avez offerte comme objet sexuel aux autres, voilà tout ce que vous m'avez apporté.

– Je vous emmènerai loin d'ici, Karina. Je ne laisserai plus jamais aucun homme vous toucher, si tel est votre désir.

– Nous ne parlons pas de ça !

J'ai essayé de le dégager, mais il me tenait fermement.

– Je ne vous appartiens pas !

– Non, pas encore. Mais vous m'avez promis une nuit, une nuit où je pourrais faire tout ce que je veux, sans aucune restriction.

– Seulement s'il me rejetait !

– Vous appelez ça comment, vous, sa fuite en vous voyant ?

– Taisez-vous ! Vous ne le connaissez pas comme je le connais.

Je luttais encore plus, mais ça ne servait à rien, il me plaquait de toutes ses forces.

– Et moi qui pensais que vous étiez une femme d'honneur !

– Je le suis, et je le prouverai !

– Comment ?

Il s'était mis à haleter, maintenant.

J'ai serré mes jambes encore plus fort.

– Donnez-moi encore deux semaines. Encore deux semaines, et si je ne suis pas réconciliée avec lui, je vous promets que vous l'aurez, votre nuit avec moi.

Il m'a répondu par un cri dans l'oreille, en éjaculant de violents jets de sperme entre mes jambes avant de s'effondrer sur moi en râlant.

Au bout d'un moment, il s'est relevé. Quelque chose m'a frappé la tête. En levant les yeux, j'ai vu une boîte de lingettes. Quand je me suis assise pour m'essuyer, il avait disparu.

Cette nuit-là, j'ai tout raconté à Vanette. J'ai vidé la moitié d'une boîte de mouchoirs, tellement j'ai pleuré. Mais à aucun moment elle n'a perdu patience, ne m'a jamais pressée d'en arriver à la conclusion de mon histoire. Peut-être voulait-elle ainsi me permettre de me soulager, je ne sais pas.

– Si je comprends bien, l'homme qui se fait appeler Jules est celui pour qui vous m'aviez dit que vous vous gardiez, m'a-t-elle dit en m'installant à une petite table ronde, devant une tasse de thé, dans son bureau.

Elle s'était assise en biais par rapport à moi. Elle avait son bloc avec elle, mais n'avait rien écrit dessus.

– Oui, ai-je dit en retenant un sanglot. Damon m'avait dit qu'il m'aiderait à lui parler.

– Peut-être devriez-vous commencer par le début et me raconter comment vous avez rencontré Damon.

– Je crois que je dois remonter plus loin, car ce ne fut pas mon premier contact avec la Société.

– Ahhh ! Racontez-moi.

Je lui ai donc donné une version abrégée de la façon dont Théo Renault, mon directeur de thèse, m'avait fait des propositions, comment j'avais rencontré James, jusqu'à l'histoire de la soirée organisée par la Société où il m'avait emmenée.

– Une des raisons qui m'ont décidée à dénoncer Monsieur Renault, c'était qu'on m'avait dit que sa demande d'adhésion à la Société serait refusée si je le faisais. Il s'est ensuite présenté devant chez moi, ivre et délirant sur le fait que j'avais ruiné ses chances d'entrer dans ce qui m'a semblé à l'époque s'appeler la Société du Gant Écarlate.

Elle a hoché la tête.

– Certains prédateurs sexuels essaient de s'introduire dans nos cercles. C'est toujours notre plus vif intérêt de nous en débarrasser. Mais pourquoi Jules et vous vous êtes-vous séparés ?

Je devais maintenant décider de ce que je lui racontais. Mais je me suis rendu compte que je pouvais très bien lui décrire la situation sans lui répéter ce que James m'avait confié.

– Jusqu'alors, je ne le connaissais que sous ses pseudos, alors que lui savait tout de moi, où je vivais, où j'allais en fac. S'il m'aimait, s'il m'aimait vraiment, quand allait-il me le dire ? Je commençais à trouver notre relation très déséquilibrée.

J'ai dû faire une pause pour pleurer un bon coup et évacuer les craintes qui me rongeaient depuis lors.

– Je pensais que nous avions depuis longtemps dépassé la simple aventure érotique. Nous avions prononcé le mot amour, même si nous n'avions pas échangé une foule énorme de serments, vous voyez ?

– Je vois, a-t-elle répondu en me laissant le temps de retrouver mes esprits.

– Bien que jusque-là nous n'ayons pas… nous n'ayons pas vraiment fait l'amour jusqu'au bout, non plus.

Elle était si sérieuse, si calme, que je n'éprouvais aucune honte à lui raconter mon histoire.

– Nous nous y étions préparés. Donc, nous voilà dans cette grande soirée dont il me parlait depuis une semaine. Il me ligote et me fait tous ces trucs, nous nous retrouvons enfin au lit, et je lui dis…

Mon Dieu, mais qu'est-ce qui m'est passé par la tête ? Si j'avais su qu'il allait réagir comme ça, bien sûr que je ne l'aurais jamais fait. Mais à l'époque, j'avais cru que c'était la seule façon raisonnable de réagir.

– Je lui ai dit : « Non, vous ne pouvez pas me pénétrer si vous ne me dites pas votre vrai nom. »

– Ahhh !

Elle a penché la tête.

– J'ai senti que si je ne le lui demandais pas à ce moment-là, il ne me le dirait jamais. Nous étions seuls à ce moment-là. Ça n'était pas comme si je lui avais demandé de le crier sur tous les toits.

– Et il a refusé ?

– Non ! Il est allé jusqu'au bout. Il me l'a dit, et ensuite nous avons fait l'amour.

Bon, ça avait été plus difficile de lui avouer que je ne l'aurais cru. J'ai essayé de me calmer en respirant profondément.

– Enfin, c'est ce que je croyais. J'ai trouvé que c'était la plus formidable façon de faire l'amour de toute ma vie. Mais apparemment, ça l'avait rendu dingue. À la fin, il est parti en courant et a ordonné à Stéphane, son chauffeur, de me ramener en ville.

Après ça, elle m'a laissée pleurer un moment avant de me demander, quand j'ai commencé à me calmer :

– Vous a-t-il reparlé depuis ?

– Non, pas un mot. Pas même pour me dire d'aller me faire voir ou d'arrêter de l'appeler.

– Je comprends que ce genre de situation puisse pousser une fille à traquer un homme.

Elle a posé son stylo sur le papier, mais n'a rien écrit.

– A-t-il changé de numéro de téléphone ?

– Pas que je sache. Mais il s'est planqué et il est venu ici, en Angleterre. J'ai entendu certains de vos membres lui parler. Ils ont l'air de le connaître en tant qu'artiste.

– Oui, notre Société a financé quelques-unes de ses installations par le passé. Le happening en privé dans la maison de verre, les cravaches, tout ça, je comprends mieux maintenant.

– Il a une réputation de solitaire. Il a l'habitude de disparaître. J'ai suivi la rumeur qui le disait en Angleterre.

– Très bien, mais qu'est-ce que Damon vient faire là-dedans ?

J'ai soupiré.

– Jules m'avait présentée au conservateur de la Tate pour qui je travaille en ce moment. Damon est venu faire une visite privée avec Nadia et Juney. Quand il a compris que je n'étais pas aussi jetée que l'habituelle étudiante en histoire de l'art, il m'a montré le gant qu'il avait dans la poche, et ça a fait tilt.

– Ah ! Donc vous saviez qu'il pouvait y avoir un lien entre lui et votre amour perdu ?

– Oui. Et Damon m'a offert un boulot ici et son aide pour retrouver Jules. J'ai saisi ma chance. À ce moment-là, c'était la seule piste que je possédais.

– Et voilà comment Damon vous a mis en présence dans cette pièce.

Elle a claqué sa langue en secouant la tête.

– Dites-m'en plus sur votre relation avec Damon.

– Quelle relation ? Il a essayé de me sauter dès le premier jour. Il n'existe aucune relation entre nous.

– C'est vrai.

Elle approuvait de la tête.

– Donc, vous diriez que c'est une relation à sens unique, de son côté ? Qu'il est fou de vous, mais que vous ne ressentez rien de particulier pour lui ?

– Je ne crois pas qu'il se soucie de moi. Je pense qu'il s'accroche parce que je représente un défi pour lui. Une fois qu'il aura eu ce qu'il veut, je perdrai tout intérêt à ses yeux. Il me laissera tomber pour sa conquête suivante.

Vanette s'est levée et s'est étirée avant de se resservir du thé et d'en rajouter un peu dans ma tasse, bien que je n'y aie pas encore touché. J'en ai bu une petite gorgée. Il était tout juste tiède.

– Je ne peux que faire des suppositions quant aux motivations de Damon. Je le connais depuis longtemps. Ce qui me fait penser que vous avez dû lui promettre quelque chose, au cas où Jules vous rejetterait définitivement ?

– Je lui ai promis de lui offrir toute une nuit avec moi, si Jam... oups !... Jules me rejetait. Il prétend que cette nuit en sa compagnie me le fera définitivement oublier, qu'il sera un amant tellement supérieur et un tel maître que j'abandonnerai cette attirance pour l'homme qui m'a délaissée.

– Vous y croyez ?

– J'en doute. S'il pouvait vraiment y parvenir, et que Jules m'avait définitivement convaincue que nous n'avions plus rien à faire ensemble, je le laisserais faire l'essai. Mais je n'y crois pas, même s'il en a l'intention. Comme je vous l'ai dit, je pense qu'une fois son pari gagné, je deviendrai pour lui un autre trophée, comme Juney et Nadia. Dans quelques mois, il draguera quelqu'un d'autre et je serai à nouveau coincée.

Vanette a opiné.

– Alors, quand vous avez dit que vous vouliez comprendre comment fonctionnaient les esprits des dominateurs, en fait c'était à Jules que vous pensiez ?

– Oui, parce que j'ai commis une terrible erreur avec lui.

– Je n'en suis pas si sûre. J'ai plutôt l'impression que vous le connaissiez tellement bien que c'est ce qui l'effrayait le plus. Comme vous l'avez dit vous-même, c'est un solitaire qui vit dans le secret.

– C'est ce que j'ai dit à Stéphane ! Qu'il avait eu peur. Je pense qu'il a réalisé l'emprise que j'avais sur lui. Je suis certaine qu'il n'aurait pas dévoilé son identité à la première venue. Mais comment le saurai-je jamais si nous n'avons plus aucun contact ?

– Et maintenant que vous avez établi ce contact, rien dans son attitude ne contredit ce que vous pensez de lui, qu'il vous fuit parce qu'il a peur.

– Ouais. Tant qu'il ne m'aura pas dit en face, calmement et honnêtement : « Je ne vous aime plus », je ne pourrai pas croire que notre histoire est terminée.

En disant cela, mes larmes se sont taries. À cet instant précis, j'étais tellement certaine qu'il ne pourrait jamais me dire ça.

Vanette s'est remise à boire son thé à petites gorgées, et j'ai fait de même en attendant ce qu'elle allait dire. Elle a ramené la conversation sur la Société.

– Je ne peux pas prétendre que vous avez rejoint notre club sous un faux prétexte, puisque dès notre premier entretien, je savais que vous étiez sous l'emprise d'un dominateur inconnu. Damon est sur la sellette pour nous avoir caché une partie de la vérité. C'est lui le responsable de tous ces ennuis, pas vous. À présent, la question se pose de savoir si vous continuez ou pas votre formation. Comment vous êtes-vous sentie, cette nuit ?

Je n'ai pas pu m'empêcher de frissonner.

– Faire l'amour ou faire un semblant d'amour avec quiconque ici n'a aucun intérêt pour moi, ai-je admis. Je n'attendais qu'une chose, c'est que ça s'arrête. Les… les hommes ont tous été parfaitement charmants. J'ai aimé être flagellée. Mais assouvir des fantasmes sexuels pour le plaisir ne m'intéresse pas vraiment. Je veux juste que Jules me revienne. Si le fait de suivre cette formation peut m'y aider, je ne regrette pas une seconde de l'avoir entreprise. Mais ce n'est vraiment pas mon truc.

– Hélas, c'est bien ce qui me semblait, répondit-elle. Vous êtes pourtant la seule parmi nos stagiaires qui ait montré une réelle aptitude pour le service. Enfin, vous et Stuart.

– Est-ce que tout va bien pour lui ? ai-je demandé, sans réfléchir à ce que je disais.

– Mais oui. Un de nos membres s'occupe de lui une fois par mois. La semaine suivante, il est sur un petit nuage, d'excellente humeur et parfaitement équilibré. « Stu » est incapable de demander ce dont il a besoin, et il est bien trop poli pour montrer ses désirs. Burns et ses amis prennent soin de lui.

J'ai un peu gloussé.

– Et moi qui croyais qu'il était nerveux.

– Il va se refermer graduellement, et dans un mois, ils vont à nouveau s'en occuper. Ça marche à tous les coups.

Elle m'a fait un grand sourire.

– Parlons de vous. Je suis navrée, mais à moins que vous n'ayez une très bonne raison pour rester, nous allons devoir nous séparer de vous, puisqu'il me semble que malheureusement, nous n'ayons aucune chance de revoir votre Jules et que, du coup, vous n'ayez aucune envie de rester.

– Vous avez raison, je n'ai plus aucune raison de rester ici.

– Quant à moi, je suis désolée que nous n'ayons pas pu trouver de solution pour Jules et vous, a-t-elle poursuivi. Gardez mon numéro. Si finalement il vous rejette, ou que vous décidez de le laisser tomber et que vous souhaitez revenir, je serai toute disposée à en discuter avec vous.

– Vous feriez ça ?

– Je vous aime bien, Karina. Vous êtes brillante, intelligente et vous avez du cœur. En plus, vous êtes une masochiste née, et vous avez le sens du service. Vous nous seriez très utile si vous vouliez être des nôtres. Même s'il faut bien reconnaître que, pour l'instant, ce n'est pas le cas.

– Ouais.

– Je vous appelle un taxi pour rentrer. (Elle s'est levée.) Voici un dernier conseil. Savez-vous ce qui excite Damon George ?

– Les yeux bandés ? ai-je suggéré.

– Repousser les limites. Ce qui le fait bander, c'est de se confronter aux règles et aux interdits. Pas de les violer, parce que cela l'exclurait de trop d'endroits, mais de tester jusqu'où il peut aller dans cette zone floue, juste avant la ligne jaune. Et c'est un homme qui pense avec sa queue.

– Êtes-vous en train de me dire de ne pas lui faire confiance ?

– Je vous dis juste d'être consciente de ce qui le guide.

– Merci. C'est un bon conseil.

Il pouvait tout aussi bien convenir à James. Qu'est-ce qui le rendait si secret, si fermé, si prudent ? J'espérais avoir la possibilité de le découvrir.

12

Des images de fragments lumineux

Le taxi m'a déposée devant l'Artiworks. Malgré l'heure tardive, la lumière était encore allumée. Elle se diffusait à travers les vitres encore recouvertes de papier journal. À l'intérieur, je suis tombée sur Michel, un rouleau de chatterton autour du poignet, qui faisait les cent pas sur une partie légèrement surélevée du plancher. Bien qu'à peine plus haute de quelques centimètres que le reste du sol, elle allait faire office d'estrade.

– Ah ! Karina, pouvez-vous m'aider ? m'a-t-il demandé en me tendant l'extrémité d'un mètre ruban. Maintenez-le sur ce bout de scotch, là.

Il me désignait une croix en chatterton qu'il avait faite au sol. Il a mesuré la distance qui lui convenait et a fait une autre croix. Il a encore marqué deux endroits différents, avant de reculer.

– Parfait ! Ça ira, Dieu merci !

– Qu'est-ce qui ira ?

– La grande installation de votre ami qui va faire l'ouverture de la galerie, bien sûr ! Nous aurions eu encore beaucoup de place par ici pour la partie dansée, qui hélas semble compromise bien que je garde encore espoir, a-t-il poursuivi en me montrant un espace qui allait de l'estrade jusqu'à l'endroit où des chaises et des tables seraient installées plus tard.

– Qu'est-ce qui s'est passé avec le spectacle de danse ?

– La danseuse étoile s'est fait une sévère entorse à la cheville. Quant à son mari, qui fait aussi partie de la troupe, lui s'est cassé le coude ! Étrange coïncidence, non ?

– Ils ont eu un accident de voiture ?

– Hé, hé ! Ce serait une excuse bien commode, mais je pense qu'il s'agit plutôt d'un accident à teneur sexuelle.

Il a levé les yeux au plafond, où deux grands anneaux de levage avaient été installés.

– Ils répétaient leur performance et je crois qu'ils se sont laissé emporter. Et ensuite, l'anneau de levage de leur plafond a cédé. Hélas. Ça risque d'être ennuyeux sans la danse.

J'avais cru qu'il allait dire que ce serait ennuyeux sans sexe, mais non. J'ai regardé les anneaux au plafond.

– J'imagine que vous allez y suspendre une sculpture, ou une lampe, ou un autre truc ?

– Oui.

C'est là qu'il m'a regardé fixement, pour la première fois depuis que j'étais rentrée.

– Est-ce que tout va bien, ma chérie ? On dirait que vous avez pleuré.

– Oh ! Je vais bien, je vais bien.

– Cet homme avec qui vous avez passé tout le week-end, est-ce qu'il a posé problème ?

Michel avait pris mes mains dans les siennes.

– Ce n'est pas lui, Misha. Ça... ça va aller. Alors, cette installation ? Quand est-ce qu'il va venir la mettre en place ?

Il s'est raclé la gorge.

– Il nous envoie la plus grande partie avec deux de ses assistants, qui la monteront. Lui n'arrivera que le jour de l'inauguration, avec les derniers éléments. Oh, je vois à votre moue que vous êtes déçue...

J'ai serré ses doigts entre les miens.

– Je crois que je dois vous avouer quelque chose, à Paulina et vous.

– Quelque chose d'important ?

– Très important. Mais tout d'abord, laissez-moi vous dire que j'ai fait de la danse moderne. Je... je pourrais tout à fait imaginer une performance pour la soirée d'inauguration. En réalité, ça me ferait très plaisir de le faire.

– Vraiment ? D'accord, chérie. Mais sortons d'ici, que vous nous expliquiez votre idée par le menu, à Paulina et moi, et que vous nous disiez votre grand secret.

– Bien.

Nous avons éteint la lumière et nous sommes sortis par la porte de devant. Michel l'a fermée à clé, avant d'ouvrir celle de l'appartement. En haut, Paulina venait de sortir de son atelier et posait une bouilloire sur le feu.

Nous nous sommes installés dans leur salon rempli d'œuvres d'art. Les toutes dernières étaient des choux à la crème et des éclairs confectionnés par Paulina et posés au centre de la table.

– Si j'ai le temps, j'en préparerai d'autres pour le buffet du vernissage, dit-elle en saisissant un mini-éclair.

Ils étaient délicieux, mais certains d'entre eux avaient une forme bizarre.

– Tsss, ils sont vraiment artisanaux, s'est moqué Michel. Je trouve que tu devrais donner à chacun une forme originale, unique.

– C'est plus difficile que de les faire tous semblables ! lui a-t-elle répondu en léchant ses doigts pleins de chocolat.

– Mais personne ne prétend que créer est toujours facile. (Michel a levé les yeux.) Karina aussi a une idée pour le vernissage.

– Michel m'a raconté que les danseurs s'étaient blessés et qu'à moins de deux semaines de l'ouverture, c'était trop tard pour pouvoir les remplacer. Mais je crois que je pourrais faire quelque chose.

– Faire quelque chose ? a demandé Paulina.

– Danser quelque chose. Ça fait un bail, mais j'ai une petite idée. Si la pièce est bien celle que j'ai vue à York, je sais même comment l'intégrer à ma performance.

– Oh, c'est très excitant ! Misha, as-tu les photos qu'il nous a envoyées par email ?

– Je vais les chercher.

Il a posé sa tasse de thé et a disparu dans la pièce voisine. Il est revenu avec des photos qui étaient toutes cotées. Hauteur, largeur et emprise au sol de chaque pièce étaient mentionnées.

– Ça correspond exactement à ce dont je me souviens, ai-je dit en examinant les images, pour les passer ensuite à Paulina. Vous a-t-il dit ce que c'était censé évoquer ?

– Non, il n'en pas dit un mot. Mais je peux très bien interpréter l'art abstrait, a répondu Michel en faisant craquer les jointures de ses doigts. Tout ce rouge ? Ça ne peut pas être autre chose que du sang. Le sang versé, c'est un conflit. Et cette gueule rouge, déchiquetée et menaçante qui apparaît au-dessus ? C'est quoi ? Un bout de son cœur brisé qu'il a abandonné. Non ?

– Ce truc, c'est une plante carnivore, a poursuivi Paulina. Les pétales se transforment en dents, histoire de dire que beauté ne rime pas forcément avec passivité. Et cette protubérance au centre, c'est bien entendu l'étamine. Ou le pistil, j'ai oublié mes cours de botanique… Ce truc sexuel qui se dresse.

– Fais comme Freud, appelle-le phallus, a plaisanté Michel.

– Moi, ça m'évoque aussi le monde flottant de l'art nippon, ai-je dit en montrant la gueule griffue et écarlate en surplomb. Ça ressemble à la grande vague déferlante d'Hokusai, sauf que celle-ci est rouge au lieu d'être bleue.

– Ah, oui, je vois ! (Michel paraissait surexcité.) Ça ne peut pas être un hasard. C'est sûrement intentionnel. Juste au-dessus de ces aiguilles dont les parties blanches opaques recouvrent les parties rouges… Mais d'après vous, quelle est la signification de cette pièce ?

– J'y ai beaucoup pensé, je crois que l'association avec la vague nous dit quelque chose de la puissance du désir. Une fois que la force de la passion est libérée, plus rien ne peut l'arrêter. Les hommes pensent pouvoir contrôler cette part de nature qu'ils ont en eux, mais ils se trompent. Plus rien ne peut arrêter la vague quand elle a atteint sa taille maximum.

– Ah ! Et ce pistil dressé représente bien un phallus, a poursuivi Michel. Quel artiste ne rêve pas de sublimer le sien ?

– Les femmes, peut-être ?

Paulina lui a tapé sur l'épaule.

– Écoute ce que te dit Karina.

J'ai poursuivi.

– Dans son cas, c'est sans doute un phallus. Mais je dois vous poser une question, les amis. Misha m'a dit que les danseurs avaient prévu un spectacle très… sexuel.

– Je crois qu'ils avaient prévu de simuler l'acte sexuel, mais de façon à ce que les spectateurs se demandent si c'était vrai ou pas, m'a expliqué Michel. Pourquoi posez-vous cette question ?

– C'est ce que je vais faire, moi aussi. Je vais interagir avec la sculpture, comme si c'était le désir masculin qui s'éveillait. Cela risque d'être… hum… assez osé.

– Osé, c'est bien, a répondu Paulina. C'est parfait. Mais que dirons-nous à l'artiste ?

– J'aimerais garder le secret. Bien évidemment, je n'endommagerai pas son travail. Mais voilà la seconde chose que je voulais vous dire.

Tous deux restaient silencieux, comme suspendus à mes lèvres.

– J'ai déjà participé à une performance avec JB Lester.

Comment pouvais-je leur avouer cela ? Et si je m'étais trompée, et qu'en fait ils ne connaissaient pas James ?

– C'était avant que je sache… qui il était vraiment.

Paulina a hoché la tête.

– Nous le soupçonnions depuis longtemps d'être JB Lester, mais nous n'en avons touché mot à aucun membre de la communauté de Lord Lightning.

J'ai poussé un soupir de soulagement.

– Alors, vous comprenez ?

– Oui. Je crois qu'une de ses raisons pour accepter d'exposer à l'Artiworks, c'est qu'il sait pertinemment que nous sommes capables de garder ses secrets, a dit Paulina.

– Et il nous doit une faveur, depuis… oh, environ dix ans, a gloussé Michel.

Paulina a versé du thé dans sa tasse, puis dans la mienne.

– Excusez-moi, vous disiez ?

– Oui. J'ai eu… une histoire avec lui. Je crois qu'elle n'est pas terminée, mais il a pris la fuite, il se cache de tous, de moi y compris.

Michel m'a jeté un regard malicieux :

– Alors, nous allons devoir maintenant garder aussi un de vos secrets !

– Je tenais à vous en parler parce que je ne voudrais pas qu'il rompe avec vous sous prétexte que vous m'avez aidée. Il est parfois très irrationnel.

– Et il se prend pour une diva, un égocentrique pour qui l'arbre cache la forêt ? a poursuivi Michel. C'est sans doute la nature profonde de l'artiste. Ne vous inquiétez pas, chérie, nous pouvons supporter ses sautes d'humeur. J'approuve totalement votre idée de performance artistique. Est-ce que vous allez porter un masque et l'enlever à la fin ?

– Vous lisez dans mes pensées. Il faut que je choisisse une musique et que je répète, mais je peux tout à fait être prête dans deux semaines. J'aurai sans doute besoin d'aide pour mon costume…

– Ma machine à coudre est à votre entière disposition ! s'est écrié Michel en se redressant, puis en me faisant un salut militaire. Ça va vraiment être très amusant ! Et ce sera tellement merveilleux de revoir James !

Entendre prononcer son prénom à voix haute m'a fait frissonner de la tête aux pieds. Tout cela était donc réel. James était réel. Il allait venir. Et cette fois-ci, j'avais un plan pour notre rencontre, et de réels alliés.

Maintenant, il allait falloir que je pratique un art que j'avais abandonné depuis deux ans déjà. Être ligotée et vendue comme esclave me paraissait presque plus facile ! Mais je m'étais engagée à le faire, et l'enjeu était de taille.

Je me suis mise à répéter. Pas moins de cinq ou six copains de Misha et Paulina sont venus nous prêter main forte pour finir de peindre toute la galerie, avant de terminer le plancher. Il fallut compter deux jours supplémentaires pour que le vitrificateur sèche, mais le résultat final était splendide. L'espace était encore vide, je l'ai utilisé comme studio de danse. Je me suis peu à peu remémoré mes exercices d'échauffement et les étirements. Ma souplesse est revenue plus rapidement que je ne le pensais.

Damon George également. Mon téléphone a sonné un soir, pendant que je m'entraînais et que Michel bricolait une énorme machine à expresso qu'il avait récupérée.

– Comment allez-vous, Karina ? m'a-t-il demandé.

– Je vais bien. Qu'est-ce que vous voulez ?

– Inutile d'être désagréable, Karina. Je sais que les deux semaines ne sont pas encore écoulées. Mais j'ai besoin de votre aide pour un de mes projets.

– Quel genre ?

– Un projet artistique.

– Vraiment ? Je suis très occupée, Damon.

– J'ai besoin d'un modèle, et vous seule pouvez le faire.

– Je n'ai pas le temps de poser pour un tableau.

– Il ne s'agit pas d'un tableau, mais de photos qui serviront de modèles. Il y en a pour deux heures à tout casser, je vous le promets.

– Damon…

– Et je tiens toujours mes promesses, vous le savez.

– Deux heures, pas plus, et vous promettez de ne rien tenter.

– Que voulez-vous dire par rien ?

– Vous promettez de ne pas me fourrer votre queue, ai-je crié. Nous sommes bien d'accord ?

– Oui, oui, bien sûr ! Seigneur, Karina vous pensiez que j'aurais pu l'oublier ?

– Et vous, avez-vous pensé que j'allais oublier que vous avez essayé de m'y entraîner, la dernière fois ?

– J'avais dit deux semaines, et je m'y tiendrai. Vraiment, je vous donne ma parole. Je ne vous pénétrerai ni avec ma bite ni avec quoi que soit d'autre. C'est d'accord ? Pourquoi pas demain ?

– Bien, à quelle heure ?

– Je passerai vous prendre au musée, après votre dernière visite. Qu'en dites-vous ? Et vous serez rentrée chez vous avant le coucher du soleil.

– Le soleil ne se couche pas avant neuf heures du soir ! Nous sommes en été, lui ai-je répliqué.

– Quand bien même.

– Très bien. Dois-je prévoir des vêtements ?

– Non.

– Pourquoi est-ce que ça ne me surprend pas ?

– À demain après-midi, Karina.

Sur ce, il a raccroché. Bon Dieu, comme il m'exaspérait ! James ne m'aurait jamais fait marcher comme ça. S'il m'avait accordé deux semaines, je suis certaine qu'il ne m'aurait pas appelée, même pas une minute avant la fin du délai. Et si je lui avais dit que je n'avais pas le temps de faire quelque chose, jamais il n'aurait insisté pour me faire changer d'avis. James respectait les limites et savait très bien accepter qu'on lui dise non. Damon… Vanette m'avait prévenue, il essaierait toujours de tirer sur la corde au maximum, et ne s'arrêterait que juste avant d'avoir complètement transgressé les règles.

Michel a sorti la tête de derrière la machine.

– Tout va bien, Karina ?

– Mais oui. C'était un artiste qui veut que je pose nue pour lui.

– D'où votre insistance à imposer des limites. Vous avez parfaitement raison.

Il m'a souri.

– Vous ai-je déjà raconté que Paulina et moi nous nous sommes rencontrés aux Beaux-Arts ?

– Non, mais je m'en doutais.

– Elle était en section peinture, et moi en sculpture. Et chacun de nous a fini par devoir poser pour l'autre, quand nous avons été en panne de modèles. C'est rigolo, mais j'avais besoin d'un modèle masculin, et elle d'un modèle féminin. Nous nous sommes donc travestis pour la première fois.

J'avais voulu lui en parler, mais je ne savais pas comment aborder le sujet. Je me suis assise devant le bar en marbre, sur le seul tabouret grinçant.

– C'est comme ça que le tableau où vous portez chacun les vêtements de l'autre est né ?

– Exactement. Elle porte beau. Moi, hélas, je ressemble à une bonne femme mal fagotée, mais elle m'aime quand même comme ça !

Il a haussé les épaules en souriant.

– À cette époque, James s'initiait au travail du verre. Il faisait partie d'un petit groupe d'étudiants qui traînaient autour de notre atelier.

– Quel âge avait-il alors ?

C'était toujours aussi palpitant de pouvoir parler de lui avec quelqu'un.

– Oh, il était en fac, il devait avoir vingt ou vingt et un ans. C'était le plus sage de tous, vous pouvez croire ça ?

– Oui, tout à fait.

– Il laissait toujours la première place sous les projecteurs à quelqu'un d'autre. Il restait en arrière. Bien sûr, il était si beau garçon que tout le monde se jetait à son cou. Mais vous n'avez pas envie que je vous raconte ce genre de choses ?

J'ai haussé les épaules.

– Je sais bien que les filles passent leur temps à sauter dans les bras des rock stars.

– C'est peut-être pour ça qu'il est tellement secret. Il peut sortir acheter son journal sans qu'une horde de fans se jette sur lui. Ils sont peu nombreux, ceux qui, aussi célèbres que lui, peuvent agir ainsi. Les stars sont prisonnières de leur renommée.

– Est-ce la raison pour laquelle il a arrêté de se produire en concert ? Est-ce que ça devenait trop difficile de garder le secret ?

– Je n'en sais rien. J'espère que vous aurez l'occasion de le lui demander.

Le jour suivant, comme promis, Damon est venu me prendre au musée au volant d'un petit cabriolet de sport italien, hyper mignon. Je pense que j'étais censée être impressionnée. Pendant que nous longions la Tamise avant de la traverser, il m'a raconté qu'il peignait depuis des années mais qu'il avait toujours jeté ses toiles, qu'il considérait comme non abouties. Je découvrais une nouvelle facette de sa personnalité, que je ne soupçonnais pas. Je l'avais toujours pris pour un riche play-boy, un magnat parfaitement sûr de lui. L'entrevoir comme un artiste tourmenté, voilà qui était tout à fait nouveau pour moi.

Ses mains tremblaient quand il a essayé d'introduire la clé dans la serrure de son atelier. Il m'a fait monter jusqu'à un loft, que de larges fenêtres baignaient de lumière naturelle. Au centre de la pièce, il y avait quelque chose d'environ 2,30 mètres de haut, drapé dans un tissu noir si long qu'il recouvrait le plancher sur un bon mètre, tout autour de l'objet. Des appareils photo étaient installés sur des trépieds, entourant cette chose, quoi qu'elle fût.

– Déshabillez-vous pendant que moi je vais m'habiller.

J'ai enlevé mes vêtements. J'ai hésité à garder mon shorty et mon soutien gorge LOU en dentelle noire, mais je me suis doutée du genre de peinture sur laquelle il travaillait, et qu'il préférerait que je sois nue. Des photocopies laser du triptyque de Persée et Andromède de Burne-Jones étaient posées là. Je me suis souvenue qu'il m'avait dit qu'il fallait les envisager dans le sens inverse à celui du mythe. Au lieu de sauver Andromède, Persée l'enchaînait à une colonne. Puis il lui faisait l'amour, dans ce qui serait la suite de l'histoire.

– Vous ne renoncez jamais, n'est-ce pas ? me suis-je dit, en hochant la tête.

Enfin, il avait promis…

Quand Damon est réapparu, il portait une armure de cuir. Ses cheveux étaient artistiquement ébouriffés. Je dois admettre qu'il était très sexy, mais j'ai réfréné mes sentiments. Pas question d'être tentée par lui, alors que James, en chair et en os, était sur le point de tomber entre mes mains.

Il s'est approché de moi. Le cuir crissait.

– Vous vous souvenez de ce que je vous ai dit au sujet de Persée ?

– Je m'en souviens parfaitement. Mais vous ne m'aviez pas dit que c'était vous, le peintre dont vous parliez.

– Nous avons tous nos petits secrets.

Il m'a montré la scène.

– Si vous voulez bien me rejoindre ?

L'objet recouvert de tissu symbolisait donc le pilier de pierre auquel Andromède était enchaînée dans le tableau de Burne-Jones. Je n'ai pas été étonnée qu'il sorte des chaînes et des menottes pour m'attacher les poignets. Elles étaient bien moins agréables que celles du club, doublées de fourrure.

– Faisons un essai de lumière.

Il a ajusté ma position. J'avais les bras levés au-dessus de la tête, les poignets croisés, le dos contre le pilier. Il tenait un petit retardateur. Il s'est reculé et j'ai entendu le déclic des appareils photo. Il s'est dirigé vers quelque chose et m'a demandé :

– Vous voyez ça ?

En me tordant le cou et en tendant les bras, j'ai pu apercevoir l'écran de 60 pouces, derrière moi sur la droite. Un diaporama des photos qu'il avait prises sous divers angles y défilait en boucle.

– Parfait ! a-t-il dit.

Puis il a rajusté son casque en cuir et s'est approché de moi :

– Essayez comme ça.

Il m'a pris le menton et a incliné mon visage loin du sien :

– Fermez les yeux. Ayez l'air détendu. Andromède est consentante.

Les caméras se sont mises en marche.

– Vous en êtes sûr ? ai-je demandé, en prenant la pose.

– Bien sûr ! Il est son héros et représente également tout ce qu'elle trouve sexy dans le serpent de mer.

Il a changé de pose.

– La poitrine en avant, la tête en arrière, comme si vous n'en pouviez plus d'attendre d'être violée.

Les appareils photos se sont mis à cliqueter et à ronronner.

– Andromède sait qu'il n'y a aucun moyen de s'échapper. Elle ne sera pas dévorée par le serpent de mer, puisque c'est celui de Persée qui va la posséder à la place.

Peu importait. Je bougeais comme il me le demandait, en essayant de ne pas être trop sensible à la chaleur de son corps, si proche du mien, ou aux poses très suggestives qu'il nous faisait prendre.

– Levez une jambe, le genou sur le côté.

Mon vagin était ainsi offert aux caméras, dans une position totalement impensable dans la peinture préraphaélite, ou dans tout autre forme d'art. J'ai sursauté quand j'ai senti le contact de quelque chose sur mon ventre. C'était la lame de son épée.

– Regardez-moi dans les yeux, Karina, a-t-il dit tout en faisant glisser le métal vers le bas, jusqu'à ce que l'extrémité de la lame appuie sur ma vulve.

– C'est parfait.

Le métal, froid et dur, frottait mon clito. Ma respiration s'est accélérée, et je savais pertinemment que ma peau était en train de rosir.

– Parfait, a-t-il répété.

Ensuite, il a soulevé un de mes genoux jusqu'à sa hanche, en le faisant tourner pour que mon entrejambe soit toujours visible pour les caméras. Puis il a passé et repassé la poignée de son épée dans ma vulve, entre mes lèvres.

– Vous avez promis, pas de pénétration, ai-je haleté.

– Et il n'y en aura pas, même si vous me suppliez.

– Pourquoi est-ce que je sup…

J'ai stoppé net quand il a fait glisser le pommeau lisse, tellement lisse, sur mon clito.

– Parce que parfois on a besoin de laisser sortir ce qu'on a en soi. Ce n'est pas vrai Karina ? Vous ne savez pas pourquoi, mais c'est la vérité, n'est-ce pas ?

Je tremblais à la fois de désir naissant sous ses caresses et de détresse à ses paroles.

– Parfois.

Ça y était, je mouillais déjà, et de plus en plus fort.

– Je sais ce qui vous est arrivé, je le sais, a-t-il chuchoté. Un certain dominateur vous a modelée selon sa volonté, il a modelé votre organisme pour qu'il s'adapte à sa queue. Il vous a formée à répondre à ses caprices.

Quand il fait bouger plus rapidement le pommeau, je me suis mise à sangloter. Chacun de ses mots était vrai, James avait littéralement formé mon vagin avec les godes, et depuis la toute première fois où il m'avait procuré un orgasme, il avait contrôlé la façon de me donner du plaisir.

– Voilà l'unique raison pour laquelle vous vous languissez tellement de lui, a murmuré Damon à mon oreille. Vous pensez que vous avez besoin de lui comme d'une drogue. Vous essayez de rationaliser votre dépendance par tous les moyens.

Je gémissais en me déhanchant, de façon à pouvoir me frotter contre le métal, histoire de réussir à prendre mon pied. Mais je n'arrivais jamais à obtenir la bonne dose de pression et la bonne dose de friction.

– Je vous le dis, Karina, je peux être votre méthadone. Je peux devenir votre cure de désintox. Je peux faire de vous une femme à part entière, à nouveau. Je le peux. Je sais que je le peux.

Je gémissais et je grognais, furieuse qu'il me provoque de la sorte, et souhaitant presque qu'il ne tienne pas sa promesse et qu'il me pénètre avec un objet quelconque, qui me déclencherait un orgasme. J'en étais si proche, et pourtant si loin ! J'y étais presque. Et puis j'ai serré les dents en me promettant que la prochaine chose qui me pénétrerait, se serait le godemiché en verre de James, et rien d'autre. Rien d'autre. Tout à coup, j'ai compris comment mettre un terme à tout ça. Ça ne marcherait que si Damon ne me connaissait pas aussi bien qu'il le prétendait. Mais si ça marchait, je m'en tirerais à bon compte. J'ai pris une profonde respiration et j'ai commencé à simuler un orgasme.

Sur le coup, il a paru effrayé et a failli se retirer, mais j'ai crié :

– Non, n'arrêtez-pas, je vous en prie !

Il a eu pitié, ou a cru avoir pitié, et a frotté la poignée plus violemment contre moi. Ça faisait mal, mais les cris de douleur ressemblent parfois étrangement aux cris de jouissance, et j'ai continué jusqu'à ce qu'il me paraisse crédible de me relâcher.

Il a jeté son épée par terre, je l'ai entendue tinter. Il s'est penché sur moi et m'a embrassée, sa langue fouillait ma bouche. J'ai retenu mon souffle. Il m'a repoussée brusquement.

– Vous me résistez toujours, a-t-il dit en repoussant son casque et en secouant sa tête de dépit.

S'il avait vraiment cru que cela suffirait à me faire céder, il avait eu tort.

– Mes deux semaines ne sont pas encore écoulées, ai-je répondu. Laissez-moi partir maintenant.

Il n'a plus rien dit, m'a enlevé les menottes, m'a frotté un peu les poignets pour faire circuler le sang et a quitté la pièce.

Quand il est réapparu, quelques minutes plus tard,

il avait enfilé un pull et un pantalon, mais il était nu-pieds. Mes vêtements serrés contre ma poitrine, j'ai découvert que la pièce dont il venait de sortir était une chambre à coucher avec une petite salle de bains attenante. Je m'y suis lavée et rhabillée.

Quand je suis revenue dans la première pièce, il avait coupé l'écran vidéo. Il a ramassé les clés de sa voiture. Il m'a raccompagnée sans dire un mot. Son silence me déconcertait, mais je ne voulais pas mordre à l'hameçon et être la première à parler. Quand je me suis levée pour sortir de voiture, il a finalement dit :

– Cinq jours. Plus que cinq jours.

– Ouaip ! ai-je acquiescé en claquant la portière.

13

Je parie sur l'amour

Peter et Linae sont arrivés le lendemain, avec plusieurs caisses énormes et une troisième personne pour les aider : Hélène. Elle m'a sauté dans les bras en me voyant, puis ils se sont mis au travail en déplaçant, assemblant, faisant tout ce qui était nécessaire à la mise en place de l'installation, en suivant scrupuleusement les recommandations de « JBL ». Quant à moi, je suis allée travailler au musée, comme d'habitude. À l'heure du déjeuner, Tristan s'est faufilé derrière moi, à ma grande surprise, alors que je prenais quelques notes pour ma chorégraphie. Il a jeté un coup d'œil à mes dessins, qui ne représentaient rien d'autre qu'une danseuse. C'étaient surtout des indications de mouvements de bras et de jambes, des enchaînements que je voulais essayer plus tard.

– Qu'est-ce que c'est que ça ? a-t-il demandé. Des papillons ? Des hiéroglyphes ?

Je ne lui avais pas parlé de ma performance. J'espérais qu'il viendrait le samedi du week-end de vernissage et qu'ainsi il ne verrait pas la partie danse, du coup j'avais gardé le silence. Je voulais m'en tenir à ma promesse de ne pas mentir et je savais pertinemment qu'une fois que j'aurais ouvert la bouche, il serait trop tard.

– C'est la chorégraphie d'une danse. Mon ancien prof de danse avait l'habitude de noter les choses comme ça.

– Une danse ? Karina, j'ignorais que tu dansais !

Il a posé son doigt sur le sommet de son crâne et mimé une pirouette rigolote avant de trébucher comme quelqu'un qui a trop bu. Une fois son équilibre rétabli, il m'a demandé :

– Cette chorégraphie est pour toi ou pour quelqu'un d'autre ?

– Pour moi. Les danseurs qui devaient se produire pour le vernissage de l'Artiworks ont dû déclarer forfait, et j'ai proposé de les remplacer au pied levé.

– Oh, c'est fantastique ! Je dois absolument venir voir ça.

Je savais qu'il allait dire ça. Je lui ai donné l'heure, la date et l'adresse.

– Vendredi prochain, parfait, a-t-il dit, sans pour autant préciser ce qu'il trouvait parfait et sans que je lui pose la question non plus.

Ce soir-là, Michel et moi avons travaillé à mon costume. Vous avions choisi quelque chose de très pur pour la combinaison, un tissu ton sur ton avec ma peau qui donnerait l'impression, à une certaine distance, que j'étais nue, si l'on faisait abstraction des petits morceaux de strass rouges foncés qui étaient cousus sur la combinaison. La jupe, semblable à un pétale, était coupée dans un tissu diaphane avec des frous-frous blancs mousseux. Mon costume me faisait penser à celui d'une patineuse artistique, bien que Michel prétendît que ça ressemblait bien plus à ce que pouvait porter une ballerine. La combinaison avait trois petits crevés à l'entrejambe, comme les costumes de ballet traditionnels, m'avait-il expliqué. Il m'a également proposé de me coudre des ailes coordonnées à la jupe, pour me donner un style « Fée Clochette », mais j'ai trouvé que c'était un peu too much.

Nous devions encore confectionner le masque, mais il nous restait quelques jours pour cela. Pendant ce temps, en bas, la sculpture commençait à prendre forme. Le lendemain, j'ai passé un certain temps à l'examiner, pendant que Peter prenait minutieusement des mesures et installait les différentes parties à leur place.

– C'est une bouche géante, n'est-ce pas ? m'a-t-il demandé, pendant qu'à genoux, il fixait un morceau de verre oblong sous la partie principale et incurvée de la sculpture. Je veux dire, ces morceaux-là sont les molaires.

J'ai souri. Oui, il y avait bien quelques blocs de verre qui ressemblaient à des dents, mais les deux morceaux qu'il me désignait étaient évidemment des chaussures, non ? Pas pour Peter, apparemment.

Plus tard, cette nuit-là, j'ai été prise d'une soudaine crise d'angoisse. Et s'il n'appréciait pas ma danse ? Si je me ridiculisais ? Mais il était trop tard pour reculer. Et si je m'étais trompée ? Si James avait créé cette sculpture sans du tout penser à moi ? Je me suis glissée en bas sans bruit, dans la galerie, en me guidant avec la torche de mon téléphone et j'ai enfilé mon pied dans une des pièces en forme de chaussure. Elle m'allait parfaitement. J'ai ôté mon pied avec mille précautions, le cœur battant. Ça faisait quand même beaucoup, pour quelqu'un qui n'aurait pas pensé à moi. Mais ça ne prouvait pas qu'il désirait que je lui revienne. Toutes les grandes œuvres d'art sont sujettes à de multiples interprétations. Pourtant, je ne pouvais pas me permettre de croire qu'il allait me rejeter. Je devais rester positive.

Le phallus n'avait pas encore été installé. Je me suis demandé si James allait l'apporter avec lui. J'étais sûre que oui. Je me suis surprise à penser qu'à part les plugs de la ceinture de chasteté, je n'avais été pénétrée par rien d'un peu conséquent depuis fort longtemps. Une fois de retour dans ma chambre, j'ai sorti les godemichés de leur écrin. J'avais encore quelques jours. En mettre un par jour, jusqu'au plus gros, c'était sûrement la meilleure idée.

Je me suis masturbée pour me faire mouiller et j'ai glissé le plus petit dans mon sexe, en imaginant que c'était lui et pas moi qui le faisait. Mais je me suis interdit de jouir, en pensant à ce que Vanette m'avait dit à propos de l'autodiscipline, qu'elle considérait comme aussi importante que la discipline.

Trois jours avant le jour J, j'ai convaincu Linae et Hélène de participer à ma performance.

– Juste pour le début, leur ai-je expliqué. Nous représenterons les trois muses, vous voyez ?

L'idée m'était venue la nuit précédente, pendant que je surfais sur Internet à la recherche d'infos sur le triptyque de Persée par Burne-Jones. J'avais vu juste depuis le début. Il avait peint les trois tableaux avec Andromède dans l'ordre, d'abord son sauvetage sur le rocher, puis la défaite du monstre marin, pour finir par la présentation de la tête de la Méduse dans le jardin. Alors seulement, il en avait commencé un autre sur lequel c'était Persée qui était nu et pas la femme, comme en 1887. Il avait attendu vingt ans pour le terminer, plus de dix ans après Andromède. Peut-être que les dates ne prouvaient rien d'autre que les multiples hésitations de l'artiste concernant Persée. L'un des autres tableaux, qui n'était pas exposé à la Tate, représentait Persée et les trois muses qui lui tendaient son casque. C'est ce qui m'avait donné l'idée. Chacune de nous allait porter sur le visage une reproduction du visage des muses issue d'un tableau célèbre. La danse allait représenter pour le public les différentes façons dont l'art peut nous dévorer, et de quelle façon un artiste peut l'être, lui aussi. Si les gens partaient avec cette interprétation en tête, cela voudrait dire que j'avais réussi mon coup.

C'est Paulina qui a confectionné les masques, tandis que Michel s'occupait de nos robes transparentes. Je porterais la mienne par-dessus l'autre costume, pour l'enlever au moment opportun. J'ai écouté et réécouté des centaines de fois la musique que j'avais choisie, refaisant les mouvements et les pas dans ma tête, même quand je n'étais pas en train de répéter. C'était épuisant. C'était palpitant. Chaque nuit, je me glissais dans mon lit avec un godemiché plus grand que la veille. Je me préparais pour lui du mieux possible. Tout se précipitait, comme un train qui arrive à King Cross. Et puis, le matin de l'inauguration, mon téléphone a sonné. C'était Jill, ma sœur.

– Jill, est-ce que tout va bien ?

Il était quatre heures du matin pour elle.

– Je viens d'apprendre que maman était tombée.

– Comment ça, maman est tombée ? Est-ce qu'elle s'est fait mal ?

– Elle est en chirurgie. Ils m'ont donné le nom d'un type dont je n'avais jamais entendu parler, qui était avec elle quand c'est arrivé. Un de ses petits copains, je suppose. J'ai tenté de leur faire comprendre que c'était moi sa plus proche famille et que je voulais être tenue au courant de la moindre décision médicale, mais… c'est lui qui est avec elle, pas moi.

– Est-ce qu'ils t'ont dit si c'était grave ?

Jill a pris une longue inspiration.

– J'étais sous le choc quand ils m'ont téléphoné. Je ne sais même plus si j'ai bien tout entendu. Attends que je réfléchisse. J'ai essayé de prendre des notes, mais je n'arrive pas à me relire. Une rotule fracturée, des ligaments déchirés, un coude cassé et un traumatisme crânien.

– Tout ça à cause d'une seule chute ?

– Je crois qu'elle a dévalé les escaliers. Attends, et le coup du lapin. Oh non, ça, c'est ce qu'ils m'ont dit qu'elle n'avait pas. Le cou et la colonne sont ok. Désolée, sœurette. J'étais vraiment bouleversée par la nouvelle.

– C'est compréhensible. Bordel de merde, Jill !

– Enfin, je voulais que tu sois au courant le plus vite possible. Ils viennent juste de me prévenir. Je te rappelle dès que j'ai du nouveau. Je me suis renseignée pour les vols. Le premier vol à moins de mille dollars partira le lundi. À ce moment-là, elle sera probablement déjà en rééducation, en pleine forme et râleuse comme jamais. (Jill a eu un petit rire.) Bon, je dois être en train de me calmer puisque j'arrive à blaguer.

– Tiens-moi au courant. Les os, ce n'est pas grave, elle se remettra. Je suis plus inquiète pour son crâne.

– Je sais. Je te tiendrai au courant. Ils doivent faire un point dans une heure environ, quand elle sortira de salle d'opération. Et dis-moi, c'est comment Londres ? Tu ne m'as pas donné de nouvelles à part un ou deux emails, tu sais.

– C'est chouette. Mais j'ai été tellement occupée ! Je t'ai raconté que je vis chez un couple qui ouvre une galerie d'art dans le café du rez-de-chaussée de leur immeuble, non ?

– Oui, ça tu me l'a dit.

– Eh bien, je les ai aidés pour les travaux, j'en ai fait des tonnes, sans compter mon boulot au musée, et les séances de pose comme modèle pour un artiste (ce qui était vrai.) Ce soir, c'est la soirée d'inauguration de la galerie !

– Super, a répondu Jill.

Puis, plus placidement :

– Je ne sais pas combien de temps je peux rester avec Maman. Je sais que je suis l'aînée, que c'est donc ma responsabilité. Mais je ne peux pas rester un mois. Si elle a besoin de quelqu'un, quelqu'un d'autre que son flirt du moment, tu devras prendre le relais, Karina.

– J'avais déjà réservé un vol pour New-York dans dix jours. Je suis sûre que je pourrai obtenir un nouveau congé universitaire si j'en ai besoin. Ce n'est pas comme s'il fallait que je suive d'autres cours.

– Ok, ouais, c'est bon à savoir.

– Tu crois vraiment que ça va aller pour elle ?

– Ils ne m'ont pas demandé de sauter dans un avion sur-le-champ. C'est ce qu'ils disent si quelqu'un risque de mourir.

Alors, je me raccroche à ça. J'aimerais savoir comment réussir à joindre Troy.

La dernière fois que l'une d'entre nous avait entendu parler de notre frère, c'était plusieurs mois auparavant, quand il était parti en autostop du Colorado vers la Californie.

– Là, je ne peux pas t'aider. On se parle plus tard, Jill. Essaie de ne pas trop stresser.

– Je vais essayer. Je t'aime, sœurette.

– Moi aussi, je t'aime.

D'une certaine façon, c'était plus facile à dire à des milliers de kilomètres de distance. Je ne lui avais pas parlé depuis presque deux mois et, généralement, elle m'énervait ou m'ennuyait pour toutes sortes de raisons. En outre, j'étais soulagée de ne pas avoir à partir pour l'Ohio immédiatement. Pendant un moment, j'avais craint que tout mon plan élaboré avec minutie ne tombe à l'eau, et que je doive me jeter dans le prochain vol au départ d'Heathrow. Mais non. Jill allait y aller la première. Je lui en étais reconnaissante. Son coup de fil n'avait fait qu'augmenter mon anxiété au sujet de mon spectacle de danse. À tel point que quand ce pauvre Tristan m'a annoncé, au boulot, que Monsieur Martindale avait prévu de venir à la soirée d'ouverture, j'ai failli le cogner.

– Qu'est-ce que tu veux dire par « Martindale veut venir » ?

– Tu te doutes bien qu'il veut voir la dernière œuvre de JB Lester. C'est un de ses plus grands fans.

– Mais l'exposition dure un mois, peut-être plus !

– Karina, est-ce tu vas bien ? En général, les gens sont heureux d'apprendre que d'autres vont venir visiter leur galerie.

– Je m'inquiète pour ma performance, ai-je répondu en tentant de cacher mon embarras.

Bon, tout compte fait, j'avais eu un boulot sympa et je rentrais bientôt chez moi. Alors, autant avouer une partie de la vérité tout de suite.

– Je suis un peu gênée à cause de ma danse. Je ne voulais pas que tu y assistes non plus.

– Oh ! Karina, je suis persuadé que ça va être absolument charmant, a-t-il assuré.

Il m'a offert le déjeuner, mais j'étais si nerveuse que je n'en ai avalé que la moitié. Au café, j'ai noté que Tristan paraissait nerveux, lui aussi. Il était très souvent agité et maladroit, mais là, il l'était encore plus que d'habitude.

– Ça va ? C'est toi qui sembles nerveux.

Il a eu un petit rire gêné.

– J'ai une confession à te faire.

– Quel genre de confession ?

– Le genre qui rend les types comme moi nerveux de parler à des filles comme toi, a-t-il bégayé. Tu vois, le truc c'est que… j'amène ma mère au vernissage ce soir.

– Ta mère ! Oh non…

– Ben si. Elle arrive bientôt en train, et elle a passé tout l'été à me questionner sur comment j'allais, comment je m'en sortais, tu vois…

Il a grimacé et s'est forcé à poursuivre.

– Alors, ben, je lui ai parlé de toi.

– Qu'est-ce que tu lui a dit sur moi ?

– Que j'avais rencontré une fille américaine qui travaillait aussi au musée, et que je t'emmenais déjeuner, tout ça…

Il s'est arrêté, l'air impuissant.

– Tu lui as fait croire qu'on sortait ensemble.

– Ouais.

Dieu sait que je m'étais rendue coupable de ce genre de demi-mensonge auprès de ma mère dans le temps. J'avais arrêté, mais pas Jill. Je pouvais difficilement lui en vouloir, et si je l'avais fait, j'aurais été une sacrée hypocrite. Mais je devais m'assurer qu'il comprenait dans quel pétrin il allait se fourrer.

– Tristan, tu es un vraiment chouette garçon, mais…

– S'il te plaît, ne te méprends pas sur mon compte ! J'aurais adoré sortir avec toi, mais comme on dit, tu n'es pas à ma portée, je le sais.

– Bon, avant tout, l'unique raison pour laquelle je suis hors de ta portée, c'est parce que tu te dévalorises. Ensuite, laisse-moi terminer ce que je voulais dire. Tristan, je pense que ma performance de ce soir sera un peu plus osée que ce que j'ai pu te laisser croire. Ce qui veut dire, que je ne suis pas sûre que ce soit un spectacle convenable pour une mère.

– Oh !

Il s'est mordu les lèvres en essayant de comprendre les raisons de mon embarras.

– Oh là là !

Puis soudain, son visage s'est éclairé.

– C'est peut-être mieux ainsi. Elle va être scandalisée et va m'expliquer que je n'ai rien à faire avec une fille comme toi. Je lui répondrai que oui, elle a raison, et nous poursuivrons notre soirée ailleurs !

Je n'ai pas pu m'empêcher de rire.

– Tant qu'elle ne te force pas à rentrer à la maison !

– Oh ! est-ce que je te l'ai dit ? Ils ont accepté ma candidature à CUNY (l'université de New York). Finalement, je vais donc pouvoir aller à New York. Dis-moi, tu ne crois pas que ma mère pourrait s'y opposer, quand même ?

– Je n'en sais rien. Était-elle contre le fait que tu viennes à Londres ? New York n'est pas pire. C'est à peu près la même chose.

– En fait, elle était tout à fait pour. Mais elle ignorait que je serais impliqué dans une performance artistique controversée. Peu importe. Si elle me supplie de venir ce soir, je l'amènerai. D'ailleurs, il est temps d'aller la chercher à la gare.

Il s'est levé, en se cognant à moitié à sa chaise.

– Merci Karina, tu es vraiment une bonne copine.

– Toi aussi, ai-je répondu. (Nous nous sommes serré la main.) À ce soir, mon amoureux.

Ça nous a bien fait rire, puis il s'en est allé. J'ai appelé Michel avant de rentrer à l'Artiworks.

– Il est là ? ai-je demandé. Comment faire pour rester hors de sa vue ?

– En ce moment, il est au « bed and breakfast » en bas de la rue. La sculpture de verre est entièrement installée, il manque juste un tableau qui doit être accroché. Les chaises et les tables sont installées, la machine à expresso fonctionne. Tout est prêt, Karina. Rentrez vite à la maison, vous vous cacherez dans votre chambre jusqu'à ce qu'il soit l'heure d'enfiler votre costume.

J'ai mis un chapeau et des lunettes, au cas où, ce qui était probablement idiot et inutile, mais je ne voulais pas courir le moindre risque.

Je me suis arrêtée un instant devant la galerie. Le papier journal qui recouvrait les vitres avait été enlevé. Les lettres « L'ARTIWORKS » se détachaient en doré sur une enseigne de bois.

Quand j'ai fait demi-tour pour me diriger vers la porte de l'appartement, j'ai failli rentrer dans un homme qui se tenait là, en débardeur blanc maculé de peinture.

– Karina.

C'était Damon George. Il avait la tête de quelqu'un qui n'a pas dormi et qui ne s'est pas rasé depuis plusieurs jours.

– Damon, est-ce que tout va bien ?

– Bientôt, j'irai mieux. Je voulais m'assurer que ce soit livré à temps.

Derrière lui, deux hommes transportaient avec précaution un grand colis carré, enveloppé dans du papier kraft. J'ai supposé qu'il s'agissait d'un tableau.

– Maintenant, je vais aller prendre une douche et faire un petit somme.

– Vous n'avez pas bonne mine.

Il avait des cernes noirs sous les yeux et les traits tirés.

– Ça va aller. À ce soir !

Il m'a fait un petit salut et est reparti vers le camion en titubant. Les deux livreurs l'ont aidé à grimper sur le siège passager, puis ils ont démarré.

Étrange. Je me suis demandé si depuis notre dernière rencontre, il avait passé toutes ses journées à travailler à sa peinture. Jusqu'à présent, j'avais eu des doutes sur le fait qu'il peigne vraiment. Je pensais que peut-être la séance photo n'avait été qu'un prétexte pour me pousser dans mes retranchements.

Je suis montée directement car je ne voulais pas être piégée à la galerie, et j'ai raconté à Paulina ce que je venais de voir.

Elle était affairée dans sa cuisine, occupée à glacer une centaine de minuscules éclairs au chocolat. Elle a appelé Michel en bas, qui lui a assuré que la peinture était bonne et qu'il l'accrochait.

Je me suis mise à avoir des crampes dans le ventre, tellement fortes que je n'ai même pas pu avaler l'éclair que Paulina m'a proposé. Combien d'heures restait-il avant ma performance ? Qu'allais-je bien pouvoir faire ?

Je suis montée dans ma chambre et j'ai vérifié mes emails. Il y en avait un de Jill qui disait qu'elle coupait son téléphone parce qu'elle allait prendre l'avion. Maman était sortie de chirurgie et allait bien. C'était un souci de moins. J'ai ensuite chopé Becky sur Skype.

– Ahh ! Becky ! J'ai tellement de trucs à te raconter !

Elle s'est aussitôt emparée de son ordinateur portable, et son visage est apparu en grand sur mon écran.

– Oh mon Dieu, Karinette ! J'ai reçu un message de Paulina qui disait que tu allais sans doute pouvoir le voir ce soir, et puis plus rien ! Que se passe-t-il chez toi ?

– Par où commencer ? La version courte, c'est que la galerie ouvre ce soir et que grâce à des gens que j'ai rencontrés à York, nous l'avons décidé à exposer une de ses sculptures de verre. Il est ici, à Londres. À l'instant où je te parle, en fait, il est en bas de la rue.

L'image sur mon écran est devenue floue, le temps qu'elle se jette sur son lit. Elle s'est allongée sur le côté en posant son ordinateur devant elle.

– Et alors quoi ? Tu vas pouvoir lui parler ?

Je me suis mordu les lèvres, en essayant de savoir comment lui expliquer le plan que j'avais échafaudé.

– Attends, laisse-moi deviner. C'est toujours plus compliqué que ce que j'imagine, a-t-elle continué pendant que son chat passait dans le champ de la caméra pour s'installer contre elle. Elle s'est mise à le caresser.

– Ouais, c'est compliqué. Tu sais l'installation artistique qu'il a faite, je suis persuadée qu'elle me concerne, qu'il y exprime ses fantasmes. Je pense que si j'essaie de lui parler, il va fuir à nouveau. Mais si je lui montre ? J'ai décidé d'interpréter une danse sur le thème des trois muses, et ensuite, hum… d'interagir avec sa sculpture.

– Interagir, c'est un euphémisme ?

– Peut-être ? J'ai un peu reculé. C'est dur de tout t'expliquer.

J'avais besoin de lui montrer que j'appartenais à son monde, à sa vision. J'allais lui montrer que je le connaissais intimement, ainsi que son art. Et à quel point je désirais être la cible, le réceptacle, de toute cette énergie sexuelle masculine, aussi violente fût-elle. Et le fait que la chaussure soit à ma taille… Se pouvait-il qu'il soit obsédé par moi au point de se souvenir de ma pointure ? Ou bien était-ce une sorte d'invite irréaliste de sa part ? Ou les deux ? Plus j'y pensais, plus j'étais certaine que c'était moi qu'il avait dépeinte au centre de la sculpture, dans l'espace en creux créé par cette grande vague. J'ai expliqué tout cela du mieux que j'ai pu à Becky. La référence à Hokusai l'a intriguée.

– Hé, écoute ça ! m'a-t-elle dit, en affichant des infos sur la biographie du peintre japonais pour me les lire : « Hokusai fut connu sous pas moins d'une trentaine de noms différents pendant sa vie. Bien que l'utilisation de noms multiples fût très répandue chez les artistes japonais à son époque, le nombre des siens excède de loin celui de n'importe quel autre peintre célèbre. »

Puis, en souriant :

– Ça me rappelle quelqu'un que nous connaissons. Nous y voilà. Le père d'Hokusai ne l'a jamais couché sur son testament, il est donc probable que sa mère ait été une concubine.

James n'avait jamais fait mention de son père, alors qu'il m'avait parlé de sa mère à plusieurs reprises.

– Intéressant. Eh bien, avec un peu de chance, je vais avoir l'occasion de lui demander si cette référence existe bien ou si je l'ai juste imaginée. Attends, je t'envoie les photos de son installation en cours de montage.

– Qu'est-ce qui t'a donné l'idée de danser ?

– J'ai toujours aimé danser. J'ai arrêté uniquement par manque de temps. Et parce que je n'étais pas aussi bonne que d'autres danseuses qui pratiquaient plus sérieusement.

– C'est vrai, ce mensonge ? Ou bien c'est juste une autre de ces situations du genre « Karina ne sais pas vraiment ce qu'elle veut ? »

– Je n'en sais rien. C'est difficile de savoir si on est vraiment doué ou pas. (J'ai haussé les épaules.) Mais comme je te le disais, j'ai toujours aimé ça. Je me suis entraînée comme une folle. Je suis pleine de courbatures ! J'avais oublié jusqu'à l'existence de la moitié de mes muscles.

– J'espère que quelqu'un va te filmer, j'ai tellement envie de voir ça !

– Même la… euh… partie interactive ?

– Est-ce que ça va vraiment être explicite ? Est-ce que ça risque d'être choquant ?

– Honnêtement, je n'en suis pas sûre. Ma jupe va cacher ce qui se passera, je pense. Je veux dire que ça pourrait paraître pire que ça ne sera réellement. Je vais faire de mon mieux pour que ça soit très érotique.

– Bon d'accord. Ok.

– Mon patron et mes collègues du musée seront là. L'un amène même sa mère, je ne veux pas y penser ! Le seul spectateur qui compte vraiment pour moi, c'est James.

En disant ça, j'ai cligné des yeux et je me suis rassise brusquement.

– Quoi, qu'est-ce que tu viens de piger ?

– Un autre type que je connais, Damon George, est arrivé aujourd'hui avec un tableau. Pourtant, je ne lui ai pas parlé de l'ouverture de la galerie. Comment l'a-t-il appris ? Il était sûrement au courant depuis un bon moment, puisqu'il a eu le temps d'organiser une séance photo avec moi et de réaliser une peinture.

– C'est ce riche mécène dont tu m'as parlé ?

– Ouais.

– Alors je suis sûre qu'il en a entendu parler dans le milieu de l'art. Misha et Paul' font le buzz au sujet de l'ouverture. C'est loin d'être un secret !

– Tu as sûrement raison.

J'ai continué à papoter avec elle aussi longtemps que j'ai pu pour me changer les idées. Elle m'a raconté comment ça allait pour elle en cours, qu'elle avait emmené Milo chez le véto, qu'il avait fait très chaud cet été à New York... jusqu'à ce que Michel frappe à ma porte pour me prévenir qu'il était l'heure d'enfiler mon costume. Lui-même portait déjà son costume de soirée, une sorte de robe d'intérieur imprimée de motifs floraux, avec un tablier à volants. Il avait fait boucler ses cheveux et portait des lunettes XXL. Si on oubliait la marque qu'il s'était faite dans le cou en se rasant, on aurait vraiment dit une ménagère d'une cinquantaine d'années, bien en chair. Nous avons habillé Hélène et Linae en premier, puis nous leur avons mis leur masque. Elles sont descendues pour se mêler aux invités. Linae nous a dit qu'elle allait vérifier rapidement que tout allait bien pour Peter. Apparemment, il s'était coupé avec un morceau de verre pendant qu'ils mettaient la dernière touche à l'installation dont les bords étaient vraiment très aiguisés. J'avais décidé de rester en haut jusqu'à ce que Misha me fasse signe de descendre, au dernier moment.

– Comment est-ce que vous connaissez Damon George ? lui ai-je demandé pendant qu'il recousait un de mes strass qui s'était défait.

– C'est un mécène célèbre, a répondu Michel. Il nous a aidés financièrement pour les travaux de rénovation.

– Vraiment ? Comme ça tout d'un coup ? Ou bien vous le connaissiez auparavant ?

– Nous le connaissions déjà, mais quand il a découvert que vous habitiez ici, il nous a appelés et a voulu connaître les détails vous concernant. Je crois qu'il vérifiait vos références, mais il était également très intrigué par notre projet de galerie.

Je me suis souvenue d'une conversation que j'avais eue avec James pendant laquelle je m'étais demandé si certains mécènes pouvaient également être de véritables artistes.

– Et il vous a convaincus d'exposer une des ses œuvres ?

– Il n'a pas eu à me convaincre bien longtemps, ma chérie. Avez-vous regardé la signature du tableau de Paul' et moi ? C'est un peu tremblant, mais on peut lire le nom de Georgiades.

– Damon faisait donc partie de cette bande de jeunes d'une vingtaine d'années qui vous entourait, Paulina et vous ?

– Il n'est pas rare de voir des fils de bonne famille faire des études artistiques. Ils peuvent se permettre de suivre un enseignement peu utile, a-t-il répliqué.

– Donc il connaît James, lui aussi.

– Au moins se sont-ils rencontrés. Ils auraient pu devenir rivaux si James n'était pas parti assez vite vers de nouvelles aventures.

Il s'est assis et m'a tendu la robe que je devais enfiler sur ma combinaison.

– Damon ne m'a rien dit de tout ça.

– Bien entendu, il ne vous a rien dit.

J'ai mis ma robe, puis Michel, toujours aux petits soins pour moi, s'est assuré que tout tombait parfaitement.

– Est-ce que Damon est doué en peinture ?

– Pensez-vous que nous l'aurions autorisé à faire notre portrait si ça n'était pas le cas ? m'a demandé Michel, l'air amusé. Il est très fort techniquement, très bon en peinture à l'huile. Son seul défaut, c'est le choix de ses sujets. La plupart du temps, il se peint lui-même. Rien d'autre ne l'intéresse autant. Comme vous pouvez l'imaginer, le milieu artistique ne s'est pas assez intéressé aux autoportraits de cet illustre inconnu pour satisfaire l'ego démesuré de Damon.

J'ai éclaté de rire. Pauvre Damon !

– Eh bien, je suis contente qu'il soit parmi nous.

– Quand vous allez descendre, vous verrez ce qu'il a peint. Je pense que c'est de loin sa meilleure peinture. Mais je dois vous dire, Karina, que c'est manifestement de vous et lui dont il s'agit.

– Ah bon ? J'ai posé pour des photos.

– C'est une peinture remarquable. Bon, chérie, je dois y aller. Je vous appellerai quand il sera temps de faire votre entrée.

Puis il s'est éclipsé pour aller recevoir les invités. Depuis la fenêtre, je pouvais entendre les conversations des gens sur le trottoir. J'ai jeté un coup d'œil, une petite queue s'était formée devant l'entrée. Je suis ensuite remontée dans ma chambre, j'avais encore au moins une ou deux heures à tuer.

Becky n'était plus connectée. Elle avait dû sortir pour l'après-midi. Il n'y avait pas de nouvelles de Jill. J'ai envoyé des emails à toutes les anciennes adresses de Troy que je connaissais, tous sauf un me sont revenus immédiatement.

Ensuite, comme je ne savais vraiment plus quoi faire, j'ai vérifié s'il y avait de nouveaux commentaires à l'histoire que j'avais postée sur le site des fans de Lord Lightning. J'avais coupé les alertes automatiques quelque temps plus tôt, au vu du nombre incroyable de messages que j'avais reçus. Il y en avait encore d'autres. Tous étaient à peu près du même tonneau, expliquant à quel point mon histoire était excitante, bien écrite, et combien il leur manquait, à elles aussi.

Étais-je vraiment spéciale ? Je me le demandais. Une foule immense de filles l'aimait, et il les avait toutes abandonnées. Est-ce que je méritais d'être l'élue qui allait pouvoir le retrouver ? Je devais arrêter de penser à ça. Pour rester positive, je me suis efforcée de nous imaginer, plus tard, assis dans un restaurant, pour le petit déjeuner ou le thé. Oui, le thé dans un restaurant branché ici, à Londres, un repas long et calme, au cours duquel chacun se détend. Que lui demanderais-je alors ? Je me suis mise à noter noir sur blanc mes questions. La liste s'est vite allongée.

Pourquoi m'avez-vous abandonnée à la fête ?

Pourquoi ne m'avez-vous pas dit plus tôt, non seulement votre nom mais qui vous étiez réellement ?

Quand pensiez-vous me le dire ?

Pour quelle raison êtes-vous tellement secret ?

Quels sont vos rapports avec Lucinda ?

Comment était-ce, votre école d'art ?

Comment avez-vous rencontré Paulina et Michel ?

Étiez-vous rivaux, Damon Georgiades et vous ?

Pourquoi ne parlez-vous jamais de votre père ? L'avez-vous connu ?

Quand pourrai-je faire la connaissance de votre mère ?

Comment êtes-vous devenu Lord Lightning ?

Pourquoi avez-vous gardé le secret sur votre identité d'artiste également ?

Qu'est-ce qui vous a poussé à devenir sculpteur sur verre ?

Comment êtes-vous rentré dans la Société ?

Qu'est-ce qui vous a fait réaliser que vous étiez branché BDSM ?

Pourquoi aimez-vous tellement faire l'amour dans des lieux publics ?

Êtes-vous fier de moi pour avoir dénoncé Renault ?

Pourquoi n'avez-vous pas résilié mon abonnement téléphonique ?

Avez-vous déjà eu le cœur brisé auparavant ?

Mon téléphone s'est mis à sonner. J'ai sursauté, j'étais tellement loin dans mes pensées. C'était Michel.

– À vous de jouer, chérie. Je lance la bande son.

14

L'amour force l'attention

Paulina m'avait aidée à choisir la musique. Je voulais un morceau instrumental qui commence lentement puis s'accélère vers la fin, un truc si possible avec beaucoup de tambours, et pas trop long. Nous avions trouvé notre bonheur sur un CD de musique que James avait enregistré au Japon, sous un autre nom m'avait-elle expliqué, mais que ses fans ultimes avaient fini par découvrir. Le morceau comportait des tambours taiko. Ça débutait par des petits coups frappés doucement, pour se terminer par d'énormes « ra » qui faisaient penser au tonnerre. Ça correspondait parfaitement à l'idée que j'avais eue de jouer sur la correspondance entre la sculpture de verre et la grande vague d'Hokusai.

Mes deux autres « muses » m'attendaient en bas de l'escalier, devant l'appartement. Nous avons rajusté nos masques. Elles ont un peu minaudé quand Michel a ouvert la porte pour vérifier que nous étions bien là.

– Prêtes ?

– Comme nous ne le serons jamais, ai-je répondu en avalant ma salive.

Mes crampes avaient disparu. À la place, j'avais une boule dans le ventre, mais au moins je me sentais calme. Le moment était venu de me lancer, pour voir ce qu'il allait advenir.

Michel a fait signe à quelqu'un à l'intérieur du café qui a baissé la lumière, et nous sommes entrées dans l'Artiworks par la porte de devant au son des premières mesures de tambour. Les deux autres avaient les mains pleines de pétales de fleurs qu'elles ont semés dans le public, pendant que nous nous dirigions vers l'espace dégagé qui allait nous servir de scène, au pied de l'énorme sculpture de verre rouge et blanche. Je la voyais correctement éclairée pour la première fois. Certaines des lumières venaient d'en dessous, et une petite ampoule LED était posée à l'extrémité de la partie phallique. C'était splendide.

Nous avons effectué les pas de danse que nous avions répétés, en nous tenant par la main pour former un cercle, à la manière dont les muses sont généralement représentées dans la peinture. Les deux autres se sont ensuite reculées pendant que j'enlevais ma robe, que l'une d'entre elles a emportée. Peut-être qu'après tout, des ailes magiques n'auraient pas déparé, ai-je pensé, puisque c'était un peu comme si je sortais de ma chrysalide. La musique a accéléré, je me suis mise à tourner sur moi-même. Les pétales de ma jupe s'envolaient, laissant apparaître le fond de ma combinaison. J'ai fait un aller-retour à droite, puis un aller-retour à gauche à pas chassés, ponctués par un grand battement. J'étais devenue la vague, l'eau. Le moindre mouvement de mon orteil se répercutait dans tout mon corps qui ondulait pour venir se casser comme une vague sur un bras, sur l'autre ou en haut de mon épine dorsale, en rejetant ma tête vers l'arrière. Ma danse était aussi sensuelle que possible.

Ensuite, je me suis approchée du verre en répétant les mouvements que j'avais déjà faits face au public, mais maintenant mes bras étaient déployés entre les stalactites de verre rouge qui pendaient, tels des crocs. Peter s'était coupé avec l'une d'elles, certaines semblaient cassées. J'ai pris bien garde de ne pas les toucher. Saigner ne faisait absolument pas partie de mes plans.

Je me suis approchée de la pièce phallique. Contrairement aux parties coupantes, elle était parfaitement lisse. J'ai caressé avec la paume l'extrémité turgescente, à la fois pour la sensualité du mouvement et pour vérifier qu'elle était aussi lisse qu'il semblait l'être. Oui. J'ai frotté une de mes hanches dessus, puis l'autre, puis j'ai effectué une grande glissade accroupie, faisant glisser mon pubis le long du pieu puis remontant en le caressant comme si c'était un chibre, et en excitant le public par la même occasion. Je me caressais, je me faisais mouiller et je m'excitais toute seule. J'ai écrasé mon clito contre le gland de verre, mes hanches décrivaient des cercles obscènes. J'ai entendu un halètement par-dessus le son des tambours qui étaient de plus en plus forts. J'y étais presque.

Quand la musique est montée crescendo, dans le tonnerre des tambours et le sifflement des cymbales, je me suis retournée. L'angle du phallus de verre était tel que ça serait plus facile par-derrière. J'ai glissé mes pieds dans les chaussures, écartant la fente de ma combinaison d'une main et aidant le gland en verre à rentrer en moi de l'autre. Le public pouvait croire que je faisais semblant, mais ça n'était pas le cas. La sculpture me possédait. La bouche grande ouverte, un filet de bave coulant sur mon visage, je l'ai enfoncé plus avant en moi. Il était assez gros pour que ce soit un véritable défi, assez pour que les spectateurs soient certains que je mimais la scène.

J'ai poussé encore plus profond, un cri involontaire a jailli de ma gorge au moment même où les cymbales ont résonné pour la dernière fois. J'ai levé les bras en avant pour prendre la pose finale. Les lumières se sont éteintes, dans un tonnerre d'applaudissements. J'ai tenu la pose, le cœur battant et la poitrine affolée, pendant que les lumières se rallumaient lentement à l'intérieur de la sculpture, juste assez pour qu'un machino en combinaison et gants de travail puisse m'aider à me libérer. J'ai enlevé le phallus de verre et il m'a pris par la main. J'ai essayé d'enlever les chaussures tout en évitant les pointes acérées des dents, mais il m'a prise dans ses bras et m'a emportée loin de la sculpture, en passant par le bar à expresso, jusqu'à l'arrière-salle. Je me suis agrippée à son cou, le cœur battant, en osant à peine me dire que la raison pour laquelle ses bras me semblaient si familiers n'était pas juste un vœu pieux.

Pendant qu'il me portait en haut, à l'appartement, en montant les escaliers étroits, j'ai compris que c'était bien James. Il m'a reposée par terre quand nous avons atteint le salon, et s'est mis à m'embrasser comme si sa vie en dépendait. J'ai fait glisser mes doigts dans ses cheveux teints en noir, et je lui ai rendu ses baisers. Il a jeté ses gants et a posé ses mains sur la courbe de mes fesses, en me pressant contre son érection, à travers sa combinaison. Paulina et Michel, peints par Damon, nous observaient de haut, comme un couple d'anges gardiens.

– Ma chambre est en haut, lui ai-je dit.

– Emmenez-moi.

Sa voix semblait enrouée, il avait du mal à la contrôler. J'ai eu le sentiment que si je ne me dépêchais pas, il allait changer d'avis et me prendre là, sur le tapis du salon. J'ai grimpé les escaliers quatre à quatre. Il me suivait, ses bottes de travail heurtaient les marches. Il m'a rattrapée à la porte de ma chambre et nous nous sommes jetés tous les deux sur le lit, en faisant tomber le téléphone par terre. Il tentait de m'embrasser encore, moi j'essayais d'ouvrir sa combinaison. Il a plongé sa langue dans ma bouche au moment où ma main s'est emparée de son sexe épais. J'ai entendu le bruit du velcro quand il s'est extirpé de sa combinaison, comme un serpent qui mue, jusqu'à la taille. J'ai continué à le caresser, en faisant apparaître une petite goutte laiteuse de sperme sur son gland. Alors il m'a pris les mains, les plaquées avec la sienne contre le matelas au-dessus de ma tête pendant qu'il m'écartait les jambes. J'ai haleté contre sa bouche quand j'ai senti son gland chaud frotter l'intérieur soyeux de ma cuisse.

– Vous avez d'autres exigences, cette fois-ci ? a-t-il chuchoté en s'approchant de plus en plus à chaque coup de reins, jusqu'à ce que son gland glisse sur mon clito, encore et encore.

– Aucune, ai-je répondu. Aucune à part vous.

Il a continué à balancer des hanches en m'humectant de haut en bas avec sa queue.

– Avez-vous idée de l'effet que vous me faites, Karina ?

– Ne vous l'ai-je pas prouvé à l'instant ?

Il m'a répondu par un grognement, en plongeant en moi d'une seule poussée. J'ai eu le souffle coupé quand il s'est brusquement retiré, en me privant cruellement de lui.

– Vous… !

– Chut, a-t-il murmuré. Vous m'avez amené jusqu'ici. Vous avez libéré le démon qui m'habite. À partir de maintenant, je contrôle la situation. Vous n'avez pas d'autre choix que celui de vous rendre.

– Oh oui, Seigneur, oui, je me rends !

– Bon, bien.

Il a enfoui son nez derrière mon oreille et a poussé mes genoux vers mes épaules, en m'écartelant. Il a fait lentement glisser sa queue de haut en bas contre ma vulve humide, et je suis restée le plus immobile possible pour le laisser faire. Pourtant je crevais d'envie de l'enserrer entre mes cuisses et qu'il me pénètre. Il m'a baisée du bout de son gland à nouveau, avec quelques poussées courtes et rapides, puis il s'est retiré en penchant sa tête pour observer l'endroit ou sa bite m'avait torturée. Puis il l'a renfoncée, à fond cette fois, en me faisant hurler, en me punissant avec ses poussées, tout en me donnant ce dont j'avais envie.

Il s'est arrêté, une fois entièrement enfoncé en moi, et m'a regardée dans les yeux.

– Ça serait très cruel de votre part de m'arrêter maintenant.

– J'allais vous dire la même chose.

– Nous nous comprenons si bien.

– Je comprends surtout que vous allez me baiser à mort.

Je ne pouvais pas reprendre ma respiration, du coup les mots sont sortis de ma bouche de façon moins douce que je ne l'aurais voulu.

– Vous voulez que je vous supplie ? C'est ça ?

– Ça ne sera pas nécessaire, a-t-il murmuré en frottant sa joue contre la mienne et en enfouissant son nez dans mon cou.

Un dernier geste de tendresse avant qu'il me bloque les épaules et me pénètre violemment. Une chance que je me sois assouplie l'intérieur, tout comme à l'extérieur, en m'entraînant pour la danse. Au lieu de la douleur, j'ai ressenti une décharge de plaisir électrique intense, qui s'est répétée maintes et maintes fois, pendant qu'il imprimait à sa bite un mouvement profond et régulier. C'était exactement ce dont je me souvenais de cette nuit qui avait été parfaite, avant que tout se brise à cause de sa fuite. Et c'était exactement ce que j'avais rêvé pour ce soir. J'ai enfoui mes mains dans le futon et rejeté ma tête en arrière pour essayer de faire corps avec ses coups de boutoir.

Quand je me suis rendu compte que j'étais sur le point de jouir, je me suis mise à hyperventiler, en le suppliant intérieurement de continuer comme ça, en contractant mes muscles internes le plus possible, pour essayer d'augmenter encore la friction, la force de ses coups, enfin tout. Mais il changé de position, en se poussant vers le haut, de façon à ce que mon visage soit au niveau de sa poitrine. Sa queue frottait entre mes lèvres inférieures et écrasait mon clito à chaque passage. J'ai hurlé comme un animal. Mon corps entier a semblé fondre de plaisir, pendant que l'orgasme bouillonnait et se diffusait en moi comme de la lave en fusion.

Dès que les vagues du plaisir ont commencé à refluer, il a pris une de mes jambes dans ses bras et m'a fait pivoter sur le côté, l'autre jambe repliée. Cet angle était bien plus difficile à prendre, sa queue qui entrait de biais me semblait vraiment énorme. Pourtant il avait raison, je ne lui demanderais pas de s'arrêter. J'avais évidemment désiré ça et je baissais les armes, quoi qu'il veuille faire de moi, quoi qu'il puisse trouver en moi. Mes cris furent des cris de douleur autant que d'extase. Je m'abandonnai à la force irrépressible du désir de James.

Il était magnifique, il me dominait, son visage plein de passion et de désir, tous ses muscles tendus. C'était une force de la nature qui me labourait.

Il s'est forcé à ralentir la cadence, tout en soulevant un peu plus ma jambe pour pouvoir s'enfoncer encore plus profondément.

– Mettez-vous sur le ventre, a-t-il chuchoté, comme s'il avait du mal à reprendre son souffle.

Je me suis retournée en me demandant s'il allait me pénétrer par l'autre trou, plus étroit. Mais non, il a continué à me baiser par-devant, en titillant mon anus du doigt sans le pénétrer.

Son regard a alors parcouru ma chambre et s'est arrêté sur la boîte de godes.

– Vous l'avez apportée avec vous ?

– Bien sûr !

– Ne bougez pas.

Il s'est retiré, s'est dirigé vers la boîte et l'a ouverte.

Je m'attendais à ce qu'il en sorte un gode, mais il a pris le collier de perles qu'il avait déjà utilisé une fois auparavant.

J'avais failli le vendre pour me payer mon billet d'avion, avant que Martindale ne m'annonce qu'il me l'offrait. J'étais heureuse de ne pas l'avoir fait. James a enroulé les perles autour de sa queue, en les entrecroisant bien serré, de façon à faire gonfler sa chair turgescente avant de fermer le fermoir.

– Sur le dos, a-t-il ordonné.

Ce que j'ai fait immédiatement.

– Écartez les jambes. Montrez-moi que vous êtes prête à ça. Montrez-moi que vous le désirez.

J'ai relevé la tête, en lui offrant mon sexe grand ouvert.

– S'il vous plaît, James.

– Regardez-moi dans les yeux, Karina, regardez-moi le faire.

J'ai soutenu son regard pendant que sa queue déformée par le collier imprimait ses mouvements de va-et-vient tout le long de ma vulve, jusqu'à mon clito. Puis son gland a forcé l'entrée de mon vagin, lentement, jusqu'à me pénétrer peu à peu. Je ne pouvais pas laisser mes mains où elles étaient. Il fallait absolument que je m'agrippe à lui, à son épaule, à son bras, pendant qu'il poussait. Je savais bien que les perles n'avaient pas pu l'épaissir autant, mais j'ai senti sa bite énorme en moi, quand il s'est mis à donner des petits coups de hanches, et j'ai senti l'excitation remonter. J'allais jouir à nouveau s'il continuait comme ça. Il semblait s'en rendre compte, il me dévisageait toujours. Il m'excitait de plus en plus, ses lèvres tremblaient elles aussi de désir, mais il se retenait afin de garder le contrôle.

– Touchez-vous le clitoris, a-t-il grincé.

– Je ne crois pas que ce sera nécessaire…

– Ce n'était pas une question, a-t-il murmuré dans l'urgence.

– Oui, James !

J'ai glissé deux doigts et je me suis mise à me masturber, en remuant les hanches et en le guidant plus profondément en moi.

– Oh Seigneur !

C'était douloureux, mais je sentais bien que j'étais étirée.

– Mon Dieu, que vous m'avez manqué !

– Vous aussi, vous m'avez manqué, m'a-t-il chuchoté à l'oreille. Maintenant je veux que vous jouissiez à nouveau. Touchez-vous Karina, montrez-moi cette passion qui vous habite. Montrez-moi ce désir dépravé qui vous a poussée à faire ce que vous avez fait ce soir.

Il est resté immobile pendant que je soulevais mes hanches pour me frotter de haut en bas contre sa queue emperlée qui dilatait ma chatte à l'extrême. J'ai fermé les yeux pour me laisser envahir par cette sensation. Mes doigts glissaient en cadence avec les mouvements de mon bassin. J'ai commencé à crier. C'était un long gémissement qui venait du plus profond de moi. Je le sentais, depuis la plante de mes pieds jusque dans la pression de mon sang dans mes veines.

Il n'a plus pu se retenir. J'ai posé la paume de mes mains sur sa chute de reins, juste au-dessus de ses fesses. Je sentais ses muscles se tendre à chaque poussée. Alors il a perdu tout contrôle. Il m'a baisée avec furie. J'ai entendu le bruit des perles qui s'étaient détachées rouler sur le plancher.

Tout à coup, il s'est retiré en faisant tomber plus de perles encore, et s'est à moitié relevé. Il était pratiquement sur moi, frissonnant et haletant, aspergeant mes cuisses de son sperme. Avait-il eu peur que je ne prenne plus la pilule ?

Il s'est effondré en avant sur ses mains, en tremblant comme un fou, la tête pendante.

– James ? Est-ce que ça va ?

Il s'est raclé la gorge et s'est assis en clignant des yeux, et il m'a jeté un regard dur.

– C'est ça que vous vouliez, Karina ?

– Qu'est-ce que vous voulez dire ? C'est vous que je veux.

Il a fait une moue dédaigneuse et a essayé de sortir du lit. Il n'y est pas parvenu, ses jambes ne le portaient plus et sa combinaison était enroulée autour de ses chevilles, enfoncée dans ses bottes de travail étroitement lacées. Bon, je l'ai attrapé par la manche de sa combinaison.

– Hé, hé. Vous ne pouvez pas vous enfuir en courant cette fois-ci.

Il a jeté un coup d'œil à ma petite chambre à coucher. Puisqu'il paraissait impossible de s'évader, il s'est radouci.

– Tiens, essuyez-vous.

Il n'eut aucun mal à atteindre la serviette de bain accrochée à la porte du placard. Il utilisa un coin puis il me la tendit. Après m'être essuyée, je me suis assise en tailleur sur mon lit. Les pétales de ma jupe ne donnaient un air presque respectable. Il s'est glissé à mes côtés, avec sa combinaison remontée à la taille, en ayant soin de garder ses distances. Des perles ont roulé sur les draps.

Je commençais à reprendre mon souffle.

– D'où avez-vous su pour ma performance ?

Il a dardé ses yeux sur moi.

– Michel m'avait laissé entendre qu'il se préparait quelque chose, une performance artistique. Je lui ai répondu que j'avais imaginé la possibilité d'une interaction avec cette pièce, mais que je doutais qu'elle soit utilisée comme je l'espérais.

Il a détourné son regard en rougissant.

– Laissez-moi deviner. Je n'étais pas très loin de ce que vous aviez imaginé ?

Il a hoché la tête et s'est caché les yeux avec sa main.

– Nous devrions redescendre à la galerie maintenant.

– Si vous croyez que je vais vous laisser partir avant d'avoir obtenu des réponses à mes questions, vous êtes dingue, James.

Je me suis serrée contre sa poitrine, là où les petits morceaux de verre de ma combinaison avaient laissé des marques rouges sur sa peau. Il m'a laissée le toucher sans protester. J'ai pris une profonde inspiration en essayant de garder mon calme. Je n'allais pas m'effondrer uniquement parce que notre rencontre ne se passait pas comme je l'avais rêvé. Enfin, pas encore.

– Vous me devez au moins une explication sur ce qui s'est passé entre nous.

– C'est ce que vous voulez ? Une rupture ?

Il a tenté de reculer, mais je l'ai retenu par la manche de sa combinaison.

– Maintenant vous avez fait du chemin, alors qu'est-ce que ça peut bien vous faire ?

J'essayais désespérément de garder mon calme. Je sentais mes yeux qui rougissaient et se remplissaient de larmes. J'ai hurlé :

– Une rupture, vous voulez rire ? Je vous veux vous, James ! Qu'est-ce vous voulez dire par faire du chemin, bordel ? Je n'ai pas avancé d'un pouce. J'ai passé tout l'été à vous chercher.

J'avais envie de le frapper, mais je n'osais pas le lâcher.

Il a émis un « chut » plein de dédain.

– Ça m'a semblé pourtant évident que vous aviez fait du chemin, quand vous avez autorisé Damon et les autres membres du club à coucher avec vous.

– Vous être un sacré connard. Vous n'avez rien compris.

Je lui ai jeté une chaussure à la tête, tellement j'étais en colère. C'était une chose qu'il ne veuille plus de moi. C'en était une autre qu'il m'accuse de choses dont je n'étais pas coupable. Il a fait dévier la chaussure qui est allée taper sur la porte.

– La seule raison de ma présence dans ce damné club, c'est que j'espérais que vous y seriez.

Il m'a jeté un regard d'une immense froideur.

– Et qu'est-ce qui vous a fait supposer que j'y serais ?

– Je ne suis pas idiote, James. Quand j'ai compris que la Société dont me parlait Damon était la même que celle de New York, celle qui organisait les bals, j'ai suivi cette piste. Vous aviez complètement disparu. Je devais me raccrocher à tous les indices que je pouvais découvrir !

Il me fixait, son expression passait de la colère à l'étonnement, puis à la contrariété. Le ton de sa voix était toujours sceptique.

– Damon ne pouvait pas savoir pour New York. Et vous ne connaissiez pas la Société.

– Je ne la connaissais pas avant que Renault débarque chez moi, complètement bourré, pour se plaindre d'en avoir été exclu à cause de moi, ai-je sifflé.

Ses yeux se sont arrondis et sa bouche s'est relâchée.

– Vous l'avez dénoncé, alors ? Vous l'avez fait ?

– Oui, je l'ai fait.

Il a semblé fier un instant, une expression de douceur a traversé son visage fugitivement alors qu'il posait une main sur la mienne.

– Nous… nous avons beaucoup de choses à nous dire, semble-t-il.

– C'est justement ce que je vous disais !

Une onde de soulagement m'a envahie, en comprenant qu'il n'était peut-être pas sur le point de me laisser tomber. Pourtant, je ne lâchais toujours pas sa manche.

– J'ai tant de questions auxquelles vous devez répondre.

J'ai serré les poings, à nouveau en colère.

– En fait, vous me deviez ces réponses, même si j'avais couché avec Damon George ou quelqu'un d'autre à ce foutu club.

– Je ne suis pas convaincu que vous ne l'avez pas fait.

Ses yeux se sont embrasés de colère.

– Vous avez oublié que je portais une ceinture de chasteté quand nous nous sommes vus là-bas ?

Je ne pouvais pas m'en empêcher, le ton de ma voix grimpait.

– C'était mon précepte, pas de sexe. Vous pouvez demander à Damon, à Vanette. C'est elle qui a eu cette idée pour me préserver des ardeurs des membres qui risquaient de se laisser aller.

James a bondi sur ses pieds et s'est dirigé vers ma porte.

– Il est en bas, vous savez.

Puis, la mâchoire serrée :

– Il plastronne devant cette peinture qui vous représente.

– Essayez de comprendre qu'un homme qui ne pouvait pas me posséder a fait de moi sa muse.

Je l'ai frappé à la cuisse à deux mains, en lâchant sa manche et en le repoussant.

Il a pâli en trébuchant, puis a remonté sa combinaison en fermant les velcro, sans me regarder.

– Dites-moi que vous ne m'aimez plus. Dites-moi que vous n'avez plus rien à me dire. Si c'est la vérité, dites-le.

– Ce n'est pas que je ne vous aime pas…

Il cherchait ses mots.

– C'est que vous n'avez pas confiance en moi, ai-je terminé pour lui.

Il s'est tu et est resté là, sans bouger, quelques secondes, en respirant profondément. Quand il a repris la parole, il était plus calme.

– C'est plus compliqué que vous ne le pensez.

– Eh oui, James, c'est ça, un des problèmes. Vous m'avez caché trop de choses.

Il a passé une main dans ses cheveux.

– Je ne me suis pas caché que de vous… Je…

Je suis descendue du lit pour ramasser mon téléphone par terre, au milieu des perles.

– Je vous au envoyé des SMS, vous savez. Pourquoi n'avez-vous pas coupé mon téléphone ?

– Je ne sais pas.

Il fuyait mon regard.

– Qui a l'autre à présent ? Stéphane ?

Il a hoché la tête. J'ai remonté le fil de mes messages.

– Vous voulez savoir à quel point j'ai essayé de vous être fidèle ? Chaque fois que j'ai menti, je vous ai envoyé un message.

Déconcerté, il a levé les yeux avec une lueur d'espoir. Je lui ai tendu mon téléphone.

Quand j'ai accusé mon directeur de thèse de harcèlement sexuel, j'ai été traitée de pute et de salope. Pourtant, quand j'étais entièrement nue à l'arrière d'une limousine et que je hurlais de plaisir pendant que nous roulions dans les rues de New York, je me sentais précieuse et respectée. Je sais dans quel monde je préfère vivre.

Quand il m'a rendu le téléphone après avoir lu mon dernier texto, ses mains tremblaient légèrement.

– Et Damon ?

– Quoi Damon ?

J'ai secoué la tête.

– Vous avez vu son tableau ?

Sa voix était remplie de haine.

– Non. Je ne voulais rien avoir à faire avec lui ou avec sa peinture. Il l'a livrée plus tôt cet après-midi, alors que j'étais en pleine répétition. Pour vous.

Il a mis une main devant ses yeux.

– Vous étiez incroyable, a-t-il chuchoté.

Je me suis levée et j'ai enfilé le peignoir de bain que Paulina m'avait donné. « Il est turc, comme ça vous aurez l'air d'un pacha ! » avait-elle dit. J'ai serré la ceinture et je me suis redressée.

– C'est quand même étonnant que tout ce que j'ai fait pour vous rester fidèle ne signifie rien pour vous.

– Ce n'est pas vrai.

– Si. Mais si vous ne me croyez pas, tout ça ne veut plus rien dire.

J'ai à nouveau senti les larmes monter, mais en respirant profondément, j'ai réussi à les réfréner.

– Allons demander à Damon ce qu'il en pense, voulez-vous ?

Il s'est frotté la figure, puis a lancé :

– Vous savez qu'il y a plein de gens en bas qui nous attendent.

– Vous n'allez pas encore vous cacher ? ai-je grondé.

Il a tressailli comme si une mouche l'avait piqué.

– J'ai de bonnes raisons de le faire, quand je le fais.

– Mais c'est de l'histoire ancienne, non ?

Cette fois, il s'est hérissé.

– D'accord, retournons dans cette soirée. À cette heure, il n'y aura plus que les amis et la famille, tous ceux qui savent que c'est moi l'artiste. Est-ce que vous vous sentez prête, Karina ? À garder les apparences en public ?

– Ils ont déjà tout vu de moi, ai-je répondu avec colère en glissant le téléphone dans ma poche. Ça ira très bien. Après tout, je dois juste être un être humain.

J'ai descendu les escaliers la première, l'esprit en ébullition. Une petite voix me disait de ne pas l'inquiéter à nouveau, mais ma colère la rendait presque inaudible. Peut-être que, si nous prenions un nouveau départ, il valait mieux que tout sorte d'un coup ? Je n'en étais pas sûre. Ce dont j'étais certaine, c'est qu'il descendait les marches derrière moi sans me laisser trop m'éloigner, et qu'il était à mes côtés quand nous sommes entrés dans la galerie sous un tonnerre d'applaudissements.

15

Pour vous, j'irais décrocher la lune

Dans la galerie, le café et le vin coulaient à flots. Il restait encore cinquante ou soixante personnes sur les deux cents que Michel avait comptées plus tôt.

– Emballé, c'est pesé ! (Il était plein d'enthousiasme.) Karina, vous avez emporté le morceau. C'était incroyable !

James à mes côtés, nous nous déplacions à travers la foule. Je l'observais, échangeant un sourire ou une poignée de mains avec untel ou unetelle, acceptant les félicitations et écoutant les éloges. J'ai vite compris qu'il était habitué à ce genre de confrontation avec un public, tout en cachant ses angoisses. Eh bien, s'il pouvait le faire, moi aussi. Et je dois reconnaître qu'il était très agréable de recevoir les compliments de la part des gens qui avaient apprécié ma danse. Un ami de Michel m'a tendu sa carte en proposant de me présenter à Richard Alston, un chorégraphe célèbre. Comme James l'avait dit, Damon était là, lui aussi. Debout à côté de sa toile, il était occupé à discuter avec quelques spectateurs. Je remarquai chez lui ce léger soupçon d'ironie au coin de l'œil, habituel chez lui. Vanette se tenait derrière le groupe et l'observait. James et moi sommes passés devant elle pour que je puisse voir le tableau et entendre ce que disait Damon.

– J'étais paralysé des journées entières à admirer les chefs-d'œuvre. Chaque fois que je m'approchais d'une toile, le pinceau à la main, je me figeais sur place en pensant que j'étais incapable de peindre. Que ça ne valait pas même la peine d'essayer, que ça ne serait jamais bon.

Sa peinture était très belle. Ce n'était pas du Burne-Jones, bien sûr, mais c'était lumineux. Damon avait choisi un angle pris par l'un des appareils disposés sur les côtés. J'avais les jambes serrées, la tête rejetée en arrière, avec une expression de désir impuissant. Ma peau semblait rougeoyer dans la lumière du coucher de soleil qui inondait le rocher sombre et se reflétait sur son armure en cuir. À la manière dont James avait réagi, j'avais cru qu'il avait choisi une pose porno. En fait c'était le contenu émotionnel qui était très cru dans ce tableau, pas mon corps.

L'homme avec qui Damon parlait était un type maigrelet, avec une barbe mal taillée. Il portait un ruban rouge à la boutonnière, ce qui signifiait qu'il avait fait un don de plus de mille livres à l'Artiworks.

– Et ça se passe ainsi chaque fois que vous peignez ?

– Pour dire la vérité, chaque fois que j'ai essayé de peindre durant ces dix dernières années, j'ai dû y renoncer. Jusqu'à aujourd'hui. Je pensais que je serais rouillé. Mais non, dès que j'ai posé mon pinceau sur la toile, j'ai eu l'impression d'avoir pratiqué mon métier pendant toutes ces années. Toutes ces toiles sur lesquelles j'avais travaillé mentalement, c'est comme si je m'étais formé grâce à elles. Je ne sais pas comment expliquer cela.

– Vous devez être très content du résultat.

– En effet, je le suis.

– Combien en voulez-vous, alors ?

– Euh, je ne suis pas certain de vouloir la vendre. Je n'ai pensé qu'à une seule chose, la terminer pour ce soir.

C'est alors que Michel et Martindale nous ont abordés.

– James et Karina sont parfaitement assortis, n'est-ce pas ? disait Michel.

– Assurément, a répondu Martindale. C'était déjà une œuvre très puissante, mais Karina lui a donné vie. Je ne pourrai jamais plus regarder cette sculpture sans l'imaginer là.

– Était-ce une évidence pour vous qu'elle avait été créée pour elle ?

– Je ne sais pas qui parmi nous aurait pu s'en douter, mais nous sommes tous de ce côté-ci du miroir. Karina, elle, l'a vue de l'intérieur, de votre côté. Karina, vous être remarquablement intelligente !

– Je suis d'accord avec vous, a repris Michel. Et la force de cette pièce, c'est qu'elle se prête à toutes les interprétations, et que pourtant chacune d'elles ne présente qu'une facette de la vision globale, que sa performance a cristallisée.

– Oh, oh ! Cristallisée ! Serait-ce un jeu de mots ?

– Peut-être, a souri Michel en remplissant le verre de Martindale.

– Merci !

Martindale a trinqué avec moi.

– Oh, à propos, j'ai un message pour vous de la part de Tristan.

J'ai vite avalé mon vin.

– Il m'avait dit qu'il comptait amener sa mère ce soir.

– Je crois qu'il l'a fait. Il m'a demandé de vous féliciter de sa part pour votre incroyable performance et il a ajouté, mais je n'ai pas très bien compris, que la sienne, elle aussi, s'était déroulée sans accrocs.

Ça m'a fait rire.

– C'est une longue histoire. Mais tout est bien qui finit bien. Je ne saurai jamais assez vous remercier, Monsieur Martindale. Tout cet été, vous avez été formidable avec moi. Je n'en serais pas là sans vous.

Il a souri, tout en rougissant légèrement.

– L'art, c'est ce qui me motive, a-t-il dit. Et regardez ce qui en est sorti ! (Il a montré la pièce autour de nous.) Nous sommes désolés que vous deviez nous quitter. Je voulais vous suggérer de laisser tomber les visites cette semaine, pour faire un peu de tourisme.

Il a haussé le sourcil en regardant James, comme s'il faisait allusion à lui pour jouer les guides à son tour. James a juste levé son verre avec un petit sourire. Une autre de ses connaissances l'a alors accaparé, et j'en ai profité pour me diriger vers le buffet afin de goûter les mini-éclairs de Paulina. Ils étaient délicieux. Elle n'avait pas lésiné sur le chocolat et avait confectionné une crème anglaise très vanillée. J'étais en train de me lécher les doigts quand Hélène m'a sauté dans les bras en déclarant que ma performance était « formidable ! » avant de se retourner pour regarder autre chose. Peter et Linae étaient en train de se rouler un patin digne d'un film en Panavision, elle penchée en arrière, jambe tendue en retenant son chapeau d'une main. Il avait un pansement sur la joue et un autre sur la main que je voyais, mais aucun d'eux ne semblait s'en soucier. Ils se sont approchés pour nous pour dire bonsoir avant de partir.

– Mais c'est quoi le truc entre eux, exactement ? ai-je demandé à Hélène alors qu'ils agitaient leurs mains en signe d'adieu en passant la porte.

– Ils sont dingues, je te dis. Tu sais à quel point il est jaloux ? Mais quand il ne l'est pas, c'est comme si leur amour s'affadissait. Voilà pourquoi nous sortons ensemble, Linae et moi. Nous n'adressons même pas la parole aux hommes, mais le fait que Peter puisse le croire, ça le maintient dans un état d'inquiétude.

Puis, avec un sourire :

– Je ne sais pas qui a parlé à Linae ce soir pour le mettre dans un état pareil, mais c'est comme ça. Ils vont rentrer dans leur Bed and Breakfast et faire l'amour comme des fous. Il vaut mieux que j'attende un peu avant de les rejoindre, sans ça je ne trouverai pas le sommeil.

– Quand rentres-tu à York ? ai-je demandé.

– Si je peux, j'aimerais rester jusqu'à lundi. J'ai rencontré le plus chouette garçon qui soit ici, ce soir. Tu le connais sans doute, il travaille à la Tate lui aussi.

J'ai souri.

– Sûrement !

– Ouais, sa mère et moi en sommes venues à parler d'York pendant qu'il était aux toilettes, puis nous avons dérivé sur l'art quand il est revenu, tu sais comment ç'est, et ça s'est terminé en proposition de me faire visiter Londres. Sa mère a semblé d'accord, alors c'est bien parti. Et il est tellement mignon ! Je passerai une journée avec lui et je verrai bien ce qui arrivera, tu vois ?

– Ouais. Il faut toujours faire un essai.

– Il est mignon, super mignon. Ça aide !

Elle s'est mise à rire.

– En effet. Allez, viens. Allons goûter un autre éclair avant qu'il n'y en ait plus.

J'en ai mis quelques-uns sur une petite assiette et j'en ai apporté un à James, en me demandant si j'arriverais à entrevoir le véritable James sous son vernis mondain. Je lui ai tendu le gâteau sans rien dire. Il l'a pris doucement entre ses dents, a léché mon doigt quand je l'ai ôté, et s'est mis à mâcher pensivement.

– Hmm ! Ça fait deux fois, a-t-il dit en se léchant les babines.

– Qu'est-ce qui fait deux fois ?

– Deux fois que nous mangeons des éclairs après que vous avez donné une représentation qui implique du verre.

– Qui implique mon cul, vous voulez dire.

Ça l'a visiblement fait changer d'état d'esprit. Il s'est mis à rire silencieusement en secouant la tête.

– Vous m'avez manqué.

Il a jeté un coup d'œil aux autres, comme pour s'assurer qu'il ne risquait rien à en dire plus. J'ai fait le tour de la pièce des yeux. La foule commençait à diminuer. Devant sa peinture, Damon écoutait Vanette avec attention. Elle portait une veste d'un style très militaire, ce qui accentuait encore son air sévère. Damon s'est mis à genoux et a embrassé le bout de son escarpin verni. Je le fixais des yeux, je ne pouvais pas m'en empêcher. James s'est tourné alors pour regarder ce que j'observais, puis s'est retourné très vite comme si de rien n'était.

– Que croyez-vous qu'il se passe là-bas ? lui ai-je demandé.

Même s'il affichait un parfait air mondain, je ne pouvais pas ne pas voir qu'il piquait un fard.

– Je n'en sais absolument rien.

C'est moi qu'il fixait, pas eux, et son regard s'assombrissait.

– Allons le découvrir, ai-je dit.

– Karina…

Je me suis avancée vers eux. Vanette a souri en me voyant et m'a embrassée sur la joue.

– C'était une représentation très inspirante, m'a-t-elle dit.

Ses yeux faisaient des allers retours entre James et moi.

– Merci ! Et merci pour votre aide. Je me demandais si je pouvais poser deux ou trois questions à Damon.

Elle a claqué des doigts et Damon s'est relevé, a croisé ses mains devant lui et m'a adressé un petit salut.

– En fait, j'ai moi aussi quelques questions à vous poser, m'a-t-elle répondu. Où pouvons-nous être au calme pour une discussion privée, tous les quatre ?

Il y avait encore beaucoup trop de monde dans la galerie. James s'est éclairci la gorge.

– Ce soir, Stéphane a pris une limousine.

– Parfait, ça fera tout à fait l'affaire, a répondu Vanette.

James a sorti un téléphone d'une des nombreuses poches de sa combinaison et a envoyé un SMS. Aussitôt, des appels de phares lui ont répondu depuis l'extérieur de la galerie.

– Ah ! il est déjà là.

Stéphane s'est donné beaucoup de mal pour cacher sa joie de me revoir. Il s'est efforcé de rester stoïque et très pro en nous ouvrant la portière arrière. Mais ses yeux brillaient et il m'a fait un petit haussement de sourcil. Je n'ai pas pu m'empêcher de lui sourire en retour et de serrer son bras de la main quand je suis entrée dans la voiture. Il a fermé la porte derrière James et est resté là, comme s'il montait la garde. Je suppose que c'est ce qu'il faisait.

James et moi nous nous sommes assis d'un côté, Vanette s'est installée en travers, et Damon sur le sol, à ses pieds. Jamais je ne l'avais vu aussi négligé. Il portait des jeans noirs râpés et un simple tee-shirt blanc. Ses cheveux noirs ébouriffés brillaient comme s'il venait de sortir de la douche. Il fixait le sol. Le regard de Vanette passait de l'un à l'autre, comme celui d'un dresseur de chiens qui tente de deviner quel chiot a fait pipi sur la moquette.

– Je crois qu'il y a eu assez de problèmes de communication entre vous trois pour pouvoir écrire deux ou trois pièces de Shakespeare et une saga russe. Franchement, j'en ai assez. Karina, que voulez-vous lui demander ?

– Je voudrais qu'il explique une ou deux choses à James.

Damon a levé les yeux.

– Tout d'abord, mon précepte.

Vanette a souri.

– Allez-y Damon.

– Pas de pénétration phallique, a dit Damon à voix basse, comme un écolier réprimandé par sa maîtresse.

– Plus fort, s'il vous plaît.

– Pas de pénétration phallique, a-t-il répété avec colère, en cherchant le regard de James.

– Mais que s'est-il passé avant qu'elle rejoigne la Société ? a insisté James. Que s'est-il passé ?

– Comme vous le savez, elle m'a rejeté quand nous avons fait connaissance. Son unique motivation pour adhérer à la Société, c'était de vous retrouver.

Vanette a continué à le questionner.

– Et vous vous souvenez de ce que j'ai dit quand nous l'avons auditionnée pour qu'elle devienne stagiaire chez nous ?

– Vous avez dit que vous craigniez qu'elle ne soit pas une bonne stagiaire puisqu'elle refusait les rapports sexuels et qu'elle se gardait pour quelqu'un en particulier.

– Et est-ce que j'avais raison ?

– Oui.

– Et l'avons-nous quand même acceptée comme stagiaire ?

– Oui, bien que maintenant je me demande pourquoi nous l'avons fait, bordel !

– Surveillez votre langage ! a-t-elle aboyé. Expliquez-nous pourquoi vous avez accepté de l'aider à retrouver James.

– Parce que James est un connard insensible qui ne lui donnera jamais de deuxième chance, et parce que je savais qu'elle me tomberait dans les bras une fois qu'il se serait détourné d'elle.

Il a fait un « Oh ! » quand Vanette l'a giflé.

– Je vous ai dit de surveiller votre langage. Recommencez, s'il vous plaît.

– J'espérais qu'elle serait à moi une fois qu'il l'aurait rejetée, a répété Damon.

– Et diriez-vous que vous avez fait de votre mieux pour vous assurer qu'ils puissent se rencontrer comme il le fallait en terrain neutre ?

– Oh, allez Vanette, maintenant vous… a-t-il râlé. Bien sûr que je ne l'ai pas fait. J'ai fait tout ce qui était en mon pouvoir pour qu'elle lui fasse mauvaise impression, et j'ai cherché toutes les occasions pour qu'elle me préfère à lui. D'accord ? Je ne m'attendais pas à tomber amoureux d'elle. Bien sûr, je l'ai forcée autant que je le pouvais.

– Est-ce qu'elle a craqué ?

– Non.

Il a eu l'air soudain très amer.

– Elle ne s'est intéressée à personne d'autre qu'à ce type.

Vanette m'a alors regardée.

– Karina, quelle est la chose que vous avez apprise pendant ce court stage que vous avez effectué chez nous, qui a le plus de valeur à vos yeux ?

J'ai passé en revue toutes les réponses possibles et imaginables. Parfois, les gens n'arrivent pas à formuler ce qu'ils veulent vraiment.

– Que voulez-vous dire exactement ?

– Je vais être plus précise. Avez-vous appris quelque chose avec nous ?

– J'ai appris que le libertinage m'excitait vraiment, mais que cette excitation, aussi fantastique soit-elle, n'est pas ce qui compte le plus pour moi.

– Vraiment ?

– Ce que j'essaie de dire, c'est que bien que j'aie découvert que j'aimais être fouettée, que porter un masque, passer des tests et tout ça m'excitait, ça ne voulait rien dire pour moi. Je n'ai fait qu'obéir. Je faisais des exercices de soumission, mais je ne me suis jamais abandonnée. Et ça n'était pas de l'amour.

Puis j'ai enfin osé jeter un regard à James. Il fixait Damon en secouant lentement sa tête.

– James m'a enseigné à toujours être honnête, au sujet de mes désirs comme de mes sentiments, et avec les gens qui m'entourent, ai-je poursuivi. N'est-ce pas également le propos de la Société ? Je veux dire que je comprends la nécessité du secret, mais n'est-ce pas justement la raison pour laquelle les gens doivent être honnêtes, pour tout le reste ? N'est-ce pas une sorte de règle tacite ?

– Oui, m'a-t-elle répondu tout simplement. Y a-t-il quelque chose d'autre que vous désirez savoir ?

C'était une trop bonne occasion pour la laisser filer.

– Oui, en fait. Damon, comment avez-vous rencontré James ?

– Quand j'étais étudiant en art. Il fréquentait la même école. Je l'ai rencontré dans l'atelier de Misha et Paul'.

– Et comment vous êtes-vous retrouvés dans cette Société ?

– Je ne sais pas ce qu'il en est pour James. Moi, c'est mon père qui m'a légué sa place.

Cela semblait être une pratique courante. Je n'ai pas voulu en entendre plus.

– Et vous, James ?

– J'ai été introduit par un membre avec qui j'avais une relation, a-t-il répondu tranquillement.

– Bien.

Ça paraissait assez simple, finalement. Mais quelque chose m'intriguait quand même.

– Damon, quand je vous ai demandé votre aide pour retrouver quelqu'un que j'ai appelé Jules, saviez-vous déjà de qui il s'agissait ?

Damon a avalé sa salive et a fixé le sol.

– Oui.

Je les ai dévisagés, l'un après l'autre. James a changé de position et a pris la parole, ce qui m'a étonnée.

– Karina. Vous devez comprendre à quel point je devais être prudent.

J'ai frémi, essayant d'écouter ce qu'il avait à dire, mais j'étais déjà sur mes gardes.

– Quand je vous ai quittée à New York, j'ai… je pensais que je courais un danger.

– À cause de moi ?

– À cause de certaines personnes qui pouvaient essayer de me démasquer.

Il m'a regardé en face.

– Je vous ai dit que je ne me cachais pas uniquement de vous. Je regrette d'être parti ainsi. Mais il fallait que je sache.

– Que vous sachiez quoi ?

– Si vous étiez réellement celle que vous sembliez être. C'est moi qui ai poussé Martindale à vous faire venir à Londres. Et c'est moi qui ai organisé votre rencontre avec Damon.

Damon baissait les yeux, je ne pouvais pas voir son regard. James avait l'air plutôt stoïque, comme s'il se retenait. Moi, de mon côté, je ne comprenais pas.

– Vous avez fait quoi ? Vous voulez dire que c'est vous qui m'avez envoyé ce pervers pour me tester ?

J'ai poussé le coude de Damon du pied.

– Et maintenant, vous êtes ennuyé à l'idée que j'aie pu le laisser faire ? (J'étais dans une fureur noire.) Qui diable vous donne le droit de faire ça ?

Le téléphone de James s'est mis à vibrer. Il l'a regardé avec inquiétude.

– Je pense que nous ferions mieux…

Je n'allais pas me laisser distraire aussi facilement.

– Mais qu'est-ce que tout ça veut dire, bordel ? Je pense que j'ai réussi à passer votre petit test de merde, non ?

– Karina, a-t-il dit d'une voix apaisante en se penchant sur moi.

C'en était trop. Je m'étais donné tant de mal pour le récupérer, ou du moins le croyais-je, alors qu'en fait il me testait pendant tout ce temps ? Et maintenant il était fâché ? Il ne savait pas ce que ce mot voulait dire. Eh bien, j'allais le lui apprendre.

Je me suis ruée hors de la voiture en manquant heurter les fesses de Stéphane au passage. Au lieu de ça, je suis quasiment tombée sur une femme qui passait par là.

– Excusez-moi, m'a-t-elle dit, en essayant d'atteindre la voiture comme si c'était un taxi dont je venais de sortir.

Elle était bien trop habillée pour se promener dans la rue à Londres, après minuit. Elle portait un collier de diamant sur un tailleur Chanel bordé de fourrure. Instinctivement, je l'ai bloquée.

– Cette voiture n'est pas un taxi, ai-je essayé de lui expliquer.

Mais, derrière moi, Stéphane avait déjà regagné le siège du conducteur et Vanette était sortie de la voiture qui démarrait, puis prenait de la vitesse.

– Non !

La femme a encore fait quelques pas en direction de la limousine, ses talons hauts frappaient la chaussée. Puis elle s'est retournée vers moi.

– C'est mon mari qui est dans cette voiture !

– Damon est marié ? ai-je demandé, incrédule, à Vanette.

Avant que Vanette ait pu répondre, la femme s'est tournée vers moi et a stridulé :

– Je suis Ferrara LeStrange. Qui êtes-vous ?

Vanette a passé un bras protecteur autour de mes épaules.

– C'est une des stagiaires du club. Contente de vous voir, Ferrara. Je ne savais pas que James et vous étiez mariés.

James s'était marié ?

– C'était l'année dernière, aux States, a-t-elle dit en jetant sa main sur le côté comme si elle parlait d'un truc sans valeur. Pourtant il m'évite depuis des mois.

– Vraiment ? Il a visité notre adresse londonienne plusieurs fois ces derniers temps.

– Je ne croyais pas qu'il faisait encore ce genre de choses, a dit la femme.

Elle a claqué des doigts, et un homme derrière elle lui a tendu un sac à main. Elle a sorti une carte de visite et l'a remise à Vanette.

– J'apprécierais beaucoup que vous me préveniez s'il réapparaît. Je ne peux pas croire que ce bâtard m'a encore filé entre les doigts !

– Soyez sûre que je le ferai, lui a répondu Vanette.

Puis en s'adressant à moi :

– Venez, il est temps de rentrer.

– Oui Vanette, lui ai-je répondu comme un automate, en m'efforçant de garder une attitude aussi neutre que possible pendant que nous nous éloignions.

La fureur qui m'avait fait jaillir de la voiture était encore présente. James avait beaucoup plus de choses à expliquer que je ne le croyais. Il avait envoyé Damon pour me tester ? Et, ensuite, ne l'avait pas supporté ? C'était lui qui avait besoin d'un foutu test. Il avait besoin d'être examiné par un psy. Et maintenant, je découvrais que je n'étais pas la seule femme qu'il fuyait ?

– Mais c'est qui, cette Ferrara LeStrange ? ai-je éructé alors que nous tournions le coin de la rue.

– Elle est un énorme problème à elle toute seule, a expliqué Vanette en jetant un coup d'œil derrière son épaule pour vérifier que la femme ne nous suivait pas. Je ne peux pas vous en dire plus sans trahir la confiance d'un de nos membres.

– Oh voyons, Vanette !

Je devais retenir ma respiration pour que des larmes de dépit n'inondent pas mon visage.

Je passe l'été entier à la recherche de ce salaud, et ensuite elle se montre, et hop… il disparaît. Qui est-elle ? C'est quoi son problème ? Personne ne me donne de réponse ! Il est marié ?

– C'est ce qu'elle prétend.

– Prétend ? Mais qu'est-ce que ça veut dire?

Mais c'était inutile. Vanette s'est contentée de secouer la tête sans dire un mot de plus. Elle nc méritait pas d'être la victime de ma colère, mais je ne pouvais plus m'arrêter.

– Je croyais que vous m'aideriez !

Elle est restée très calme et ne m'a pas répondu avec des mots. Au lieu de ça, elle m'a ramenée doucement vers la galerie, qu'apparemment Ferrara et son complice avaient quittée. J'ai essayé de résister un instant et je l'ai suivie.

J'ai répété plus doucement :

– J'ai vraiment cru que vous alliez m'aider.

Elle s'est arrêtée devant la porte d'entrée.

– Je ne sais pas si je peux vous être utile, Karina. Il y a tant de choses à faire. Voilà.

Elle m'a tendu sa carte en répétant :

– Je ne peux pas violer la vie privée de nos membres. Mais pour n'importe quoi d'autre…

J'ai pris sa carte et je suis rentrée.

Épilogue

Je trainais derrière moi mon sac à roulettes dans la zone duty free, à la recherche d'un siège où me poser. J'étais épuisée. J'avais à peine dormi la nuit précédente, pleurant dans mon thé en compagnie de Misha et Paul', qui avaient été très compatissants mais qui ne pouvaient pas plus m'aider que Vanette. J'étais trop bouleversée pour intégrer les détails des spéculations tordues qu'ils faisaient sur cette femme, qu'ils appelaient Ferrara Huntington. Ils venaient de m'annoncer qu'ils croyaient qu'elle était l'épouse d'un cadre d'une maison de disques, quand mon téléphone a sonné. C'était Jill qui, à son arrivée en Ohio, avait découvert que la maison de maman avait été cambriolée. D'habitude, Jill est difficile à impressionner. Mais l'idée que c'était le soi-disant petit ami de notre mère qui l'avait volée alors qu'elle était à l'hôpital, c'était dur à avaler. Du coup, elle était hébergée par un voisin. J'ai cherché le premier vol que je pourrais prendre, il décollait le lendemain matin. J'ai réveillé ce pauvre Réginald Martingale pour le mettre au courant. Avec beaucoup de classe, il m'a proposé de payer ce billet de dernière minute, hors de prix. Je lui ai répondu qu'il devrait se faire rembourser par James. Mais maintenant que j'y pensais, peut-être était-ce ce qu'il avait prévu.

Et donc me voilà à l'aéroport, épuisée après une nuit blanche, toujours courbaturée à cause des rapports sexuels que nous avions eu, James et moi pendant la soirée. avec ce sentiment d'avoir l'âme et le cœur en mille morceaux à cause de la tournure qu'avaient prise les événements. Mon sac était rempli des cadeaux de Misha et Paulina, dont certains pour Becky, et des souvenirs que j'avais pu glaner en chemin. Je le traînais derrière moi avec difficulté. J'ai enfin trouvé un siège libre, devant une boutique qui offrait des dégustations gratuites de scotch. Jamais vous n'auriez vu cela dans un aéroport américain. Toute la zone duty free ressemblait à un énorme centre commercial, avec un hall central qui servait de salle d'attente, entouré de boutiques qui vendaient de la parfumerie, de l'alcool et tout un tas de souvenirs. Les passagers attendaient dans ce hall central que leur vol et leur porte d'embarquement soient annoncés.

Après tout, peut-être qu'un whisky gratuit n'était pas une si mauvaise idée ? Je ne pouvais pas m'empêcher de gamberger. Jamais je n'avais été aussi anxieuse. Ma mère était à l'hôpital, sa maison était sens dessus dessous et c'était sans doute son propre petit ami qui avait fait le coup. Est-ce que l'amour en valait la peine ? Est-ce que les hommes valaient la peine de souffrir autant ?

Ferrara devait le penser, me suis-je dit, si elle luttait si fort pour le récupérer. Pourtant, une petite voix qui semait le doute s'insinuait dans mon esprit. Vanette avait eu l'air sceptique devant les affirmations de Ferrara, et Misha comme Paul' pensaient qu'elle était mariée à quelqu'un d'autre. Mais s'ils n'étaient pas mariés, pourquoi Jammes se cachait-il ? Était-ce juste une fan totalement dingue ? Et s'ils étaient vraiment mariés, pourquoi en faisait-il un secret ? Et d'ailleur,s pourquoi tout ce qui touchait à James de près ou de loin était-il secret ? Je me sentais à la fois en colère et trahie à nouveau. Je l'aimais toujours, mon corps le désirait, mais je ne pouvais pas faire ça. Je ne pouvais pas vivre une vie de dissimulation, en me cachant des autres. Combien de fois m'avait-il demandé ce que je voulais dans la vie ? Qui était la vraie Karina ? Ces questions qu'il m'avait posées m'apparaissaient soudain terriblement ironiques.

Et qu'en est-il de vous, James ? Existe-t-il un James véritable, enfoui sous tout ces faux-semblants, ou suis-je juste amoureuse d'un fantôme ? Ou bien de l'homme que vous voudriez être, sans y parvenir ? J'étais en colère contre lui, et furieuse contre moi d'être tellement accro. J'étais tellement plongée dans mes pensées que j'ai failli rater l'annonce de l'embarquement. J'ai entendu le dernier appel. La distance à parcourir jusqu'à la porte était si grande que j'ai cru que je n'arrêterais jamais de marcher, alors je me suis mise à courir, j'avais peur de rater mon avion. Quand j'y suis enfin arrivée, personne n'a eu l'air surpris que le dernier passager qui embarque soit une Américaine dans tous ses états. Dieu merci, s'ils avaient été tatillons ou inquisiteurs, j'aurai raté le départ.

Une fois installée à ma place, j'ai pris mon téléphone pour l'éteindre. J'ai sursauté quand il s'est mis à sonner dans ma main. C'était le numéro de James qui s'est affiché. J'ai coupé la sonnerie. L'hôtesse de l'air passait dans le couloir pour vérifier que nous étions prêts à décoller. Je l'ai éteint et rangé avant qu'elle ne me fasse une remarque. C'était impossible de répondre maintenant, même si je l'avais voulu. Et vous savez quoi ? Je n'étais même pas sûre de le vouloir. Oui, j'avais une foule de questions en tête, mais j'en avais assez de fouiller, de chercher à comprendre et à recoller les morceaux. S'il ne pouvait pas me joindre, il appellerait sûrement Misha et Paulina qui lui diraient que j'étais rentrée d'urgence aux États-Unis. Mais, pour l'instant, je voulais qu'il marine un peu. C'était à son tour de se demander ce qui se passait dans ma tête, pour changer. C'était à son tour de se demander quelle erreur il avait commise pour que je prenne la fuite. S'il m'aimait vraiment, s'il était malheureux, il ne laisserait pas un petit truc comme l'océan Atlantique se mettre en travers de son chemin. Après tout, moi je ne l'avais pas fait.

S'il voulait enfin m'expliquer vraiment pourquoi il se cachait et ce qu'il fuyait, s'il pensait que j'en valais la peine, il viendrait me chercher.

C'était à son tour de prouver ses sentiments. C'était à son tour de me courir après.

FIN

Les aventures torrides
de James et Karina continuent.
Découvrez un avant-goût de *Slow Satisfaction*,
page suivante.

Ma très chère Karina,

J'ignore si vous lirez un jour ces lignes. J'espère que vous le ferez. J'ai pris la décision de me poser pour vous écrire, parce que chaque fois que j'essaie de m'expliquer de vive voix, mes passions prennent le dessus, ou mes craintes peut-être. Peut-être que m'asseoir au calme pour coucher mes pensées sur le papier, sans être distrait par votre présence, me permettra d'exprimer mes sentiments.

Avant tout, je vous demande pardon. Je regrette bien des choses, mais rien autant que de vous avoir tellement blessée. Je n'ai aucune excuse. Mon passé, c'est mon passé. Mon bagage est lourd à porter. Peut-être que maintenant vous comprenez pourquoi je voulais prendre un nouveau départ avec vous, comme si je n'avais pas de passé, pas d'attaches, pas de fardeau à traîner. Vous m'avez offert la liberté d'être moi-même, et de vous aimer sans contraintes. Je regrette de ne pas avoir pu maintenir mon passé et mes démons à distance une journée de plus, en avril dernier, et je le souhaite encore aujourd'hui. Je suis désolé. J'ai laissé mes peurs prendre le dessus, cette nuit lors du bal, ma suspicion et ma paranoïa m'ont empêché de voir ce que j'avais entre les mains.

L'amour de ma vie.

Je suis un imbécile. Peut-être que cela signifie que je ne vous mérite pas. Stéphane, qui ne s'est jamais permis le moindre commentaire depuis qu'il est à mon service, m'a dit que j'avais commis une erreur cette nuit-là. J'espère que vous m'offrirez la possibilité de vous faire mes excuses. J'ai tellement de choses encore à vous dire, des choses que je n'ose pas écrire. Je veux tout vous dire. Tout ce que vous voulez savoir, de toute façon. Cela peut prendre des années. Mais je veux passer ces années à vos côtés. Je veux partager votre vie. Quelle que soit la direction que je doive donner à ma vie à partir d'aujourd'hui, je ne peux l'imaginer sans vous. Ma vie va sans doute redevenir très compliquée.

Quand nous nous sommes rencontrés, je pensais avoir laissé derrière moi tout un chapitre de mon passé. Je croyais avoir rempli mes obligations contractuelles vis-à-vis de ma maison de disques, et je pensais que certaines autres obligations étaient infirmées. Mais je m'aperçois à présent que ce n'est pas le cas. Je ne peux vous en dire plus dans une lettre, mais je vous en prie, laissez-moi vous l'expliquer de vive voix. Je ne sais pas du tout ce qu'il va advenir de moi. Peut-être vais-je devoir disparaître dans un pays lointain, en me cachant de tous, sauf de vous. Il n'existe pas de femme telle que vous sur Terre, et j'ai été fou de ne pas vous aimer comme vous le méritez.

S'il vous plaît, laissez-moi essayer.

Je suis à vous, cœur, corps et âme.

James Byron LeStrange

À SUIVRE…